Heimatherz

NICOLA FÖRG

Heimatherz

KRIMINALROMAN

emons:

Bibliografische Information der Deutschen Nationalbibliothek
Die Deutsche Nationalbibliothek verzeichnet diese Publikation in der Deutschen Nationalbibliografie; detaillierte bibliografische Daten sind im Internet über http://dnb.d-nb.de abrufbar.

FSC
www.fsc.org
MIX
Papier aus verantwortungsvollen Quellen
FSC® C083411

Umschlagmotiv: Andreas Strauß/Lookphotos
Umschlaggestaltung: Nina Schäfer
Gestaltung Innenteil: César Satz & Grafik GmbH, Köln
Lektorat: Dr. Marion Heister
Druck und Bindung: CPI – Clausen & Bosse, Leck
Printed in Germany 2017
ISBN 978-3-7408-0173-1
Originalausgabe

Für Heiko,
der im Himmel hoffentlich guten Lugana bekommt

Die Krähen schrein
Und ziehen schwirren Flugs zur Stadt:
Bald wird es schnein. –
Weh dem, der keine Heimat hat.

Friedrich Nietzsche

Prolog

Es lag nicht an den Stiefeln, die ihr zu klein waren. Sie hatte ihre eigenen noch mitnehmen wollen, aber diese fremden Menschen mit der fremden, schnellen, lauten Sprache hatten sie nicht mehr ins Haus gelassen. Sie hatte Blasen, überall, aber es waren nicht diese Schmerzen, wegen derer sie nicht mehr gehen konnte. Sie war ja lange auf dem Wagen gesessen, bis das Pferd im Geschirr strauchelte, trudelte, versuchte, sich aufzurappeln, und doch zusammenbrach. Hinz löste es aus dem Geschirr und sagte, dass sein Bein gebrochen sei. Mama gab den Befehl, es zu erschießen. Sie ließen den alten Hans, das treuste Pferd der Welt, einfach liegen.

Eine Weile zogen Hinz und Ingolf, der Nachbar aus dem Haus am Ende der Allee, den Wagen noch mühsam, aber er war einfach zu schwer. Sie luden einige Dinge um, sie ließen vieles zurück. Vom Bild wollte Mama auf keinen Fall lassen. Dabei war es groß und sperrig. Aber das Bild musste mit. Nun waren sie gezwungen, alles zu Fuß zu gehen, und es waren nicht die Stiefel. In ihrer Brust wurde es immer enger, der Husten war so schlimm. Wurde immer schlimmer. Und dann kam ein Tag, als ein großer Schmerz in ihr explodierte. Und dann war da nichts mehr.

EINS

Jede künstlerische Leistung ist ein Sieg über die menschliche Trägheit.
Herbert von Karajan

»Wie kann man nur solche Salatberge vernichten?«, fragte Gerhard Weinzirl und schnitt beherzt in ein Schnitzel, das die Größe eines Klodeckels hatte.

Jo Kennerknecht schüttelte den Kopf. »Wer solche Lappen frisst, mokiere sich bitte nicht über Grünzeug. Außerdem ist da Mozzarella drauf und Bergkäse und …«

»… und es sei dir vergönnt, wenn auch ganze Rudel von Kaninchen nun verhungern müssen«, grinste Gerhard.

»Kaninchen sind keine Rudeltiere«, warf Evi Straßgütl ein, die auch an einem Salat kaute, der aber eine Nummer kleiner war als der von Jo.

»Ich glaube mich zu erinnern, dass unsere geschätzte Tierschutz-Jo mich einmal belehrt hat, dass Karnickel überaus gesellig sind und nicht allein gehalten werden dürfen, weil sie sonst ganz depressive Hoppler werden.«

»Rudel heißt das aber trotzdem nicht«, maulte Evi, deren Handy läutete.

Gerhard sah sie missbilligend an, da saß er endlich mal zu einer zivilen Mittagszeit im Garibaldi in Schongau, aß – wiewohl beim Sizilianer – das, was ein ganzer Kerl brauchte, und dann wagte es Evi, diese Kontemplation zu stören. Es war ja eh schon schwierig, etwas zu finden, was der vegetarischen Evi gefiel, was die Fast-Vegetarierin Jo mit ihrer Käsesucht kombinieren konnte und wo auch er satt wurde. Das Garibaldi war allemal ein hervorragender Kompromiss, auch wegen der Grappas, die die antialkoholische Evi zwar ablehnte, die aber gar nicht antialkoholische Jo gerne annahm.

Evi war von der Terrasse aufgestanden und hinaus in die Gasse gegangen.

Gerhard folgte ihr mit seinen Blicken, sie telefonierte kurz, es wehten ein paar Wortfetzen herüber.

»Welche Schleife? Am Kies, verstehe ich das richtig? Ja, sicher.« Und was Gerhard ganz genau verstand, war dieses »Wir kommen«.

Das verhieß nichts Gutes, gar nichts Gutes!

Als Evi wieder am Tisch stand, war ihr hübsches Gesicht angespannt, und auch eine Evi bekam ein paar Falten, was bei ihrem Mineralwasserkonsum eigentlich gar nicht hätte sein dürfen.

»Weinzirl, wir müssen. Eine Tote!«

»Aber doch nicht mittags!«

»Wie lange sie da schon verweilt, weiß ich nicht. Eventuell hätte sie ihr Ableben für dich besser terminieren können.«

»Wieso rufen die dich an?«

»Weinzirl, was für eine Frage! Weil du dein Handy nie an hast! Und weil ich dieses Diensthandy mitführe, weil mein Kollege ja anscheinend extreme Angst vor Handys hat!«

Evi machte eine Schnute und warf einen schnellen Seitenblick auf Jo. Diese verstand, was der Blick besagte. Sie kannten sich alle so lange, dass man ohne Worte auskam. Oder ausgekommen wäre, denn die Frauen laberten ja doch ständig, wie Gerhard fand, und er wunderte sich einmal mehr, dass er den Löwenanteil seiner Zeit mit nervigen, neugierigen und emotionalen Frauen zubrachte. Die Kollegin – eine Frau. Die beste Freundin – eine Frau. Ihm mangelte es an kernigen Männern im Umfeld.

Jo verzog das Gesicht. »Ja, ihr dürft noch nichts sagen. Ihr könnt euch dann im Auto austauschen. Alles klar. Haut ab. Ich zahle. Ich wollte euch eh einladen.« Sie stutzte. »Wenn ich allerdings geahnt hätte, was der Weinzirl alles frisst …«

Gerhard war aufgestanden. Er sandte dem Rest des Schnitzels einen sehnsüchtigen Blick und nickte Evi zu.

»Pack mers.«

Mit so einem »pack mers« hatten schon viele Fälle begonnen, schwarze Tragödien, tiefe Abgründe und bizarre Abstrusitäten. Nun war es lange still gewesen im Pfaffenwinkel, erste Blätter fielen auf den noch sommerwarmen Boden. *Kein schöner Land in dieser Zeit* … Die Gewitterfronten waren abgezogen, die Morgen gaben sich kühl, die Nachmittage warm und trocken, und wenn die Sonne, die schon eine flache Bahn zog, versank, kroch die Feuchtigkeit rasch aus den Wiesen.

Weinzirl sah auf die Uhr. Es war halb zwei, irgendwo schlug eine Glocke, es hallte in den Altstadtgassen. Neuerdings saßen sie öfter in Schongau, was dem Umstand zuzuschreiben war, dass die immer unstete, laute und schier grenzenlos energiegeladene Jo mal wieder dem Berufsleben ein Schnippchen geschlagen hatte. Sie hatte sich selbstständig gemacht, ihren Touristiker-Job an den Nagel gehängt und eine PR-Agentur eröffnet. Dass Jo erst siebenundvierzig hatte werden müssen, um festzustellen, dass sie in Hierarchien schlecht funktionierte, war ein Treppenwitz.

Jo war zeitlebens eine Anarchistin gewesen, der Schrecken jedes Chefs, ein Nachtmahr jedes Teams, und von Altersmilde war bei der Frau keine Spur. Dass diese Agentur aber auch noch eine Frau Kompagnon hatte, machte das ganze Unternehmen für Gerhard noch bedrohlicher. Kassandra war mit im Boot: Kassandra, ehemalige Seherin, einst esoterische Lebensberaterin, längst ohne Kristallkugel und mit einer seriösen Ausbildung zum Coach. »Zu zweit sind wir unerträglich«, hätte die Agentur heißen müssen, sie hieß aber »WFB – Wo der Fluss die Berge küsst«. Auch schön!

Die Agentur hatte bereits Kunden, anscheinend konnten die beiden Mädels was. Und Jo war halb am Weg an den Gardasee in irgendein Luxusresort, das sie fürderhin auf dem deutschsprachigen Markt zu betreuen gedachte. Ob Jo da die Richtige war? Offen bis weit über die Unhöflichkeit hinaus. Unbeeindruckt von Glanz, Gloria und Labels. Optisch immer eher freaky bis nachlässig gekleidet. Ob die am Lago sich klar waren, was sie sich da ins Boot geholt hatten?

Gerhard grinste kurz in sich hinein und straffte die Schultern. Er wandte sich Evi zu.

»Also dann!«

Sie waren ins Auto eingestiegen, und Gerhard sah Evi erwartungsvoll an. »Nun, worum geht es? Wer? Wo? Wann? Ich hab nur Wortfetzen gehört. Schleife und Kies.«

»Übst du dich in W-Fragen? Wenn ich das richtig verstanden habe und das richtig verorte, dann liegt auf der Kiesbank der Litzauer Schleife eine Tote. Gefunden von zwei Kanuten, die die Polizei verständigt haben. Die Kollegen sind vor Ort, es scheint nur etwas schwierig zu sein, da hinzukommen. Aber du bist doch der Held aller Mountainbikes und warst da sicher schon biken!«

Was er nicht war. Er lebte noch immer im Salzgraben bei Weilheim, und er hatte sich längst die Attitüde dieses Landkreises Weilheim-Schongau angewöhnt: Jenseits des Hohen Peißenberg war Terra incognita. Dabei kam er aus dem Allgäu, dorther, wo die wilden Alemannen hausten, und dann hatten sie es die letzten Jahre oft mit Fällen in Peiting oder am Fuße des Auerbergs zu tun gehabt. Und dennoch war sein Freizeitverhalten typisch weilheimerisch. Er radelte im Nahraum, nach Wessobrunn oder Pähl, er radelte auch nach Weilheim zum Dachs oder nach Stillern. Er joggte mit Seppi im Wald, oder er fuhr gleich in die Berge, bikte aufs Hörnle und den Herzogstand, auf den Buchenberg oder in Österreich im Lechtal. Vilser Alm, Musauer Alm – das waren seine Bergkumpane.

»Ich weiß wohl, dass die Litzauer Schleife bei Burggen liegt und da irgendwelche geschützten Pflanzen und Viecher wohnen, das war es dann aber auch.«

Also hielten sie auf Burggen zu, fragten sich im Rotherhaus durch und landeten nach ein paar schepprigen Feldwegen schließlich an einer großen Tafel. Sie stiegen aus. Eine gewellte Hinfläzbank blickte südwärts, zwei ältere Wandersleutchen blickten auf. Hinein in die Berge, die da in gebührendem Abstand dräuten, hinunter in den Lech, der in der Tat eine gewaltige Schleife zog. Sie sahen diese besagte Kiesbank, auf der ameisenkleine Menschlein standen. Gerhard schaute sich um. Einer der Wanderer hatte ein Fernglas dabei.

»Darf ich?«, fragte Gerhard, entwand dem etwas überraschten Männlein das Okular, und dann sah er, dass es sich um fünf Ameisen handelte. Zwei Kollegen in Uniform, zwei weitere Männer und eine Ameise, die lag. Zwei Kajaks – oder waren das nun Kanus? Wasser war nie Gerhards Element gewesen – lagen auch da, halb aus dem Wasser gezogen.

»Gib mir mal das Handy«, sagte er zu Evi und wählte die Nummer, die Evi angerufen hatte.

In einer artistischen Supertalent-Leistung, Handy und Fernglas gleichzeitig zu bedienen, sah Gerhard auch, dass der Kollege dranging. Dessen Auskunft war klar und dürftig zugleich. Die Frau war tot. Sie sehe nicht so aus, als sei sie angeschwemmt worden, sagte er. Sie habe keine Schussverletzung. »Sie schaugt eigentlich ganz guat aus«, schloss der Kollege.

Der Kollege gab sich dann auch alle Mühe, Gerhard zu erklären, dass sie auf der falschen Flussseite standen, und beschrieb einen Weg, der so klang, als müsse man den Orbit verlassen oder zumindest zweimal den Erdball umrunden.

Die beiden älteren Herren hatten fasziniert zugehört, kombiniert, und der des Fernglases so rüde Beraubte fragte gestreng: »Eine Tote, und Sie sind von der Kripo?«

»So ist es«, sagte Gerhard und gab ihm das Glas zurück.

»Kennen S' den Baier?«

»Meinen Vorgänger? Den Hauptkommissar a.D.?«, fragte Gerhard zurück.

»Ja, oider Spezl von mir.« Er sah durch das Glas. »Ja, schaugt dod aus.«

»Schön, dass Sie diese Einschätzung teilen. Da Sie ja ortskundig sind: Wie kommen wir da jetzt am schnellsten hin?«

»Den Hang runter und schwimmen?« Der alte Herr lachte. »Naa, über de Riesen! Es hoaßt de Riesen, ned das oder der Riesen.« Er zog eine Karte aus dem Rucksack und erklärte den Wegverlauf. Seine Augen leuchteten, das Ganze machte ihm sichtlich Spaß. Er begann, die Vorzüge diverser Karten zu erläutern, merkte, dass er etwas abdriftete, und schloss: »Ich bin Kartograph. Ich liebe Karten. Das ist doch nix, so eine Karte am Smartphone. Des san ungute Zeiten, so immer online. Karten gehören auf Papier. A Karte im Internet is doch ned am Leben!«

Karte und Frau nicht mehr am Leben, darum ging es. Gerhard und Evi hätten ja gerne noch weiter in Mercator-Projektionen geschwelgt, aber da wartete eine tote Frau, die angeblich noch ganz gut aussah.

»Und grüßen S' den Baier, den oiden Schwerenöter!«, rief der Mann ihnen noch hinterher.

»Hast du das jetzt verstanden, wo wir hinsollen?«, fragte Evi.

»Logisch, Mauserl!«, rief Gerhard, betonte das so richtig boarisch und schoss über Feldwege, donnerte über Radwege, passierte den Lech und hatte alsbald immerhin wieder eine Teerstraße unter den Reifen. Sie durchfuhren einen Weiler.

»Kreuth, du weißt es noch«, sagte Gerhard. »Auch ein Kumpel von Baier, dieser Archehof, wo die Thüringer Waldziege meckert und das Augsburger Huhn scharrt.«

Evi tippte sich vielsagend an die Stirn. Gerhard fuhr hurtig durch eine stille Landschaft, Wiesen und Waldstücke wechselten sich ab, Weiler hießen nicht umsonst hier »Oed«. Oder »Riesen«. Diese Riesen hatten dann auch eine »riesige« Straßenkreuzung, wo Gerhard anhielt. Ein Bauer, der versuchte, ein Kaltblut samt aufmüpfigem Fohlen auf eine andere Koppel zu bugsieren, musste befragt werden. Evi verstand von dem zahnlos vorgetragenen Dialektschwall nichts, Gerhard hingegen wendete, fuhr ein Stück zurück und bog dann nach links ab. Der Weg wurde schlechter, enger, und irgendwann einmal trafen sie auf den Streifenwagen.

Sie eilten durch ein Dickicht und kamen ans Lechufer. Wo die Ameisen nun zu echten Menschen herangewachsen waren. Gerhard nickte den Kollegen zu und trat langsam näher. Die tote Frau war zierlich, nicht groß. Sie trug einen Fleecepullover, eine Outdoorhose und brandneue Bergstiefel, die etwas überdimensioniert waren für den Lech. Steigeisenfeste Bergschuhe brauchte man hier sicher nicht. Das gesamte Outfit stammte von namhaften und ganz schön teuren Ausstattern. Keine Discounter-Produkte. Die Frau lag leicht seitlich, fast friedlich sah sie im ersten Moment aus. Man konnte ihr Gesicht nicht ganz sehen, aber was man sehen konnte, waren geronnener Speichel im Mundwinkel und eine ins Lila gehende Gesichtsfarbe. Eine Färbung, die sich ungut ausnahm zu den blonden Haaren mit kupfernen Strähnchen. Die Frau war wohl alles zwischen vierzig und fünfzig Jahren. Gerhard hatte die Stirn gerunzelt. Wie kam man auf die Idee, an so einem entlegenen Ort zu sterben? Eine Wasserleiche war sie definitiv nicht. Diese Frau hatte sicher nicht im Wasser gelegen.

»Ruft die KTU an und erklärt denen, wie sie herfinden«, sagte Gerhard zu den Kollegen und betrachtete die Frau weiter. Er zog Handschuhe über und griff in die Jackentaschen. Es gab kein Handy, keine Geldbörse, keinen Rucksack, es schien so, als hätte jemand alles entfernt. Gerhard zögerte kurz. Dann fingerte er aber doch in die Gesäßtasche ihrer Jeans und wurde fündig. Da steckten vier etwas verbeulte Visitenkarten. Die Schrift war geschwungen, sie war erhaben, die Karten sahen edel aus, und es waren wohl ihre.

Margot von Eugenius
Niemannsweg 127
24105 Kiel
www.farbe-macht-froh.eu

»Eine Frau aus Kiel am Lechstrand? Tot dazu«, sagte Evi mehr zu sich selbst.

»Sie mag anscheinend die Waterkant«, meinte Gerhard und fand sich selbst nicht witzig.

»Eine Touristin wahrscheinlich.«

»Ja, aber die hatte mit Sicherheit irgendwas dabei – Rucksack, Wasserflasche, ein Handy. Das ist hier der totale Arsch der Welt, wer verirrt sich denn hierher? So ohne alles. Es sei denn, vom Wasser aus, aber das würde ich ausschließen.«

»Hmm.« Evi nickte und stieß dann ein »Shit!« aus.

»Evi!«

»Fast kein Netz. Das lädt nicht hoch. Ich wollte sie googeln oder mir diese Homepage mal ansehen.«

»Siehst du, und das ist der Grund, weswegen ich nicht bei WhatsAff bin und keinen Gesichtsbuch-Account habe! Im entscheidenden Moment nutzt dir dieses Deppenboxen nämlich rein gar nix. Von wegen smart!«

Evi ignorierte das. »Margot von Eugenius? Heißt man so?«

»Künstlername?«, mutmaßte Gerhard. »Eine Malerin. Wegen ›Farbe macht froh‹. Oder eine Schriftstellerin?«

»Na ja, wir werden es erfahren. Wenn wir mal wieder in der Zivilisation anlanden«, sagte Evi, die generell wenig von Natur hielt, missmutig.

»Ja, lass uns noch auf die KTU warten«, sagte Gerhard und wandte sich den beiden Kanuten zu. Diese wirkten sehr gebeutelt. Gut, man traf ja nicht so häufig auf tote Frauen. Das konnte einem schon zusetzen.

Sie stammten nach eigenen Aussagen aus Aichach und hatten vorgehabt, vom Schongauer Lechsee nach Dessau zu schiffen. Da sollten die beiden Freundinnen dann warten und die Männer abholen. Sie waren beide vorbildliche Kameraden, weil sie sehr wohl wussten, dass es von März bis September ein Betretungsverbot für die Uferbereiche gab. Nun, Ende September, befanden sie ihr Eindringen als akzeptabel.

»Es macht ja einen Unterschied, ob einer mal bis an die Büsche läuft oder ob zwanzig Leute campieren und Party machen«, sagte der eine.

Die Büsche waren auch sein Ziel gewesen, er hatte mal austreten wollen und dann die tote Frau entdeckt. Den Kollegen alarmiert, dann die Polizei. Mit sehr schwachem Netz hatten sie die Leitstelle erreicht, und alles war seinen Gang gegangen. Die beiden waren wirklich nette Jungs, beide Lehramtsstudenten, die unter anderem Biologie zu lehren gedachten.

»Die Kinder sind so weit weg von der Natur. Sie müssen Grenzen respektieren lernen. Gebote sind Höflichkeit gegenüber der Natur«, sagte der andere.

Unhöflicherweise hatte diese Dame Eugenius allerdings die Tour der beiden durchkreuzt. Gerhard ließ sich die Adressen geben und entließ sie zu ihren schnittigen roten Flussfahrzeugen. Bei denen war nichts zu holen. Außer der Erkenntnis, dass die Jugend besser war, als man immer annahm. Und er hoffte für die Jungs, dass sie in Bayern nach dem Studium einen Job ergattern würden. Denn Bayern bildete ja seine jungen Leute aus, die mit fabelhaften Schnitten dennoch keine Stellen bekamen. Und dann in andere Bundesländer zogen, wo man sich über die bayerischen Junglehrer freute. Die Tochter einer Bekannten war nun nach Mecklenburg gegangen, weil sie dort die Seenlandschaft ganz erträglich fand. Berlin hatte sie verworfen wegen der Größe, Sachsen hatte sie auch ausgeschlossen – allein wegen der Sprache!

Mit dem Eintreffen der KTU und des Arztes war rege Geschäftigkeit ausgebrochen. Das Überraschende trat zutage, als man die Frau bewegte. Auf der Kopfseite, auf der sie gelegen hatte, war eine klaffende Wunde. Gerhard bezweifelte schon beim ersten Ansehen, dass sie einfach nur ungut gestürzt war. Jemand hatte sie mit hoher Wahrscheinlichkeit erschlagen. Und das wohl mit einem großen Stein. Davon gab es hier genug. Gerhard blickte auf den Lech. Der Mörder hatte es leicht gehabt. Er hatte das Mordwerkzeug einfach wegwerfen können, sie würden es nie finden. Wahrscheinlich war sie gestern getötet worden.

Gerhard wollte nun vor allem wissen: Wer war diese Margot? Was hatte sie getan, um in einer solch schönen Landschaft zu enden? An so einem perfekten Herbsttag auf eine Kiesbank gebettet, wo man fast hätte annehmen mögen, sie hätte sich gesonnt. Für den Moment war hier nichts zu tun, die Kollegen suchten die Umgebung nach einem eventuellen Rucksack ab, aber wenn – durch wen auch immer, der diese Frau aus dem Leben gerissen hatte – ihre Utensilien im Fluss gelandet waren, dann hatte die Strömung sie sicher mitgenommen und anderswo ausgespien.

Gerhard und Evi kamen wieder nach Riesen, hielten diesmal auf die B 17 zu und passierten den Deutensee, der da so moorig in einer bunten Herbstlandschaft lag. Auch dieser See war Gerhard bisher entgangen.

Retour im Büro konnte Evi den PC bemühen und runzelte die Stirn. Gerhard rückte einen Stuhl dazu und starrte auf den Bildschirm. Genau genommen verstand er null, was diese Dame da eigentlich machte. Evi hingegen pfiff durch die Zähne.

»Das ist ja Frau Margot!«

»Bitte? Ich kenn nur Frau Antje!«

»Bist du des Lesens nicht mächtig?«, fragte Evi. »Da steht es doch!«

»Wer lesen kann, ist klar im Vorteil. Ich weiß. Aber nur, wer das Gelesene auch versteht, der profitiert. Oder so ähnlich. Ich kapiere kein Wort. Who the fuck is Frau Margot?«

»Ach, Weinzirl! Du bist so monothematisch. Lass mich mal etwas ausholen.« Evi schnaubte. »Also, es gab doch die letzten Jahre diesen Häkeltrend. Diese beiden myboshi-Häkeljungs, die das erfunden haben, dass jeder Mützen gehäkelt hat.«

»Ich nicht!«

»Das ist mir klar. Aber der Amtstierarzt häkelte, die Vorstandsfrau bei einem Chemieriesen, nicht bloß Lieschen Häkelmüller. Und du hast doch auch von all den häkelnden Freunden und Freudinnen jede Menge solcher Mützen bekommen: schöne, schräge, superdoofe.«

Das stimmte: Er hatte von seiner Vermieterin eine eher superdoofe bekommen.

»Evilein, was will mir das nun sagen?«

»Ja, warte! Häkeln ist schon wieder out. Dabei kommt ja nun die stade Zeit, die Winterzeit, wo man naturgemäß mehr drinnen ist und häkeln könnte. Und da gibt es nun den neuen Trend mit den Zen&Tangle-Büchern.«

»Bitte mit wem?«

»Das sind Malbücher, Weinzirl. Man/frau malt nun aus! Malt im Zen&Tangle-Ausmalbuch Blumen und Tiere und asiatisch inspirierte Motive. ›Zen Inspirations‹, ›Relaxing with Zen‹ und so weiter heißen diese Bücher. Das ist echt sehr beliebt.«

»Evi, du willst mir sagen, dass erwachsene Menschen mit Buntmalstiften Bücher ausmalen?«

»Ja, das entspannt total! Malen, Farben auswählen, versuchen, nicht über die Kontur zu schmieren. Da ist man völlig versunken.«

»Evi, bitte! Ich kann völlig versunken ein Weißbier trinken, das ist Entspannung!«

»Warte mal, Weinzirl«, sagte Evi und verschwand.

Sie kam wenig später wieder mit einem Buch mit knallbuntem Cover. Gerhard blätterte es auf: Vorne drin stand wie in seinen alten Schneider Taschenbüchern – Schloss Schreckenstein hatte er geliebt – »Dieses Büchlein gehört …«. Und Evi hatte da reingeschrieben, in feiner Kleinmädchenschrift: »Evi Straßgütl«.

»Du hast so was? Evi, bitte! Und der international bekannte Gehirnchirurg schreibt dann in Medizinerklaue ›Professor Dr. Dr. Rübensehl‹ rein? Ist das dein Ernst?«

»Ich sag doch, das entspannt. Jeden entspannt das, täte dir auch gut! Und unsere Margot von Eugenius ist eine ganz Große der Szene. Sie hat Wahnsinnsauflagen mit diesen Büchern, und sie macht nicht nur Zen&Tangle-Grundstrukturen, sie ist eben auch Frau Margot.«

Gerhard stöhnte. Evi fuhr fort: »Sie macht auch Hand Lettering.«

»Was?«

»Hand Lettering, im Prinzip eben Schönschreiben. Das kann ja keiner mehr der Generation SMS und E-Mail. Und in Frau Margots Büchern sind dann diese mehrstreifigen Zeilen, wo man üben kann. Sie macht Kurse, sie reist durch die Welt damit!«

»Evi, wir hatten Schreiblernhefte aus einer Zeit, die mir gerade heute sehr lange her erscheint. Ich war sauschlecht in Schönschrift, aber spinn i? Die verdient Geld damit, dass sie Leuten Schönschreiben lehrt?«

»Ja, da kannst du dann deine Tassen selbst beschriften oder Einladungen per Hand schreiben. Oder was auf die Wand schreiben. Das ist individuell, das ist schön.«

Gerhard atmete tief durch. »Ich will keine Tassen beschriften! Auch keine Weißbiergläser. Aber gut, ich fasse zusammen: Margot von Eugenius malt Umrisse, die irgendwelche Deppen dann ausfüllen?«

Evi nickte zögerlich. »So klingt es natürlich banal.«

»Es ist Schwachsinn. Pure Idiotie! Und diese Bücher haben echt hohe Auflagen?«

»Ja, sehr hohe, und es gibt jede Menge Verlage, die davon leben.«

Gerhard schüttelte den Kopf. Das war wirklich nicht zu fassen. Warum wurde die Menschheit eigentlich sekündlich blöder?

»Und zudem gibt sie Schönschreibkurse und verdient damit auch noch Geld?«, fragte er nochmals nach.

»Ja, ich habe in einer Zeitschrift mal ein Porträt über sie gelesen, und da stand, dass sie bei einem vierstündigen Seminar rund tausend Euro bekommt.«

Netter Stundensatz, dachte Gerhard. Irgendwas machte er falsch. Er schüttelte den Kopf. Überlegte.

»Und diese internationale Mal-Liesl liegt also am Lech? Bei uns?«

»Ja!« Evi klang ganz unglücklich.

»Evilein, wenn sie in München ermordet worden wäre oder am Piccadilly Circus oder am Eiffelturm oder sonst wo, das würde mir ja einleuchten, aber an einem völlig isolierten Platz? Was wollte sie da? Das hat doch einen Grund!«

Evi sagte nichts.

»Wir müssen abwarten, ob der Fundort auch der Tatort ist. Ob sie transportiert wurde. Aber selbst dann: Muss uns der Ort was sagen? Und was ist mit einem Auto? Wie ist die dahingekommen?«, dachte Gerhard laut nach.

»Ich weiß es nicht!« Das kam kläglich.

Evi schien der Tod dieser Frau wirklich nahezugehen. Dabei hatte sie diese nicht gekannt, und ein Promi im Sinne von einem Popstar war sie ja nun nicht gerade. Auch keine Schauspielerin, deren Name einem etwas sagte. Popstars, Stars und andere Wichtigkeiten gingen Gerhard sowieso am Allerwerstesten vorbei. Der Einzige, dessen Tod ihn vor Kurzem wirklich berührt hatte, war Bowie. Danach hatte er »Heroes« mehrmals im Bus gehört, geschwelgt in seinen Jugenderinnerungen aus dem Kempten der achtziger Jahre – und war fast etwas melancholisch geworden. Was bei ihm ja echt was hieß!

Aber er hatte nun mit dieser Frau zu tun, deren Tun ihm völlig spanisch vorkam. Womit man heute Geld verdienen konnte, es war kaum zu fassen! Allerdings hatte das tödlich geendet. In Gerhard stiegen Bilder auf von irgendeinem Stalker, einem narrischen Fan, und genau das waren Szenarien, die ihm gar nicht gefielen. Dann schon besser ein Familiendrama, ein eifersüchtiger Ehemann – was auch immer. Er würde wohl ein wenig im Leben dieser Dame stochern müssen.

Er gab den Kollegen Melanie Kienberger und Felix Steigenberger den Auftrag, mal nach einem Auto zu forschen, überhaupt so viel wie möglich über die Dame zusammenzutragen. Evi, die immer schneller, effizienter, schlanker und schöner war als er – die beiden letzteren Dinge waren ja klar –, war auch schon aktiv geworden.

»Ich weiß jetzt, warum sie hier war. Sie hatte zwei Seminare hier in der Region. An der VHS.« Da Gerhard nichts beitrug, machte Evi weiter. »Nächste Woche wäre ein Seminar in Bregenz bei einer Kulturinstitution gewesen, dann eines in Peißenberg und eines in Murnau. Die Woche drauf in München im Gasteig. Unsere Seminare hier, also die in der Umgebung, sind jeweils von der örtlichen VHS organisiert. Die Veranstaltungen waren nicht im Gesamtprogramm angekündigt, sie scheinen relativ spontan geplant worden zu sein.«

»Na, stell dir vor, du hättest es erst erfahren, als sie schon wieder weg gewesen wäre. Evi, das wäre ja eine Tragödie für dich gewesen. Das hätte dich doch sehr gewurmt!«

»Weinzirl, du bist ein Arsch! Soll ich mich jetzt freuen, dass sie tot ist?«

Ja nun, innerlich gab Gerhard zu, dass sein Humor sich nicht jedem erschloss. Er musste sich bessern. Äußerlich blieb er emotionslos und sagte: »Dann lass uns mal nach Peißenberg zur VHS fahren. Die haben die Dame ja wohl gebucht. Vielleicht wissen die auch, wo sie hier wohnte und so weiter.«

In Peißenberg hatte sie wohl nicht residiert, weder die Post noch einige Pensionen würden einer solchen Dame genügt haben, nahm Gerhard einfach mal an. Generell war die Spitzenhotellerie im Pfaffenwinkel recht dünn gesät, hierher kamen Wanderer, Radfahrer oder Vertreter und Handwerker. Die kamen mit den Gasthöfen und Pensionen gut klar. Aber so eine? Die brauchte doch sicher Champagner und ein Spa. Und

Nouvelle Cuisine. Dass er aber auch früher oder später immer aufs Kulinarische kam! Sein jäh unterbrochenes Mittagessen lag ja nun schon lange zurück. Er würde endlich mal wieder zu Toni gehen und einen richtig großen Aristoteles-Teller essen. Wenn sie schon in Peißenberg waren.

Die smarte Evi hatte die Leiterin der VHS angerufen, sie eierten aus dem ewig verstauten Weilheim heraus, an Oderding vorbei und hinein nach Peißenberg, das immer neue Kreisel und Abbiegespuren bekam. Vielleicht Fürze des Verkehrsministers, der ja aus dem Bergbaustädtchen stammte.

Die VHS-Dame erwartete sie schon.

Gerhard hatte schon öfter das Vergnügen mit Marianne Mai gehabt, die Frau war klein und zierlich, und er war immer mal wieder fasziniert gewesen von ihrer Farbwahl. Heute trug sie diverse Lilatöne zu Senf – man sah sie sofort, trotz ihrer kleinen Statur. Ja, die Peißenberger VHS hatte Margot von Eugenius gewinnen können, weil Marianne Mai bei einem Treffen aller bayerischen VHS-Leiter und -Leiterinnen mehr zufällig erfahren hatte, dass die Dame in Süddeutschland weilte, und mal angefragt hatte, ob sie bei ihrer Tournee zwischen Bregenz und München nicht noch zwei Stopps einlegen könnte. Was von Eugenius zugesagt hatte.

Tournee. Wie das klang!

»Ihre Gage ist aber nicht so ganz auf VHS-Level?«, fragte Gerhard.

»Nein, aber wir kooperieren mit der VHS in Weilheim und Schongau, und dann waren die Anmeldungen ja gewaltig. Per heute«, sie tippte auf ihrer Computertastatur herum, »schon zweihundertfünfzig.« Sie stutzte. »Warum wollen Sie das eigentlich wissen?«

Ja, das war die Kernfrage, und Gerhards Vorsätze zur Besserung von gerade eben waren verflogen.

»Da werden Sie wohl den Interessenten absagen müssen, Frau Mai.«

Evi trat ihm auf den Fuß.

Gerhard informierte die verdutzte Frau Mai vom Ableben der Dame, leierte seinen Sermon herunter, dass er noch nichts wisse, faselte von ermittlungstechnischen Vorgaben und schloss: »Wissen Sie denn, wo Frau von Eugenius gewohnt hat?«

»Ich wusste gar nicht, dass sie schon hier ist«, flüsterte die VHS-Leiterin.

»Sie haben ihr also kein Zimmer gebucht oder so?«, fragte Evi.

»Nein, in unserem Gespräch hat sie nur gesagt, dass die zwei Termine gut passen würden, weil sie sowieso in der Nähe zu tun habe.«

»Und wo?«

»Das hat sie nicht gesagt. Sie hat lediglich versichert, eine Stunde vor der Veranstaltung da zu sein. Für die Aufbauten, für den Soundcheck. Und so weiter.«

Das war schlecht, sauschlecht sogar! Was hieß schon »in der Nähe zu tun«? Das konnte ja auch privater Natur sein, das würde mühsam werden.

Evi und Gerhard verabschiedeten sich, nachdem sie im Prinzip nichts erfahren hatten. Frau Mai hatte einmal mit von Eugenius' Agentin telefoniert, alles andere hatten sie per E-Mail gemacht. Ja, warum auch nicht, auch wenn diese Dame ein Promi der Hand-Lettering-Szene gewesen war, dieser VHS-Kurs war nur einer von vielen gewesen – irgendwo zwischen Pilates, Cupcakes leicht gemacht, Yoga 1, Word für Senioren und einer Veranstaltung mit dem schönen Titel »An apple a day keeps the doctor away«.

Was Gerhard nun endgültig daran gemahnte, dass er essen musste. Weshalb er Evi zu Toni mitschleppte. Wo der seinerseits seine kleine Tochter umhertrug, was Evi natürlich in wüstes Entzücken versetzte. Sehr späte Väter wie Toni waren ja außerordentlich stolz, die Kleine war auch wirklich besonders goldig.

»Gut, dass sie das Aussehen der schönen Mama geerbt hat«, witzelte Gerhard und bekam trotzdem einen Ouzo, Tonis Medizin für alle Lebenslagen.

Schließlich setzte er Evi ab und fuhr nach Hause. Seppi lag auf der Terrasse und hob den Kopf. Er stand auf, streckte sich, was bei einem Hund seiner Größe aussah, als verwinde sich ein übergroßes Insekt. Er kam näher und schob seine lange Schnauze in Gerhards Hand. Seppi war kein überbordender Wedler. Auch kein Beller. Seppi war pure Contenance und Understatement. Seppi war großartig, und manchmal schoss Gerhard ein Feuerpfeil in die Magengrube.

Seppi würde irgendwann sterben, er war sechs Jahre alt. Die Lebenserwartung von Irish Wolfhounds war nicht hoch. Aber Seppi durfte nicht sterben, weil mit ihm die wichtigste Konstante aus Gerhards Leben weichen würde. Er hatte seine Freunde, aber sein wirklich tiefstes emotionales Band wäre durchtrennt. Zwei Enden, die dann im Wind flattern oder im Matsch zertreten würden. Wahrscheinlich eher Letzteres, rund ums Haus seiner Vermieter war es gerne mal batzig – so viel hätte Hajo noch machen wollen.

Wieder ein Feuerpfeil. Hajo war verstorben, was Gerhard immer noch nicht akzeptieren konnte. Solche Menschen konnten doch gar nicht sterben, durften es nicht, denn mit ihnen verschwand wieder ein Stück Weitsicht von dieser immer engstirniger werdenden Welt. Menschen wie Hajo waren letzte Bastionen einer intelligenten Schrulligkeit gewesen, eines augenzwinkernden Lebenszynismus – Gerhard und Hajo waren da Brüder im Geiste gewesen, wobei Gerhard immer gewusst hatte, dass er Hajo und dessen Universalbildung nie das Wasser hätte reichen können.

Sarah, die Tochter, die Gerhard ja insgeheim bis heute verehrte, die aber längst einen anderen geheiratet und Kinder bekommen hatte, hatte einst gesagt: »Ich habe nie ein Lexikon gebraucht, nie etwas gegoogelt. Ich hab immer meinen Vater gefragt.«

Gerhard schluckte schwer.

ZWEI

Die Vergangenheit hat ihn angefeindet bis zum Versuch der Demütigung, die Gegenwart gibt ihm recht, die Zukunft wird ihn ehren.
gesagt über Otto Kraus

Da Evi Mittwochfrüh einen Zahnarzttermin hatte – natürlich nur zur Zahnreinigung, die allseits perfekte Evi hatte nie Löcher in den Zähnen oder Parodontose –, war es an Gerhard, das Ergebnis der Obduktion zu erfragen.

»Tja nun, Herr Weinzirl, da legen Sie sich nieder!«, tönte der Mediziner am Telefon, der aus dem Oberpfälzischen stammte und diesen Dialekt wirklich zur Perfektion gebracht hatte.

»Eher hat sich die Dame niedergelegt«, sagte Gerhard. Ihm lag der Abend noch im Magen. Hajos Tod setzte ihm zu.

»Ja, das musste sie auch, bei all den Substanzen, die ich in der Dame gefunden habe.«

»Gift?«

»So kann man sagen, ein interessanter Cocktail aus Colchicin, Demecolcin, Colchicosid, Inulin und Asparagin und eine hohe Dosis an Rizin.«

»Bin ich Chemiker?«, fragte Gerhard.

»Besser, Sie wären Botaniker.«

»Bitte?«

»Schaugn Sie, Herr Weinzirl. Es ist Herbst, die Zeit des Vergehens, die Zeit, wo noch ganz spezielle Pflanzen blühen. Die Herbstzeitlose gehört dazu.«

»Leider kann ich Ihnen nicht folgen.«

»Nun denn, Herr Weinzirl: Die Herbstzeitlose ist eine Pflanzenart, die zur Familie der Zeitlosengewächse gehört. Hübsch anzusehen, am Blütenstand auch leicht zu erkennen, aber die Blätter kennt man schon weniger. Alle Teile der Herbstzeitlose enthalten das giftige Alkaloid Colchicin und noch etwa zwanzig weitere Alkaloide. Als tödliche Dosis gelten bei Erwachsenen etwa null Komma acht Milligramm pro Kilogramm Körpergewicht.«

»Keiner frisst ...«, Gerhard rechnete, »... fünfzig Gramm Blätter.«

»Es sei denn, er ist ein Pferd, Rind, Schaf oder eine Ziege. Auch Hunde, Katzen, Kaninchen, Hasen und Meerschweinchen gehen ein.«

»Na gut, aber wie kam das in die Frau?«, fragte Gerhard.

»Das kann ich Ihnen sagen, wobei ich zuerst noch ausführen möchte, dass wir hier noch ein weiteres herbstzeitliches Gewächs hätten, der schöne Wunderbaum aus der Familie der Wolfsmilchgewächse. Die Samen des Wunderbaums sind sehr giftig, da sie das toxische Eiweiß Rizin enthalten, wenige Samen sind tödlich. Der Tod tritt üblicherweise durch Kreislaufversagen etwa zwei Tage nach der Vergiftung ein. Ein agglutinierendes Protein führt zum Verklumpen der roten Blutkörperchen.«

»Bis dahin wäre sie doch längst zu einem Arzt gegangen?«

»Ja, sie hatte auch nicht so viel im Körper. Was zu Ihrer Frage führt. Die Dame hat einen Salat gegessen, da kann man wunderbar ein paar weitere Pflanzenteile unterbringen. Und zudem hatte sie diverse Appetitzügler und Abnehmpräparate im Körper. Ihre Leber war angegriffen; ich glaube nicht, dass sie Alkoholikerin war, aber dass sie seit Jahren zu viele Tabletten aller Art konsumiert hat. Ein sehr modernes, schnelles Leben eben: ›Hallo Wach‹ am Morgen, Schlaftabletten am Abend und alles, was dünn macht.«

»Dennoch ist sie davon nicht sofort tot umgefallen, oder?«

»Nein, aber es muss ihr in jedem Fall hundeübel geworden sein.« Er schien kurz zu überlegen. »Sie wurde am Lech gefunden?«

»Ja, ziemlich ADW.«

»Sie wird versucht haben, Hilfe zu holen, versucht haben, zu telefonieren«, sagte der Arzt.

»Und kein Netz gehabt haben«, meinte Gerhard gedehnt.

»Sehr gut möglich bei Ihnen da draußen! Sie wird sich übergeben haben, ihr war sicher wirklich sterbenselend. Ich sage

Ihnen, Herr Weinzirl, lassen Sie sich immer in der Nähe von Universitätskliniken oder dem Tropeninstitut vergiften! Der gute alte Landarzt tut's da auch nicht!«

»Und dann schlägt ihr jemand auch noch den Schädel ein?«

»Ja nun, sie wurde wohl zuerst etwas aus dem Gleichgewicht gebracht, und dann hat einer nachgelegt. Das war dann todsicher. Ich habe Kalk gefunden. Es war Gestein aus dem Lech, keine Frage.«

»Kann das von einem Sturz herrühren?«

»Unwahrscheinlich. Da muss jemand mit großer Wucht einen Schlag ausgeführt haben.«

»Bei der Vergiftung hatte ich kurz an Selbstmord gedacht, aber sie haut sich ja nicht selbst den Schädel ein«, sagte Gerhard.

»Kaum – und auch ohne diese Verletzung: jemand mit solchem Tablettenabusus? Griffe der zu Pflanzen?«

Gerhard kam das auch unwahrscheinlich vor. Schon wieder Gift, damit hatte er es schon beim letzten Fall zu tun gehabt. Das nahm ja Dimensionen an! Wieso schoss keiner mehr um sich? Das lag ihm mehr. Und dann noch ein tödlicher Schlag hinterher? Die Dame musste sich echte Feinde gemacht haben. Gerhard bedankte sich, legte auf und sah aus dem Fenster.

Die Blätter begannen sich zu verfärben, zwischen dem Fenster und einem Busch hatte eine Spinne ein Netz gewoben, in dem sich Tautropfen in der Sonne spiegelten. Altweibersommer, der so gar nichts mit alten Weibern zu tun hatte. Vielmehr kam der Name von Spinnfäden, mit denen junge Spinnen im Herbst durch die Luft segelten. Kleinen Spinnen genügte die Reibung zwischen einem losen Spinnfaden und einer schwachen Luftströmung, und sie ließen sich einfach verdriften, und der Flugfaden, den die Spinnen produzierten, erinnerte die Menschen an das graue Haar alter Frauen. Mit »weiben« wurde im Althochdeutschen das Knüpfen der Spinnweben bezeichnet. Auch so was hatte Hajo gewusst.

Evi kam zurück, sie spürte Gerhards verhaltene Stimmung und beäugte ihn skeptisch. Sie ließ sich ins Bild setzen und war ebenfalls sehr überrascht.

»Aber so was kann doch nur jemand inszenieren, der sich gut mit Pflanzen auskennt?«

»Ja, jemand wie Kassandra. Es gibt doch jede Menge kräuterkundige Frauen. Und der Landkreis strotzt nur so vor Kräuterpädagogen. Oder wie die heißen. Das hatte ich, glaub ich, schon bei unserem Römerfall erwähnt.«

Evi sagte nichts, sie hingen beide in Gedankenschleifen fest. Das Rätselraten hatte nun begonnen. Und das Warten.

Die KTU erlöste sie bald, konnte dann noch beitragen, dass sie die Umgebung durchkämmt und die persönlichen Gegenstände nicht gefunden hatten. Sehr wohl aber niedergetrampelte Pflanzen, auch zwei Stellen, wo sich Mageninhalt befunden hatte. Es war in der Tat ein düsteres Szenario.

Margot von Eugenius hatte wohl guten Mutes einen Salat gegessen, der sehr ungesund gewesen war. Gerhard hatte es immer gewusst: Salat war gefährlich, mit einer Leberkassemmel passierte so was nicht. Woher war der Salat gekommen? War ihr Mörder oder ihre Mörderin mit an der Litzauer Schleife gewesen und hatte ihr dann noch den Garaus gemacht? Es war sehr beklemmend.

Evi und Gerhard gingen zu Melanie und Felix hinüber, die inzwischen auch einiges in Erfahrung gebracht hatten. Margot von Eugenius hieß eigentlich Margot Schmidt, damit schien man aber im Zen&Tangle-Wesen nichts werden zu können. Ihr verstorbener Vater hatte Eugen geheißen, vielleicht deshalb. Sie stammte wohl aus sehr gutem Hause, aus einer Fabrikantenfamilie. Sie war zum Zeitpunkt ihres Todes sechsundvierzig gewesen, wäre am 10. November dann siebenundvierzig geworden.

»Skorpion«, sagte Melanie bedeutungsschwanger. »Das sind sehr zielstrebige Menschen, auch sehr individuell und kämpferisch. Die gehen ihren Weg – komme, was da wolle. Verantwortlich dafür ist Mars, der Kampfplanet.«

Drehen hier alle durch?, fragte sich Gerhard. Bitte nicht auch noch Astrologie!

»Nun ja, irgendwas und irgendwer hat ihren Weg aber gekreuzt. Sonst irgendwelche Verwandte?«

»Sie hatte einen Bruder, den versuchen die Kollegen in Kiel

ausfindig zu machen. Und eine Mutter. Ganz schwerer Alzheimer. Sie ist in einem Heim, kriegt gar nix mehr mit.«

»Mann? Kinder?«

»Nein, sie scheint völlig in ihrer Arbeit aufgegangen zu sein.«

»Auch kein Ex-Mann?«

»Fehlanzeige«, sagte Melanie.

»Frau Mai von der VHS sprach von einer Agentin. Kannst du dich da mal schlaumachen?«

Melanie nickte. »Bin ich dran. Und sie hatte kein Auto. Auch keinen Führerschein.«

Gerhard sah überrascht auf. »Ja, aber das heißt doch, sie muss irgendwie öffentlich hierhergekommen sein, und sie muss auch irgendwie zur Litzauer Schleife gelangt sein.«

»Taxi?«, warf Evi ein.

»Zur Litzauer Schleife? Evi, du fränkisches Gewächs! Wie lange bist du nun hier? In diesem Landkreis sind Taxis so selten wie Elefantenherden.«

»Toller Vergleich! Dann ist sie mit dem Mörder mitgefahren?«, fragte Evi.

»Könnte sein, oder sie hat ihn da getroffen.« Gerhard wandte sich um. »Felix, Melanie, alle Busse checken, die am Montag in der Frühe oder am Vormittag irgendwo in der Nähe gehalten haben.«

»Ja, aber von woher?«, fragte Felix gedehnt.

»Das, du Schlau-Ei, will ich ja wissen! Wenn sie gewandert ist, muss sie irgendwo losgegangen sein. Die Annahme lautet: Sie ist von einer Bushaltestelle aus gewandert. Kapiert? Also los!«

»Gibt's in der Riesen einen Bus?«, fragte Melanie verdutzt.

»Keine Ahnung, das sollt ihr ja rausfinden!«

»Und wenn sie ein Rad genommen hat?«

»Auch gut. Wir haben nichts. Wir wissen nichts. Wir müssen ja mal irgendwo anfangen«, sagte Gerhard nun etwas lauter.

»Wassermann«, sagte Melanie zu Felix gewandt. »Unnachgiebigkeit, Eitelkeit, hohes Anspruchsdenken und Sturheit.«

»Ach so, und gute Eigenschaften hat mein Zeichen keine?«, fragte Gerhard leicht genervt.

»Ja, doch, Freiheitsliebe und Einfallsreichtum«, meinte Melanie, und Evi warf ein: »Ob das unbedingt gute Eigenschaften sind?«

»Ihr könnt mich mal mit dem Scheiß! Was bist du, Evi?«

»Jungfrau.«

»Echt? In deinem Alter?«

Evi machte eine ungebührliche Geste, bei der der Mittelfinger eine große Rolle spielte.

»Weinzirl, bleiben wir beim Fall. Mir erscheint es doch wahrscheinlich, dass sie mit dem Mörder kam.«

»Das, mein Hase, geht mir auch so. Drum fahren wir jetzt auch noch mal in diese Riesen und fragen ein bisschen rum.«

Gerhard fuhr auf der Umgehungsstraße, und hinter dem Guggenbergtunnel lief er auf einen Audi TT auf.

»Warum hab ich so ein Auto und fahr das mit fünfzig?«, maulte er. »An manchen Tagen scheinen die alle ein Gelübde abgelegt zu haben, dass man keinesfalls schneller als sechzig werden darf. Diesen Jubelrentnern gehört der Schein abgenommen.«

»Bist du auch bald«, lästerte Evi und spielte auf seinen herannahenden Fünfziger an.

Knapp ein halbes Jahr hatte er noch. Evi grinste, und mehr noch, als Gerhard überholte. Am Steuer saß eine junge Frau in den Dreißigern, vom Beifahrersitz glotzte ein fetter Hund herüber.

»Wahrscheinlich wird dem Wuffi sonst übel«, lachte sie.

Gerhard verließ in Peiting die Schnellstraße und fuhr südwärts. Als er dann wieder zum Deutensee abbog, war da eine Bushaltestelle. Er stoppte und stieg aus. Evi kam hinterher.

»Da schau. Butzau. Auf der Stecke Schongau–Steingaden. Da könnte sie durchaus hergekommen sein.«

Sie landeten wieder an der Riesen-Kreuzung, und ein bisschen wie beim täglich grüßenden Murmeltier begegneten sie erneut dem Landwirt, der wieder ein dickes Pferd im Schlepptau hatte.

Gerhard kurbelte die Scheibe runter.

»San Sie oft am Weg?«

Der Bauer überlegte. »Immer wenn i austreib. Und wenn i dann eitreib.«

»Haben Sie am Montag eine Dame mittleren Alters gesehen? Wanderklamotten. Ging Richtung Lech?«

»Naa.«

»Sicher?«

»Jaa.«

Er blickte ziemlich desinteressiert, das Pferd begann herumzusteppen und hieb mit seinen Eisen in den Teer.

»I muas«, sagte der Mann und ging wortlos davon. Das Pferd setzte noch einen Haufen auf die Straße.

»Kackt wie ein Elefant«, meinte Evi.

»Großes Tier, große Haufen. Du, die du nur von Salatblättchen lebst, scheißt natürlich dezenter.«

Evi ließ das unkommentiert, zumal Gerhard in eine Hofeinfahrt einbog. Es war einer der Höfe, wo der Weg hinunter zum Lech begann. Eine alte Dame saß auf dem Hausbankerl.

»Grüß Gott. Sagen Sie, kommen da öfter Wanderer vorbei?«, fragte Evi.

»Jaja.«

»Erinnern Sie sich an vorgestern? Kam da eine Frau um die Vierzig vorbei?«

»Jaja.«

»Wann denn?«

»Jaja.«

Gerhard warf Evi einen vielsagenden Blick zu. »Und der King Kong war auch dabei?«

»Jaja.«

»Und George Clooney?«

»Jaja.«

Die alte Dame, die ihr Gebiss wohl irgendwo verlegt hatte, lachte zahnlos und freundlich.

»Geschtern isch der Bene mit am Kreiz am Buckel durch mei Schlafzimmer. Jaja.«

Eine Tür ging auf, und ein Mann in Gerhards Alter trat heraus. Gerhard stellte sich vor und erklärte sein Anliegen.

»Benedikt, griaß eich«, sagte er. »Geschtern hobts a Leich gfunden?«

Ja, das Aufkommen von mehreren Polizeifahrzeugen blieb hier nicht verborgen. Wie auch? Hier war es ja wahrscheinlich schon eine Sensation, wenn statt des üblichen Postboten mal ein anderer kam.

»Vor a paar Johr hot sich da unten mol oiner umbrocht. Pfeilgrad nei in den Lech. Ja …« Er blickte zu Boden. Das war als Pietät zu werten. »Geschtern, war des au …?«

»Nein«, antwortete Gerhard schnell. »Wir würden von Ihnen gerne wissen, ob Sie hier am Montag eine Dame gesehen haben?«

Aber auch der Benedikt hatte nichts gesehen, klar sah er Radfahrer und Wanderer, hier kamen so einige durch, aber seine Sichtungen erstreckten sich auf die Abendstunden und auf das Wochenende. Er arbeitete eigentlich in Schongau beim Hirschvogel, er hatte nur heute frei, weil er mit seiner Mutter zum Arzt musste.

»Jaja«, sagte die Oma.

»Mama, kimm, mir suchen deine Zähn. Und dann fahr mer auf Schongau.«

Die alte Dame stand überraschend gelenkig auf und verschwand im Haus.

»Körperlich geht's gut, bloß im Hirn beißt's ab und zu aus. Sie sieht mi immer, wenn i durch ihr Zimmer lauf. I komm durchs Fenster. Im ersten Stock.« Er tippte sich vielsagend an die Stirn. »Aber sonst passt's scho. Sie versorgt no dia Henna, sie isst guat. Was will ma mehr?«

Der Mann war ja wirklich ein Herzchen, andere hätten so eine Mutter wohl längst ins Heim gegeben.

»Benedikt, nochmals zum Weg da runter: Der ist aber doch wenig begangen, oder?«

»Ja, die Wanderer sind auf der andern Seite. Da gibt's jetzt au einen Lech-Erlebnisweg. Wissts, so mit Taferl und Stationen. A Kiesel-Lithophon gibt's au, des isch so was wia a Xylophon. Ob ma des braucht?«

Gerhard brauchte so was sicher nicht, aber der moderne Freizeitmensch musste ja unentwegt bespaßt werden.

»Und da? Bei euch? Wer geht da runter?«

»Mei, da weiden ja paar Jungviecher. De kontrolliert ma ab und zu. Der Jager isch do. Ab und zu dia Ränscher.«

»Wer?«

»So Burschen halt, die wo sich um den Lech kümmern. Damit do koiner rumtrampelt, wenn dia Vögel brüten, und irgendwelche Orchideen zammdappt. Aber mei, de Jungen feiern natürlich trotzdem auf der Kiesbank. Der Lech isch der Lech. Des isch it bloß a Fluss«, sagte er, und da war etwas Feierliches in seiner Stimme.

Gerhard und Evi bedankten sich und warfen im Gehen noch einen Blick auf das Klingelschild. Hier wohnten Benedikt, Ivana, Max und Kunigunde. Da hatte der nette Benedikt wohl auch noch eine für die Riesen exotische Frau. Vielleicht hatten die einheimischen Annas und Marias einfach lieber woanders eingeheiratet. Wo es urbaner war. Wo man shoppen konnte. Wo man bei der Bank arbeiten konnte. Wo die Schwiegermutter weniger wunderlich war.

»So, Evi, und was machen wir jetzt?«, fragte Gerhard.

»Zurück ins Büro?«

»Falsch. Wir fahren zu Baier, wenn einer alles weiß, dann er. Über Römer, über die Via Claudia, über den Lech bestimmt auch.«

Diesmal nahmen sie wieder den Weg über Kreuth und trafen schließlich Baier zu Hause an, der gerade eine Zigarre schmauchte.

»Oh, hoher Besuch. Die entzückende Frau Straßgütl.« Baier deutete einen Handkuss an. Gerhard ignorierte er. »Kommts rein.«

Er scheuchte die Besucher auf den Balkon, verschwand und kam wenig später mit Weißbier und Wasser zurück.

»Tote Frau, hab's gehört«, sagte Baier und prostete Gerhard zu.

Zu fragen, wo er das gehört hatte, erübrigte sich. Baier wusste immer alles, was auf seiner alten Dienststelle los war. Gerhard umriss kurz, wer die Dame war, Baier hatte die Stirn gerunzelt und schnaubte.

»Hand Lettering, die ham sie doch nicht alle!«

Dem war nichts hinzuzufügen.

»Wir haben so einen alten Haudegen getroffen«, erzählte Gerhard. »Der kannte Sie. Wanderwade. Kleines Männchen mit Spitzbart. Die wenigen Haare von rechts nach links über den Kopf gepappt. Kam leider Wind auf, und die Haarpracht stellte sich auf wie ein Hahnenkamm.« Gerhard lachte. »Ein Mann fast wie eine Karikatur. Und er war ein echter Kartenfetischist.«

Baier grinste. »Gute Beschreibung. Der Holger. Professor Dr. Holger Niedermaier. War an der TU in München. Geographisches Institut. Guter Mann!«

Das erklärte die Lust an Landkarten.

»Wir haben ihn an der Litzauer Schleife getroffen. Irgendwie scheint es mir so, dass jeder, den wir fragen, zum Lech eine ganz spezielle Beziehung hat.«

»Natürlich. Als man als Kind noch Schönschreiben geübt hat ohne englischen Firlefanz, ohne Hand Letterdings, da hat man auch gelernt: Iller, Isar, Lech und Inn fließen rechts der Donau hin, Altmühl, Naab und Regen fließen ihr entgegen.« Baier schaute gestreng. »Aber der Lech ist im Reigen der Flüsse immer der Ungewöhnlichste gewesen. So viel Historie. So viele Schicksale.«

»Aha«, sagte Gerhard etwas lahm.

»Ach, Weinzirl! Der Lech ist doch nicht bloß ein Fluss! Er hat jahrhundertelang das Schicksal so vieler Familien regiert. Seit der Römerzeit diente der Lech als Transportweg für die Holztrift aus den Alpen, wo man Stämme zusammengebunden hat, sie bis Augsburg getriftet, dort aus dem Wasser gezogen und anschließend verkauft hat. Die Flößer mussten nicht bloß kühn sein in den Stromschnellen und den gefährlichen Sandbänken, sondern auch verdammt gut zu Fuß. Was glauben Sie, wie viele ertrunken sind? Die konnten doch alle nicht schwimmen!«

Evi und Gerhard warteten.

Baier sah die beiden an. »Sie müssen Bilder aufsteigen lassen! Der Lech war ein Wildfluss, er mäandrierte durch Ebenen, er durchbrach Felsriegel, seine Gewalt war die eines Drachen – oder einer gewaltigen züngelnden Schlange. Daher stammen auch die Bilder der Drachentöter. Den Drachenkampf des heiligen Magnus muss man auch immer symbolhaft sehen. Ja nun, ich schweife ab. Diese Flößer also: Wenn sie mit ihrer schwimmenden Holzfuhre in Augsburg angekommen waren, blieb das Floß dort zurück. Die Floßknechte – sie waren Tagelöhner im Dienste der Floßmeister – nahmen nur Eisenteile mit und begaben sich auf den langen Marsch zurück.«

»Der ja wirklich lang war«, überlegte Gerhard, der immer Spaß daran hatte, Baier zuzuhören. Da war so viel Passion und Energie in den Reden des alten Kollegen. Das war seine Welt.

»Da sagen Sie was, Weinzirl! Und weil Marschieren durstig macht, tranken sie gerne mal das eine oder andere geistliche Getränk, und je länger der Rückweg – Flößer aus der Region gelangten bis Budapest! –, desto schlechter standen die Chancen für Frau und Kinder zu Hause, dass Geld bei ihnen ankam. Das Floß war quasi der Öllaster der Ahnen, und die Flößerfrauen waren oft bitterarm und mussten die Kinder an manchen Tagen abends mit dem Satz ins Bett schicken: ›Nimm a Weihwasser und geh ins Bett.‹ Oftmals wurden sie dem Vater entgegengeschickt, damit wenigstens noch ein bisschen Geld in die Hände der Hausfrau floss und nicht alles als Lebenswasser in den Schlund des Ehemanns.«

»Aber waren das denn wirklich so viele? Flößer, mein ich, die davon lebten?«, fragte Evi.

»Liebe Frau Straßgütl, das waren Dimensionen! Den Höhepunkt hatte die Flößerei Mitte des 19. Jahrhunderts. Viertausend Flöße im Jahr, an hundertfünfzig Werktagen fuhren zwanzig Flöße pro Tag, sie mussten immer eine halbe Stunde Abstand halten, zu gefährlich war der Fluss!«

»Und wie lange ging das?«

»Nun, mit dem Bau der Lechstaustufen war es vorbei mit der

Flößerei, und der Lech wurde zum Energiefluss. Dreißig Kraftwerke und vierundzwanzig Stauseen nutzen seine Gewalt nun, der größte Stausee ist der Forggensee bei Füssen, der maximal, ich glaube, es waren hundertachtundsechzig Millionen Kubikmeter Wasser zwischenspeichern kann. Viel Wasser, das aus den Bergen kommt. Der See ist die Staustufe eins. Numero zwei liegt bei Prem, die drei bei Urspring. Sie wissen schon, wo wir diese Archäologenchose aufzuklären hatten. Der See war schon lange da. Er ist ein Relikt aus der Eiszeit, der nur später aufgestaut wurde. Aber das wissen Sie ja eh. Und die Stufe sechs ist die bei Schongau. Eben auch ein See, der Freizeitraum geworden ist. Wenn sie am Lido sitzen, da vergessen viele, dass das ein Stausee ist. Und doch ist es einer, der Lech wurde vergewaltigt!«

Gerhard lächelte. Wiewohl Baier in Pension war, dachte er bei Mord und Totschlag immer im »Wir«. Und bei der »Archäologenchose« hatten sie die Hilfe des alten Fuchses auch gut gebrauchen können. Baier zog noch immer unmerklich an den Fäden. Er kannte die richtigen Leute, wusste sie zu nehmen, und er war klug. Er besaß so etwas wie Weltwissen, er war ein Generalist und ein absoluter Spezialist, wenn es um die Historie seiner Heimat ging.

»Starke Worte. Vergewaltigt?«, fragte Evi.

»Junge Frau! Ihr Bild des Lechs ist das einer Schnur, an der sich Kraftwerke reihen. Wo künstliche Seen Wassersportler erfreuen. Aber überlegen Sie nur! Bis 1950 blickten Sie südwärts, wo die Berge in diesem einzigartigen Halbkreis stehen: der vielzackige Tegelberg, der gewaltige Säuling, die markante Kellenspitze und weiter westlich der Aggenstein, dieser Fels gewordene Dreizack. Davor glitzerte der Lech, trat heraus aus dem Gebirge, ergoss sich in die Ebene, erholte sich von seinem Weg durch die Felsriegel.«

»Sie sollten Heimatdichter werden, Baier.« Gerhard lächelte.

»Sie sollten Gefühle nicht für eine Krankheit halten, Weinzirl, und Worte nicht nur für praktische Mittel, um an Weißbier und Schweinsbraten zu kommen!«

Evi lachte laut heraus.

»Ja nun.« Baier zwinkerte Gerhard zu. »Nix für ungut. Aber der Lech bei Füssen war einzigartig. Da waren seine vielgestaltigen Auen. Und die Bauern hatten Felder in der Ebene, sie wurden beneidet um diese Felder. Wo man sonst mühsam in den Berghängen wirtschaften musste. Die Fauna war einzigartig, und im Winter zog das Rotwild hinunter in die Auen. Und es würde bis heute dorthin wandern, aber Flussauen sind Fehlanzeige: bereinigt, von Straßen abgeschnitten, besiedelt, von Stauseen belegt. Mit betonierten Steilufern! Was also tust du als hungriger Hirsch, der du auch noch Wiederkäuer und auf rohfaserreiche Nahrung angewiesen bist? Genau, du knabberst Bäume an, und das aus Überlebenswillen. Und genau deshalb gibt es Wintergatter. Zum Schutz des Bergwalds.«

»Ja, aber …«

»Nichts aber, Weinzirl! Ich habe irgendwo gelesen, dass der Mensch Ende des 19. Jahrhunderts seine Fesseln der Leibeigenschaft und anderer Unterjochung abwerfen konnte – und was macht er? Seinen geliebten Fluss legte er in Fesseln. Und den Tieren entzog er Lebensräume. Es war pures Unrecht.«

»Aber doch irgendwie nötig«, sagte Gerhard, der die Rolle des Advocatus diaboli einnahm, weil er wusste, dass Baier Streitgespräche schätzte und dann am wachsten war, wenn er scharfen Gegenwind bekam.

»Nötig, ja nun. ›Nachvollziehbar‹ wäre das Wort. Nach 1945 war der Energiebedarf gewaltig, Bayern im Aufbruch hatte unstillbaren Hunger nach Strom, vor allem weil klar war, dass der Zugang zur Energie der Thüringischen Wasserwerke, die Bayern vor allem bezog, nicht mehr lange würde zugänglich sein.«

»Die Zeiten waren eben anders«, sagte Gerhard.

»Anders, ja. Wirtschaftswunderdeutschland wurde aus der NS-Zeit in eine scheinbar blühende Zukunft katapultiert. Von einem Unrechtsregime in die Demokratie. Aber die Köpfe waren doch noch dieselben! Saßen auf denselben Hälsen. Die Unterdrückten mussten erst lernen, aufzumucken, und die alten Seilschaften der Nazikameraden waren doch lange nicht gekappt. Eine schweigende Mehrheit schwieg weiter, und die Kasernenhofeinpeitscher brüllten weiter. Heute würde man keinen solchen Stausee mehr anlegen können.«

»Der aber schon sehr schön ist, oder?«, fragte Gerhard. »Ein See mehr für Bayern.«

»Ja, der fünftgrößte dazu. Es ist längst so: Eine Reihe von Einheimischen – und von den Gästen erst recht – weiß gar nicht, dass der Forggensee kein Natursee ist«, sagte Baier.

»Aber er sieht ja auch so aus, als müsse er da sein«, warf Evi ein.

»Ja, bloß wenn er im Winter abgelassen wird und enttäuschte Besucher an seinen Gestaden in den Schlamm blicken, wird klarer, dass da was nicht stimmt. Das haben selbst jene mit Anfangseuphorie ausgeblendet. Ein halbes Jahr lang ist das eine Wüste aus ekligem Schlamm!«

Baier hatte die Stirn gerunzelt, sein Gesichtsausdruck war verhangen.

»Also, wir reden beim Lech von einem Energiefluss, und insofern ist diese Schleife da bei Burggen, wo wir die Tote gefunden haben, eben was ganz Spezielles, oder?«, versuchte Evi wieder aufs Thema zu kommen.

»Evi ist Jungfrau«, sagte Gerhard. »Das ist ein ganz gestrenges Sternzeichen. Evi mag unsere Gespräche nicht. Jungfrauen sind ordentlich und durchgeplant.« Er grinste Evi an. »Was sind Sie eigentlich, Baier?«

»Schütze. Die sind die besten. Aber egal. Also, diese Litzauer Schleife: Das ist ein unverbauter Lechabschnitt, der den Urzustand wiedergibt. Flusshänge waren oft schütter bewachsen, hier in dieser Ur-Natur gibt es noch den Offenwaldcharakter mit all seiner Flora und den seltenen Tieren, die hier an den Hängen die Sonne anbeten können. Ihr müsst mal eine Führung machen. Das ist wirklich interessant, so vor der Haustür und doch so unerkannt.«

»Der Bauer Benedikt meinte, es gäbe auch Lech-Ranger.«

»Ja, stimmt, soweit ich weiß, gibt es einen Gebietsbetreuer und noch einige andere Leute, die Führungen anbieten. Wir haben hier auch ein lebendes Landwirtschaftsmuseum, die Weidegenossenschaft von Burggen betreibt beispielsweise noch die alte Almendbewirtschaftung.«

»Der Lech liegt Ihnen echt am Herzen?«, fragte Evi.

»Ja, sehen Sie, Frau Straßgütl. Ich war zehn Jahre alt, als ich mit meinem Vater in Schongau 1959 am Lech stand. ›Bua‹, sagte er, ›heute hörst du den Lech zum letzten Mal rauschen, morgen ist er ein See.‹ Das hab ich nie vergessen.«

Gerhard nahm einen Schluck vom Weißbier. So viel Emotionalität gönnte sich Baier selten, sich nicht und anderen. Und auch er, der Gefühlsklotz Gerhard Weinzirl, hatte gestern etwas gespürt beim Blick über diese Litzauer Schleife. Er hatte Gefühle, auch wenn Baier ihn veralberte, und eines stimmte zumindest: Ein Mann der fein ziselierten Worte war er nicht.

Kassandra hätte von einem Ort der Kraft gesprochen, Jo vom »genius loci«. Der Fluss rührte etwas in ihm an. Es war ein diffuses Gefühl. Der Tod der Frau war merkwürdig. Und immer dieser Lech, der – Stauwerke hin oder her – so träge dahinfloss, so träge und türkis.

»Umso merkwürdiger ist doch der Fundort«, sagte Gerhard. »Wer verirrt sich denn da hin?«

»Und wenn diese Dame einfach zur falschen Zeit am falschen Ort war?«, fragte Baier.

»Dann wäre sie einem Raubmord zum Opfer gefallen, einer sexuell motivierten Tat, oder sie hat etwas gesehen, was sie nicht hätte sehen sollen«, meinte Evi.

»Raubmord, okay. Sie hatte nichts bei sich, müsste also etwas im Rucksack gehabt haben, was einen Mord wert ist«, überlegte Gerhard. »Eine Vergewaltigung können wir ausschließen, da haben wir die Ergebnisse der Gerichtsmedizin. Und die nächste Frage wäre, was sie hätte sehen können an einem sonnigen Herbsttag am Fluss?«

»Den Dornigen Hauhechel oder ein Ochsenauge«, lächelte Baier.

»Wen?«

»Zwei seltene Pflanzen, Weinzirl. Das ist noch so etwas Unikales am Lech. Er ist ein Schatzkästchen der Natur, es ist sein

Alleinstellungsmerkmal unter allen bayerischen Flüssen: Drei Florenregionen schneiden sich. Wir haben hier alpine Arten, die aus dem Gebirge kommen. Wir haben mediterrane und submediterrane Arten, die nachweislich über den Rhône-Durchbruch und über den Jura hierherkamen, sich aber nie weiter nach Osten ausgebreitet haben. Und umgekehrt kommen aus dem Osten kontinentale Arten, die es nicht weiter nach Westen geschafft haben. Er bewahrt eine unvergleichliche biologische Vielfalt.« Baier lächelte wieder. »Und an jeder Pflanze als Raupenfutterpflanze hängt eben ein Insekt. Am Dornigen Hauhechel zum Beispiel der Bläuling.«

Das war ja alles sehr interessant, aber wo da ein Mordgrund liegen sollte, das blieb Gerhard schleierhaft. Und außerdem war sein Bild vom Lech eben doch das der Moderne. 2014 hatte seines Wissens der Forggensee sein sechzigjähriges Jubiläum gefeiert. Man konnte die Zeit nicht zurückdrehen. Sosehr Baier auch in der wilden Schönheit der Vergangenheit schwelgte. Der Lech bestand eben jetzt aus Staumauern.

Als er engeren Kontakt zu Reiber, dem Augsburger Kollegen und Kurzzeitgespielen von Jo, gepflegt hatte, da war er öfter in Augsburg gewesen. Nichts als Staustufen. Der Lech war nur in Österreich noch schön, dort wo er dem Außerferner Lechtal seinen Charakter gab. Es war eine gewaltige Landschaft – weit, urwüchsig, kraftvoll. Im Sommer offenbarte der Fluss endlose Kiesbänke, einer Steinwüste gleich, durchzogen von Rinnsalen. Das war sein Bild vom Lech, das war sein Lechtal mit all den Almen eine Etage drüber, die Gerhard viel zu selten mit dem Bike besuchte.

»Aber Leute, ist das nicht irgendwie die sentimental journey? Was wollt ihr denn, alle oberbayerischen Flüsse sind doch längst geschundene Energieflüsse! Die Isar mit dem Sylvensteinspeicher. Und die Ammer war ja auch nur eine lange Weile ein wichtiger Fluss für die Holztrift. Ich weiß auch, dass Namen wie Trifthof in Weilheim daran erinnern. Aber dann kam das Kraftwerk Kammerl, das war meines Wissens Ende des 19. Jahrhunderts. Alles keine Naturflüsse mehr. Der Lech am wenigsten!

Was haben Sie grad gesagt, Baier? Viertausend Flöße im Jahr? Das war sicher auch nicht romantisch – und dann halt später dreißig Kraftwerke und vierundzwanzig Stauseen. Das ist heute nicht mehr wegzudiskutieren«, sagte Gerhard.

»Völlig richtig, Weinzirl, Romantik ist anders. Drum lieben wir ja alle diese Litzauer Schleife so. Weil der Lech da noch wild sein darf.«

»Die Zeit schreitet voran. So ist das eben«, sagte Gerhard.

»Ach, Weinzirl, das ist Ansichtssache. Es ist und bleibt eine Sünde gegen so viele Menschen.«

Gerhard wartete.

»Einfach ganze Dörfer fluten! Das sind Wunden, die bleiben! Und sosehr auch Chronisten alte Geschichte aufschreiben, die Geschichten verschwinden ganz langsam. Weil es keine Referenzpunkte mehr gibt. Weil Sie das, wovon sie handeln, nicht mehr sehen können. Sie können das mit dem Reschensee vergleichen. Da sind immer noch Menschen, die diese Flutung traumatisiert hat. Aber da steht der Turm im See, ein Mahnmal. Das ist eindrücklich, oder, Weinzirl?«

»Ja, das stimmt«, mischte sich Evi ein. »Immer wenn ich da vorbeifahre, bin ich irgendwie ergriffen.«

»Ja, ein tolles Fotomotiv. Aber vor der Flutung standen Enteignung, Querelen, Verzweiflung, am Ende wurden im Sommer 1950 außer dem denkmalgeschützten Kirchturm von Graun alle Gebäude in Graun und den Weilern rundum gesprengt, abgetragen und überflutet – für den See mit sechshundertsiebenundsiebzig Hektar Fläche. So anmutig im Sommer. Unter Eis im Winter von erhabener Schönheit. Aber nur aus Sicht des Tourismus«, sagte Baier.

»Ja, und meint ihr, die ganze schöne Historie interessiert die Kitesurfer? Das ist ein internationales Revier, die werden froh sein, dass sie den See haben mit diesen exzellenten Windverhältnissen. Neben dem Silvaplanasee ist es *das* Revier.«

»Weinzirl, du Klotz, da sind wir doch beim Punkt! Das war Lebensraum von Menschen, die haben da gewirtschaftet, Kinder kamen zur Welt, Tiere wurden geboren und starben. Jede Familie hat ihre Historie, die man festmachen kann an Dingen, an Möbeln, an Bildern, an einem Gartenzaun, an den Blumen. Und jetzt ist es nichts als Freizeitraum für andere. Aber am Seegrund liegen die Geschichten!«, rief Evi.

»Die Möbel konnte man mitnehmen, Bilder auch. Und Blumen kann man überall neu anpflanzen«, maulte Gerhard.

Baier war der Unterhaltung mit gerunzelter Stirn gefolgt. »Weinzirl, ich muss Frau Straßgütl recht geben. Sie sind ein Klotz. Ein unbehauener. Nein, ein schlecht behauener eher.«

Evi gluckste und wurde dann wieder ernst. »Ich wusste wirklich lange gar nicht, dass der Forggensee gar nicht echt ist, also …«

Sie verlor den Faden, und Baier sprang ein. »Ich folge da absolut Frau Straßgütl: Das Perfide am Forggensee ist, dass er so echt aussieht. Am Reschen kommt man zu einer gewaltigen Staumauer, man hat diesen mahnenden Turm am Eingang ins Vinschgau. Am Forggensee sieht man liebliche Ufer, Segelhäfen, Badeplätze, ein Linienschiff – alles, was ein See braucht, und doch ist das ein gigantischer Wasserspeicher.«

»Na gut, dann nennt den See eben eine Mogelpackung, aber ich verstehe trotzdem nicht, warum euch das so berührt. Und dass nicht jeder über die Umsiedlung glücklich war, das ist ja wohl klar. Aber die bekamen ja auch Geld.«

»Gemeinwohl sticht Einzelwohl?«, fragte Evi. »Ober sticht Unter?«

»Ja, ich wiederhole mich. So ist das Leben.«

»Ganz so einfach ist das nicht gewesen, Weinzirl! Es waren ja nicht nur Großbauern im Seegrund. Es gab viele Kleinhäusler – und dann kamen die Männer von der BAWAG. Wichtig aussehend. Mit Schlips und Binder. Die legten Dokumente vor und boten Geld an. Gaben sich verschwörerisch. ›Nehmen Sie lieber das Angebot an, am Ende werden Sie enteignet, dann haben Sie gar nichts.‹ So lief das damals. Und dann schärfte man den kleinen Bauern ein, nicht mit den Nachbarn zu reden. Weil ja gerade sie ein besonders gutes Angebot bekommen hätten. Die haben die Menschen ganz perfide gegeneinander ausgespielt. Es lag ein Raunen über den Höfen. Wer hat verkauft? Wer nicht? Wer zu welchen Konditionen?«

»Die Bauern waren ja auch keine Juristen«, sagte Evi gedehnt.

»Dito, Frau Straßgütl. Sie hatten keine juristischen Kenntnisse, sie hatten Angst vor Großkopferten, sie waren dem sprachlich auch gar nicht gewachsen.«

»Keinerlei Auflehnung der Betroffenen?«, fragte Gerhard.

»Doch, es gab Karl Singer. Selbst Landwirt. 1901 geboren, er wurde siebenundachtzig und starb am Todestag des Kini. Sehr passend. Singer organisierte die Bauern, wurde deren Wortführer. Er handelte bessere Konditionen aus, das ging als ›Schwangauer Vertrag‹ in die Geschichte ein. Er war unbequem, unbeugsam, hagebuchen, mutig. Er hat Schlimmeres verhindert, aber das Schlimmste konnte keiner verhindern. Die Heimat war weg. Der Lech – ich wiederhole mich – vergewaltigt.«

»Und deshalb also diese Sonderstellung der Litzauer Schleife?«, fragte Gerhard, der beeindruckt war von Baiers Wissen. Das schüttelte er einfach so aus dem Ärmel. Zahlen und Fakten.

»Ja, genau, Weinzirl, und da muss ich Ihnen noch was erzählen, damit Sie die Stellung der Litzauer Schleife begreifen. Wir müssen da nochmals weiter ausholen – weit hinein in die 1950er Jahre, als auch Otto Kraus weinte! Er weinte sogar vor Studenten!«

»Wer weinte?«

»Otto Kraus, der zweimal kommissarisch das Institut für Mineralogie und Kristallographie an der Universität München leitete, wurde 1949 von der bayerischen Staatsregierung zum Leiter der Bayerischen Landesstelle für Naturschutz berufen. Er war Bayerns erster amtlicher Naturschützer, und dann sollte der Forggensee kommen. Der Naturschutz hatte eingedenk der Energienot in den Jahren 1949/50 im Gegensatz zu den betroffenen Bauern der Flutung zugestimmt – allerdings unter der Bedingung, die sensationell schöne Illasbergschlucht zu erhalten. Die BAWAG aber bezog sie mit ein, entgegen aller Vereinbarungen, und Otto Kraus weinte. Er hielt gerade eine Vorlesung, und da wurde ihm ein Zettel gereicht, dass die Illasbergschlucht geflutet sei. Da brach er zusammen und weinte vor seinen Studenten. Hatte er nun bei der Schlucht verloren, zog er bei der Litzauer Schleife alle Register. Kraus organisierte Ende 1954 einen breiten Widerstand, aktivierte über zwanzig Naturschutzvereine, wissenschaftliche Gesellschaften, Universitätsinstitute, Einzelpersonen, unter ihnen tausenddreihundert Lehrer aus München, Landsberg und Schongau.«

»Und?«, fragte Evi gespannt.

»Er gewann. ›Stau 5‹ kam nicht, und Kraus blieb unbequem. Als man ihn 1960 zum Regierungsdirektor befördern wollte, lehnte er ab. Ihm fehlten die Eigenschaften des Beamten, formulierte er zynisch. Das, Weinzirl, ist die Tragödie dahinter. Und deshalb hängen wir alle so an der Litzauer Schleife, sie ist ein Stück Hoffnung, sie zeigt uns, dass wir Menschen uns auflehnen müssen.«

Gerhard nahm noch einen letzten Schluck von seinem Weißbier, lehnte ein zweites ab, weil Evi ihn so warnend ansah.

»Baier, wir müssen eh! Und danke für die Geschichtsstunde.«

Baier nickte nur, und Evi und Gerhard fuhren schweigend zurück ins Büro. Es gab so viele Bilder zu verarbeiten.

In Weilheim angekommen, hatte Melanie Neuigkeiten zu präsentieren.

»Ich hab diese Agentin erreicht. Dr. Charlotte Klobenstein. Wie die alle heißen!«

»Tja, Mel! Nicht jeder kann Kienberger hoaßen«, witzelte Gerhard.

»Pfft«, machte Melanie. »Diese Klobenstein war schon in großer Sorge, weil sie diese Margot Dingsda nicht erreicht hat. Sie war wohl grad in Frankfurt, also die Klobenstein, und ist in den nächsten ICE gesprungen und auf dem Weg hierher. Müsste eigentlich jeden Moment auftauchen. Wo wart ihr eigentlich so lange? Ich hab versucht anzurufen!«

»Wir waren beim Hauhechel«, sagte Gerhard.

Melanies Gesichtsausdruck war alles andere als intelligent. Evi hatte Kaffee geholt und stellte den vor Gerhard ab. »Überdeckt deine Fahne.«

»Komm, Evi, ein Weißbier!«

Evi warf Melanie einen bedeutungsschwangeren Blick zu. Bevor die Damen sich weiter an Gerhard ergötzen konnten, klopfte es. Felix führte eine Frau herein – und die war durchaus sehenswert. Sie hatte weiße Haare, die sie in einem Kurzhaarschnitt helmartig und stichelhaarig am Kopf trug. Auf der Stirn bildete der Haarschnitt ein Dreieck, die Augenbrauen waren ebenfalls in scharfer Dreiecksform gezupft. Sie trug einen schwarzen Hosenanzug, an der Hose von der Hüfte bis zum Knöchel eine Bordüre mit viel Blingbling, das sich am Revers der Jacke fortsetzte. Ihre glänzend silbernen Stiefel hatten Plateausohlen, diese waren stollig wie ein Traktorreifen. Die Tasche dazu ebenfalls so silbern, dass man zu erblinden drohte, wenn man draufblickte. Ein derart urbanes Outfit, das bei Guido Maria Kretschmer wahrscheinlich unter dem Motto »Zeig deine Silberseite« gelaufen wäre, gab es in Weilheim nicht so häufig zu sehen. Melanie starrte die Frau mit offenem Mund an, weswegen Evi ihr auch mit einem Kopfnicken verhieß, Land zu gewinnen.

»Frau Dr. Klobenstein, setzen Sie sich doch bitte«, sagte Evi. »Wasser, Kaffee?«

Sie nickte, es war ihr anzumerken, dass sie um Fassung rang.

»Margot ist wirklich tot?«

»Ja, leider.«

»Sie wurde ermordet?«

»Davon müssen wir ausgehen. Sie hat einen vergifteten Salat gegessen, sie starb aber an einem gezielten Schlag gegen den Kopf.«

»Aber wer, aber wie …?« Ihre Stimme zitterte.

»Frau Klobenstein, die Tat zeugt von großer Wut. Oder Verzweiflung. Warum erst der Salat, dann ein Angriff?«

»Sie war Vegetarierin. Sie hat viel Salat gegessen«, sagte Frau Klobenstein.

Menschen sagten solche sinnlosen Sätze, jeder ging anders um mit dem, was unglaublich war und doch das eigene Leben auf immer und ewig verändern würde.

»Wissen Sie auch, dass sie ziemlich viele Tabletten einnahm?«, fragte Gerhard.

»Nein, ja. Ab und zu eine Schaftablette. Sie stand sehr unter Strom. Sie war auf einer Erfolgswelle, sie reiste viel, der Jetlag, da muss man eben …« Sie begann zu weinen.

Evi reichte ihr ein Taschentuch. Dann schob sie das Wasserglas zu ihr hinüber. Frau Klobenstein schnäuzte sich und wischte sich die Tränen ab, und zwar so, dass sie ihre starke Schminke nicht beeinträchtigte, die sicher wasserfest sein musste. Selbst in der Trauer war sie noch kontrolliert.

»Frau Klobenstein, wir haben bei unseren Recherchen festgestellt: Sie haben dieselbe Adresse wie Margot von Eugenius! Sie trauern nicht um eine Geschäftspartnerin, sie trauern um Ihre Lebensgefährtin, oder?«, fragte Gerhard.

Sie nickte und tupfte weiter die Tränen unter den Augen ab.

Evi und Gerhard warteten. Die Frau fasste sich zusehends. Es war eigentlich beängstigend, wie schnell sie die Fasson zurückgewann. Gerhard bekam eine Ahnung davon, was es bedeutete, so ein Leben in der Öffentlichkeit, von Terminen diktiert, zu führen.

»Es war kein Geheimnis, wir haben uns da nur eher bedeckt gehalten. Es gibt immer zynische Kommentatoren. Es gibt immer Neider. Wir haben nach außen eine professionelle Ebene gewählt.«

»Homophobe Kommentare?«, fragte Gerhard.

»Wir haben immer noch eine Welt vor uns, die gerne mit Sätzen wie ›haben halt keinen Mann abbekommen‹ oder ›die müsste man mal ordentlich ficken‹ brilliert. In Margots Fankreis sind viele nette Hausfrauen, ganz normale Frauen mit Mann und Kindern und Eigenheim. Verstehen Sie mich nicht falsch, ich bewerte keine Lebenskonzepte, aber wenn Sie in der Öffentlichkeit stehen, dann ist etwas Zurückhaltung gut.«

»Seien Sie mir nicht böse, aber ich kann mir schwerlich vorstellen, dass man als Frau Margot so ein Star wird. Ich meine, als Sängerin oder als Schauspielerin, aber im Zen&Tangle-Wesen?« Gerhard sah die Frau interessiert an.

»Herr Weinzirl, wir reden hier von Buchauflagen ab hunderttausend aufwärts. Von internationalen Auflagen. Margot war in Amerika bei Oprah Winfrey in der Talkshow – und ja, wir reden hier von einem Jahreseinkommen von rund fünfhunderttausend. Das ist eher nach unten korrigiert.«

Evi gab einen kleinen, spitzen Laut von sich. Gerhard kräuselte die Stirn. Ja, das waren Dimensionen! Er musste eventuell doch über einen Berufswechsel nachdenken. »Herr Gerhards bayernweite Leberkas- und Schweinsbratenbücher«. Er würde verkosten und damit noch Geld verdienen. Eine großartige Idee. Und so ein Leberkasumriss ließ sich sicher toll ausmalen.

»Dann gibt es natürlich Neider. Gibt es Mitbewerber, die nicht so erfolgreich waren? Würden die so weit gehen?«, fragte Evi, die merkte, dass Gerhard in Gedanken irgendwohin geschweift war.

»Sicher gibt es auch andere in der Szene. Margot war aber die unangefochtene Nummer eins. Ich kenne ein paar der anderen Künstler, ja …« Sie zögerte. »Da müssten unentwegt Autoren jene Kollegen ermorden, die ein besseres Ranking auf den Bestsellerlisten haben.«

»Tja …«, sagte Gerhard.

Für ihn war das alles sehr weit weg. Er malte keine Zenmotive aus, ihm war sein Schriftbild egal, er nahm nicht an, dass er je heiraten und dazu Einladungskärtchen beschriften würde. Er las keine Bücher, höchstens mal Mountainbikezeitschriften. Einmal hatte er einen Krimi gelesen, den Jo ihm aufgedrückt hatte, einen Krimi, der im Allgäu spielte und dessen Witze auf Sparflamme gekocht waren und der Fall so dämlich, dass Gerhard fast einen Brief an den Autor geschrieben hätte. Außerdem war ihm nach zwanzig Seiten klar, wer der Mörder war. Da konnte man seine Zeit wirklich besser verwenden.

»Das größere Problem scheint mir, also …« Frau Klobenstein wirkte auf einmal leicht fahrig, was nicht zu ihrer sonst so präzisen Ausdrucksweise passte.

»Frau Klobenstein?«

»Margot hatte vor, ihren Verlag zu verlassen. Sie, wir … waren gerade dabei, einen neuen Verlag zu gründen. Einen eigenen … Ach.«

Gerhard sah sie überrascht an. »Das würde bedeuten, dass ihrem aktuellen Verlag viel Geld verloren ginge, oder?«

Die Agentin nickte.

»Na ja, aber tot nutzt sie dem Verlag ja auch nichts«, warf Evi ein.

»Es verhält sich allerdings so …« Frau Klobenstein zögerte wieder. »Eine nicht unerhebliche Anzahl anderer Autoren wäre zu Margot übergelaufen. Sie hätte den Verlag …«

»… ausgeblutet?«, half Gerhard aus. Was keine schöne Formulierung war, das sah Gerhard auch an Evis Gesichtsausdruck.

»Aber morden denn Menschen, die Bücher machen?«, fragte er stattdessen. »Sind das nicht alles Schöngeister, beseelt von ihrem Auftrag, die Welt mit ihren Produkten schöner zu machen?«

Ja, ein Psychologe hätte ihm gesagt, dass er ein Zynismusproblem habe. Kassandra hatte ihm das auch gesagt und eine Reihe von anderen Frauen, die alle früher oder später bemängelt hatten, dass er rein gar nichts ernst nähme.

Frau Klobenstein sah ihn mit umwitterter Miene an und sagte dann scharf: »In der Verlagsbranche weht längst ein sehr kühler Wind. Verleger kommen und gehen. Man beäugt ganz genau, was die Mitbewerber machen, man wacht eifersüchtig über Top-Autoren. Es geht wie immer und überall auf der Welt um sehr viel Geld.«

»Vielleicht ist das jetzt eine komische Frage, aber warum wollte Ihre Lebensgefährtin einen eigenen Verlag gründen? Sie verdiente viel, man kann von einem gewissen Lebensstandard sprechen, warum wollte sie so ein Risiko eingehen?«

»Fragt das der Beamte?« Das kam noch schärfer. »Es geht um Passion, um Visionen, es geht um den Blick, der sich nach vorne richtet. Nicht nur ums Geld.«

Nun, das konnte wahrscheinlich so eine leichter sagen, die genug davon hatte.

Evi schaltete sich ein. »Darin liegt in jedem Fall ein Motiv.

Gibt es denn jemanden im Verlag, den oder die Sie speziell verdächtigen?«

»Natürlich nicht!«

»Anders gefragt: Wer wusste vom Plan der Verlagsgründung?«

»Margot und ich. Und dann noch unser Steuerberater.«

»Liebe Frau Klobenstein, Sie sagten eben, dass andere Autoren überlaufen würden. Dann wussten die doch vom neuen Verlag?«

»Na ja, Margot hat vielleicht mal was angedeutet, also …« Ein Teil ihrer Sicherheit verflog wieder.

Das war ja toll. Gerhard konnte sich ungefähr vorstellen, wie das gelaufen war. Aus einer ameisengroßen Andeutung war ein Gerücht in der Größe einer Hummel geworden. Die war umhergeflogen, und mit Sicherheit war die Information irgendwie im Verlag angelangt. Es hatte bestimmt auch Doppelagenten gegeben, die ebendiese Information für sich zu nutzen gedachten. Es war, schlicht gesprochen, uferlos.

Das schien Frau Klobenstein auch zu merken. »Aber es hätte doch niemand …« Sie tupfte ein paar Tränchen ab.

»Nun wollen wir die Kirche auch erst mal im Dorf lassen«, sagte Gerhard in deutlich zu rüdem Ton, aber heulende Frauen waren gar nicht seins. »All diese Spekulationen bringen uns erst dann weiter, wenn wir die letzten Tage von Margot von Eugenius rekonstruiert haben. Die wichtigste Frage: Wo war sie? In welchem Hotel?«

»Sie war in keinem Hotel.«

»So, wo denn dann? Auf dem Campingplatz?« Das fiel Gerhard so ein, weil der letzte Tote in einem Diogenes-Holzfass auf dem Campingplatz gelebt hatte.

»Sie hat privat gewohnt.«

»Ach, geht's auch etwas präziser?« Er sollte netter sein, aber diese ganze Geschichte war ihm jetzt schon so was von zuwider.

»Margot hatte Kontakt zu einer älteren Dame aufgenommen, die weiland Deutschlehrerin war. Eine sehr rührige Frau, die heute, glaub ich, sechsundsiebzig Jahre alt und geistig völlig rege ist. Sie ist auch Ortschronistin, sprich eine alte Dame, die eine Art lebendes Archiv ist und großes Interesse an Margots Arbeit hat. Margot wollte mit ihr die altdeutsche Schrift wieder aufleben lassen. Die kann ja kaum einer mehr lesen. Können Sie das noch lesen?«

Das war eine Gewissensfrage. Er konnte, aber er blieb auch mal hängen, und der Lesefluss stockte. Und Altdeutsch zu schreiben hatte er nie mehr gelernt.

»So einigermaßen«, sagte Gerhard.

»Ich kann es auch nur, weil ich die Goldköpfchenbücher meiner Oma gelesen habe. Bezaubernd altmodisch, und allein die Titelbilder, heute sagt man Cover, zeugten von einer – wie nenn ich es, Reinheit? Ja, ähm, Margot war fasziniert davon, und sie plante eine altdeutsche Hand-Lettering-Buchreihe mit der alten Dame. Die beiden haben daran gearbeitet.«

Herr, lass Abend werden, dachte Gerhard. Altdeutsches Hand Lettering. Hätte das nicht Old German heißen müssen? »Hat diese Dame einen Namen? Und wo wohnt sie?«

»Dietlinde, ja, genau. Drescher war der Nachname. Warten Sie, ich hab die Adresse.« Sie zückte ein schmales Smartphone, ein ganz schmales, wahrscheinlich hieß das »super slim«, und darin war nun die Adresse einer Sechsundsiebzigjährigen. Die Altdeutsch konnte. Gerhard kam das alles surreal vor.

»Ich habe hier notiert: Hausen. Ein Ortsteil von Bertoldshofen. Wo immer das ist.«

»Im Ostallgäu. Nahe Marktoberdorf«, sagte Gerhard. Das war nicht sein Beritt, sie würden die Kollegen informieren müssen, dass sie über der Grenze wilderten. Die würden aber kaum etwas dagegen haben. Er kannte Bertoldshofen wie alle Ost-West-Fahrer natürlich als den Ort, den man unweigerlich passierte, wenn man vom Oberbayerischen ins Allgäu fuhr. Und fast so antik wie die altdeutsche Schrift waren jene Erinnerungen, die in die Zeiten der Ortsumgehungen zurückreichten.

Da war eine Fahrt von Bad Tölz nach Kempten einer Expedition gleichgekommen. Hundertsechzehn Kilometer gefühlte Ewigkeit. Außerdem wohnte in Bertoldshofen ein Bekannter. Das war einer, der Gerhard allergrößten Respekt abverlangte. Der Mann konnte noch schindeln, ein gelernter Zimmerer, der vom Papa eine uralte Kunst erlernt hatte. Mit Holz, einem Material, das in Würde alterte. Fassaden, die stoisch die Menschen überlebten und die Schutzfunktion des Hauses bewahrten.

Gerhard hatte mal zugesehen. Jede Schindel musste einzeln aufgenagelt werden, sein Kumpel verlegte dreilagig, das hieß, nur ein Drittel der Schindel war sichtbar, zwei Drittel blieben unter der nächsten verborgen. Ein Künstler, der Mann, Gerhard traf ihn eigentlich viel zu selten. Aber seiner Damenschar wollte er den Schindelmann auch lieber nicht präsentieren. Der hatte nämlich so was von blaue Augen, dass die Mädels sicher alle niedergesunken wären.

»Diese Dame sollte sich aber auch gewundert haben, wenn ihr Gast ausbleibt?«, überlegte Evi.

»Da können wir ja nur spekulieren, solange wir nicht erfragt haben, was da vor Ort genau passiert ist. Vielleicht war sie von dort auch schon wieder aufgebrochen? Wissen Sie dazu etwas, Frau Klobenstein?«

»Nein, ich, wir …« Schon wieder gönnte sie sich eine Unsicherheit. »Wenn Margot auf Recherche war, dann wollte sie nicht gestört werden. Sie war dann völlig fokussiert. Ein klein wenig manisch vielleicht.« Es war ihr anzumerken, dass sie sich zu viel Privatheit erlaubte und sich selbst dafür verurteilte. »Wir waren nicht so ein Paar, das täglich telefonieren musste«, schickte sie etwas rüde hinterher.

»Nein, muss man nicht«, raunzte Gerhard. »Wäre in dem Fall aber hilfreich gewesen.«

»Bleiben Sie denn in der Gegend?«, fragte Evi, um von Gerhards schlechtem Benehmen abzulenken.

»Ja, ich habe mir ein Hotelzimmer in Starnberg genommen. Muss ich, soll ich … sie identifizieren?« Ihre Lippen zuckten.

»Das ist nicht zwingend nötig«, sagte Evi sehr sanft.

»Ich möchte sie sehen. Ist sie sehr, sehr …«

»Nein«, sagte Evi. »Möchten Sie mit einem Psychologen oder einem Geistlichen sprechen?«

Frau Klobenstein schüttelte den gesenkten Kopf. Sie weinte nun doch wieder, und das war für Gerhard ganz schlechtes Kino.

Er nickte Evi zu und ging aus dem Büro. Telefonierte mit den Allgäuern vom Nachbarbüro aus, suchte die genaue Adresse der Dame Drescher heraus. Evi kam herüber.

»Du bist so was von unmöglich. Die Frau hat gerade ihre Freundin verloren!«

»Ist sie weg?«, fragte Gerhard nur.

»Du bist echt das Letzte«, sagte Evi.

Gerhard ignorierte ihren Ärger weiter. »Komm! Wir besuchen Frau Drescher.«

DREI

Das Ärgerliche am Ärger ist, dass man sich schadet, ohne anderen zu nutzen.
Kurt Tucholsky

Es wurde eine recht schweigsame Fahrt nach Schongau und weiter Richtung Westen. Fast hätte Gerhard die Abzweigung nach Hausen übersehen, er bremste scharf und schoss in die Kurve, was ihm von Evi nicht mal einen bösen Blick einbrachte. Madame trotzte. Was war so schlimm daran, dass er nun mal ungern das nach außen getragene Elend vor sich hatte? Er behielt Schmerzliches ja auch für sich. Aber Frauen waren da wohl anders.

Sie hatten die Adresse erreicht. Irgendwie hatte Gerhard ein Bauernhaus erwartet, es war aber ein recht großes Haus, das vielleicht aus den Sechzigern stammte. Auf der einen Seite schien es vor noch nicht allzu langer Zeit umgebaut worden zu sein. Der Garten war groß, liebevoll gepflegt. Ein paar Sitzgruppen waren über das Grundstück verteilt. Hübsch – und irgendwie gab es Gerhard einen Stich. Er ging schnurstracks auf die fünfzig zu. Er lebte mit seinem Hund in einer Art Studentenbude. Sollte er nicht eigentlich mit Frau und Kindern in solch einer Umgebung leben?

Es gab zwei Eingänge. Das Haus war in den Hang gebaut, auf der Ebene der Garage gab es eine Klingel mit »S. Drescher« und eine sehr unscheinbare Tür. Gerhard klingelte, und nichts passierte. Also nahmen sie die Treppe, die eine Etage höher führte, und da war noch ein Eingang. »D. Drescher« stand da am Klingelschild.

Gerhard klingelte erneut. Man hörte Geräusche, und die Tür ging auf. Wieder wurden Gerhards Erwartungen enttäuscht. Da stand keine kleine weißhaarige Dame, kein Bauersweible, nein, da stand eine große, kräftige Frau mit grauem Pagenschnitt. Sie trug einen Lodenrock und Trachtenbluse. Irgendwie glitt Gerhards Blick zu ihren Füßen, die riesig waren. Diese Dame lebte auf großem Fuß und schien fest im Leben verankert.

»Bitte?«

»Frau Drescher. Wir sind von der Kriminalpolizei in Weilheim. Gerhard Weinzirl und meine Kollegin Evi Straßgütl. Dürften wir reinkommen?«

Sie hatte die Stirn gerunzelt. »Kommen Sie.«

Sie folgten der Dame, die sicher einen Meter fünfundsiebzig groß war, in ein Esszimmer, das gediegen aussah.

»Hat der Basti Mist gebaut?«

Ihre Stimme war kräftig, es war kaum zu glauben, dass sie sechsundsiebzig Jahre alt sein sollte.

»Basti?«

»Mein Enkel Sebastian. Wohnt hier im Haus. Er hat sich seinen Bereich umgebaut. Schrecklich modern. Alles weiß. Alte Stühle, die in den Ofen gehören. Furchtbar. Und ein Poster von Stockholm. Was geht den Stockholm an? War nie da!« Sie schnaubte.

»Nein, es geht nicht um Ihren Enkel. Sie haben doch Margot von Eugenius zu Besuch?«

Sie schnaubte erneut. »Von Eugenius, klar! Schmidt heißt sie.«

»Ja, das wissen wir. Wann haben Sie die Frau denn zum letzten Mal gesehen?«

Sie sah Gerhard scharf an. Als Lehrerin war sie sicher eine harte Nuss gewesen.

»Warum fragen Sie das?«

»Würden Sie mir bitte erst meine Frage beantworten?«

Ja, das war einer der wenigen Vorteile des Erwachsenseins. Man hatte die Angst vor dem Ausfragen verloren. Man stand – oder saß in dem Fall – Aug in Aug mit der Lehrkraft. Die Schweißausbrüche, die Magenschmerzen, der Wunsch nach der Tarnkappe waren passé. Wobei Gerhard ab und zu von seinem Lateinabitur träumte. Sein Lateinlehrer zerfieselte seine Arbeit in Konfettis und sagte: »Ich habe es immer prophezeit, Weinzirl, Sie haben nicht das Zeug zu einer Hochschulreife. Sie landen in der Gosse.« Nun ja, da war er ja nicht direkt gelandet …

»Sie ist am Montag in der Frühe aufgebrochen. Mit dem Bus nach Schongau. Sie wollte nach München.«

»Und sie hat sich seither nicht mehr gemeldet?«, fragte Gerhard. Natürlich nicht, da war sie ja schon längst auf der Kiesbank gelegen.

»Nein. Sie hatte einiges zu tun. Sie wollte sich melden. Was ist heute für ein Tag?«

»Mittwoch«, sagte Evi.

»Aha, ja, das Alter verändert den Zeitbegriff. Na ja, sie ist vorgestern aufgebrochen und hat noch ihren Koffer hier stehen, den wird sie ja wohl holen. Was wollen Sie jetzt genau?«

Gerhard warf Evi einen Blick zu. Koffer, das war ja mal ein Lichtblick.

»Das heißt, sie hatte nichts dabei?«

»Doch, sie hatte einen Rucksack dabei. Ihr Tablet und ihr Handy gab sie nie aus der Hand. Sie hat mal gesagt, dass ihr Tablet nicht nur ihre Identität, sondern auch ihre Zukunft bewahren würde.«

Ja, das hieß wohl, dass dort Projekte, Verträge, Ideen – einfach alles abgespeichert waren. Und genau diesen Rucksack hatten sie nicht gefunden!

Frau Drescher blickte die beiden streng an. »Sagen Sie mir jetzt mal, um was es geht? Was ist komisch daran, dass Margot nach München wollte? Sehen Sie, wir hatten bereits eine Woche an dem Projekt gearbeitet. Ich war, verzeihen Sie die Offenheit, dann auch ganz froh, wieder Ruhe zu haben. In meinem Alter braucht man längere Erholungsphasen. Margot ist – wie formuliere ich das? – brillant, aber dabei sehr anstrengend, fordernd, raumbeanspruchend. Nicht im körperlichen Sinne, wenn Sie verstehen, aber emotional. Also, was ist jetzt los?«

Diese Margot von Eugenius schien tatsächlich eine ambivalente Person gewesen zu sein. Sie war sicher sehr klug und erfolgreich, andererseits wohl aber auch wenig achtsam. Die Beschreibung deckte sich in etwa mit dem, was er über Jo gesagt hätte. Und das deckte sich auch mit der Aussage der Lebensgefährtin. Gerhard sah Dietlinde Drescher in die Augen, die grünlich verwaschen waren. Nur an den Augen sah man ihr das Alter an.

»Wie kam diese Margot denn überhaupt auf Sie, Frau Drescher?«, fragte Evi.

»Ich bin im Internet in einer losen Verbindung der Freunde des Altdeutschen. Daher hatte sie meinen Kontakt. Jetzt haben Sie beide meine Frage nicht beantwortet! Glauben Sie, das merke ich nicht?«

»Frau Margot wurde tot auf einer Kiesbank im Lech gefunden«, sagte Gerhard.

Frau Drescher sah ihn nur an.

»Sie ist sicher nie in München angekommen. Sie ist wahrscheinlich wirklich nach Schongau gefahren, aber dann irgendwie in Richtung der Litzauer Schleife gelangt und dort zu Tode gekommen«, ergänzte er.

»Mord?«, fragte Dietlinde Drescher.

»Genaues wissen wir nicht. Sie hat einen vergifteten Salat gegessen.«

»Wie bitte?«

»Der Salat enthielt Gift. Hatte sie sich in der Frühe, bevor sie aufbrach, irgendwie eine Brotzeit mitgenommen?«, fragte Evi.

»Wollen Sie sagen, ich hätte ihr vergifteten Salat mitgegeben?«

»Nein, wir –«

Weiter kam Evi nicht, Frau Drescher war aufgestanden und ging hinaus.

»Soll ich ihr nachgehen?«, flüsterte Evi. »Nicht dass sie zusammenklappt.«

»So klapprig kommt sie mir nicht vor.«

Es vergingen auch nur wenige Minuten, bis sie zurückkam. Sie stellte drei Schnapsgläser auf den Tisch. Randvoll gefüllt. Sie kippte das ihre, Gerhard tat es ihr nach. Das war kein Likörchen, wie man es ja gerne alten Damen zuschrieb, das war starker Tobak. Evi nippte und versuchte, ihr Erschaudern zu verbergen.

»Aus Kroatien, Kindchen. Der räumt auf. Tot also? Vom Salat?«

»Nein, also –«

Die alte Dame unterbrach ihn. »Also selbstmordgefährdet war sie nicht. Falls Sie das meinen. Vorher war ihre Umgebung gefährdet.«

Das war hart. Eine kantige Dame, der der Tod der Besucherin wenig naheging.

»Sie mochten sie nicht? Und doch war sie ein Gast?«

»Ich habe sie nicht ermordet. Falls Sie das glauben. Ich habe keinen Salat gemixt. Und ja, sie war keine Herzensperson für mich. Sie war herrisch. Ich habe sie vorher ja nicht gekannt, bevor sie mir ihre Idee präsentiert hatte.«

Da waren zwei herrische Charaktere aufeinandergeprallt. Das musste schiefgehen, dachte Gerhard. Dennoch traute er Dietlinde Drescher diesen Mord nicht zu.

»Sie ist, wie gesagt, nicht wegen des Salats gestorben. Sie wurde erschlagen«, sagte er und wartete auf eine erschrockene Reaktion. Die kam aber nicht.

»Sie hat vor ihrem Tod einen vergifteten Salat gegessen und wurde dann erschlagen?«, fragte Frau Drescher stattdessen ganz kühl.

»Ja.«

»Merkwürdig. Gut, der Salat. Den aß sie immer. Sie war Vegetarierin und aß auch sonst fast nichts. Wollte ihre Größe 36 halten. Das ist über vierzig eine Tortur. Über fünfzig ist das ein Gewaltakt. Aber erschlagen? Wer tut denn so etwas?«

»Um das herauszufinden, müssen wir versuchen, die Zeit vor ihrem Tod zu rekonstruieren. Sie sind wahrscheinlich die Letzte, die sie gesehen hat«, sagte Evi.

Vor dem Mörder, ergänzte Gerhard innerlich.

Die alte Dame zwinkerte. Sie musste sich augenscheinlich nun doch etwas fassen.

»Von mir hatte sie jedenfalls keinen Salat! Sie hat einen Espresso getrunken, sie frühstückte nie. Sie war recht guter Laune, verabschiedete sich und sagte: ›Auf bald.‹«

»Könnten wir das Gästezimmer sehen?«, fragte Gerhard.

Frau Drescher nickte. Sie gingen ein Stockwerk höher. So rege der Geist der alten Dame war, beim Treppensteigen hatte sie große Probleme. Sie öffnete eine Tür. Das Zimmer hatte weiße Lackmöbel, über dem Bett hing ein Ölbild von einer Art Gutshof, davor zwei Mädchen mit Zöpfen. Ein furchtbar kitschiges Bild. Frau Drescher hatte sich auf einen Stuhl gesetzt, Gerhard klappte den Koffer auf. Soweit sein Modeverstand ging, schienen das sehr feine Stücke zu sein. Evi kam aus dem angrenzenden Bad retour.

»Sehr teure Kosmetika«, sagte sie. »Sonst nichts.«

»Ich sage Ihnen doch, sie hatte Geldbörse, Tablet und Handy immer in Reichweite«, sagte die alte Dame streng.

Während Evi und Frau Drescher langsam wieder hinuntergingen, machte Gerhard noch die Schränke auf, schaute unters Bett und hinter den Duschvorhang. Nichts, was ihm Aufschluss gegeben hätte. Die beiden bezopften Mädchen sahen ihn an, wirklich ein schauerliches Bild.

Er ging die Stiege wieder hinunter und setzte sich zu den beiden Frauen an den Esstisch.

»Sie trinken nicht aus?«, fragte die alte Dame Evi.

Evi schüttelte überrascht den Kopf.

»Lebensmittel soll man nie verschwenden. Das ist Gott versucht.« Sie kippte den Rest.

Gut, als Lebensmittel hätte selbst Gerhard, der immer der Meinung war, dass vier Weißbiere auch ein Schnitzel waren, das Gebräu nicht bezeichnet. Es war unpassend, aber die Dame amüsierte ihn.

Frau Drescher hatte sich zurückgelehnt. »Sehen Sie, ich bin alt. Mein Leben hatte einige Höhen und Tiefen. In meinem Alter sieht man anders auf die Menschen. Ich habe mich über ihr Interesse auch gefreut. Ihre Arbeit ist faszinierend. Aber Margot war mir zu respektlos. Gerade in ihrem Fall war es merkwürdig. Einerseits hielt sie die Tradition so hoch. Die Schrifttradition war ihr wichtig und heute schon fast archaische Tätigkeiten wie Buntstiftmalen.« Sie lachte kurz auf. »Wussten Sie, dass Faber-Castell sehr defizitär war und mit diesen Ausmalbüchern wieder voll durchatmen konnte?«

»Wahrscheinlich haben die das lanciert«, lächelte Gerhard.

»Vielleicht? Ja nun, es hat schon sein Gutes. Jede Bewegung hat eine Gegenbewegung. Der technisierte Mensch sehnt sich nach etwas, was seine Hände schaffen. Das ist durchaus gut. Ja, wo war ich? Ach so, ja: Sie hatte diesen rückwärts gerichteten Blick und war wirklich sehr begeisterungsfähig. Sie liebte den Blick in die Geschichte. Aber sie war nicht konsequent.«

»Inwiefern?«

»Sie war nicht bereit, zuzugestehen, dass es Dinge gibt, die wir nicht in der Hand haben. Die auf anderen Ebenen stattfinden.«

Gerhard wartete. Sie schwieg aber.

»Was heißt das konkret?«, fragte er schließlich.

»Sie war nicht bereit, es hinzunehmen, dass es hier, nun ja, landläufig würde man sagen, dass es spukt.«

Ach nein! Gerhards Kartenhaus aus Achtung und Respekt für die Dame fiel zusammen. Die hatte also doch einen Knall. Was ihre Aussage natürlich zudem wertlos machte.

»Es spukt also?«

»Herr Weinzirl, ich bin weder irre, noch hänge ich esoterischen Zirkeln an, aber im Haus geht etwas um.«

»Aha, und das äußert sich wie?«

»Es klappert. Jemand geht durch die Räume. Fenster sind plötzlich offen. Es gibt feuchte Stellen am Boden.«

»Ein Geist, der Wasser lässt!«, rutschte es Gerhard einfach so heraus.

Beide Frauen sahen ihn nun strafend an.

»Aber Pfützen sind schon komisch«, meinte Evi sehr sanft.

»Kann ein Hauskrott sein.«

Eindeutig, die Alte hatte doch einen Schaden.

»Wer?«

»Krott, ein süddeutsches Synonym für Kröte. Ein nettes kleines Mädchen wird auch als Krott bezeichnet. So a herzige Krott. Und wenn man korrekt wäre, müsste man grottenschlecht mit ›k‹ schreiben. Etymologisch kommt es von Krott. Kröten sind unbeliebt, und sie sehen hässlich aus. Da sei Ihnen gerade noch Carl Zuckmayer in seinem Stück ›Katharina Knie‹ zitiert: ›Un das allerschönste Tierche / Is un bleibt die Krott, / Weil sie kei

Gebimsebamsel / Hinne hänge hott!‹ Keinen Schwanz, ein schönes rundliches Tier eben.«

Zu Hilfe, dachte Gerhard. Das wurde ja immer schlimmer.

»Und Kröten spuken?«, versuchte es Evi nochmals.

»Wo sind Sie her, Kindchen?«

»Aus Franken.«

»Nun, ob es da die Hauskrott gibt, weiß ich nicht. In Sagen des Außerfern und im Allgäu spielt sie eine große Rolle. Sie trägt die Seelen der Verstorbenen aus dem Haus hinaus und trägt die Seelen der Kinder, die geboren werden sollen, in das Haus hinein. Für die Hauskrott wurde deswegen ein freier Zugang zum Haus geschaffen. Die Beleidigung der Hauskrott kann schlimme Folgen für die gesamte Familie haben.«

Jetzt war es ja sowieso schon egal, dachte Gerhard. »Na, dann lassen Sie uns doch mal am Wissen über die Hauskrott teilhaben.«

»Es gibt die bekannte Sage aus Deutenhausen. Eine Hochzeitsgesellschaft war sehr betrunken. Mit dem Gebetläuten kam die Hauskrott, und der Bräutigam tat etwas Fatales. Er stieß sie mit dem Fuß fort, anstatt das Gebet für die armen Seelen zu beginnen. Zur Strafe dafür kam in der Nacht die Krott als riesiger Schwarzpudel und biss im Stall fünf Schumpen die Kehle durch. Der Altbauer wurde Zeuge, und ihm war klar, dass es kein echter Pudel, sondern die Hauskrott war. Das ganze folgende Jahr hatte das junge Ehepaar nur Nöte durchzustehen. Keine Hauskrott ließ sich mehr sehen. Der inzwischen einsichtige Bräutigam streute Anis, den die Kröten der Sage nach besonders lieben, er legte Würmer und Käfer in einem Löffel Honig bereit und stiftete, als gar nichts helfen wollte, einen Jahrestag für die Toten des Hauses. Als der erstmals gehalten wurde, saß am Abend die Hauskrott wieder auf ihrem alten Platz.«

»Schön«, sagte Gerhard mit gespielter Inbrunst. »Und so eine Krott hüpft hier herum?«

»Sie müssen das in einem größeren Zusammenhang sehen. Ich sagte doch, es ging um Deutenhausen. Irgendwann musste so was kommen. Es war nie rechtens.«

Jetzt war sie endgültig durchgeknallt. Gerhard erhob sich.

»Frau Drescher, wir danken Ihnen, wenn wir noch Fragen haben, melden wir uns. Wann und wo könnten wir Ihren Enkel denn sprechen?«

»Der ist beim Arbeiten. Kommt abends wieder. Oder auch nicht, er hat anscheinend eine neue Freundin und lässt mich nicht teilhaben an seinem Privatleben.«

Der böse Bursche, dachte Gerhard. Wahrscheinlich war der Junge froh, der etwas gschpessigen Oma zu entkommen.

Als sie im Auto saßen, sagte Evi: »Komisch, sie kam mir so fit und klug vor, und dann …«

»Tja, bei der einen trägt der Sohn Balken durchs Zimmer, bei der anderen sind es die Kröten. Wie der Bauer gesagt hat: Es beißt im Hirn aus.«

Und wenn man ehrlich war, dachte Gerhard, machte ihm das Angst vor dem eigenen Altern. Seit die Fünfzig da rumlungerte am Horizont, hatte er manchmal solche Gedanken. Und genau das machte ihm noch mehr Angst.

Im Büro wartete Melanie schon. Sie war für ihre sonst eher schwerblütige Art direkt euphorisch.

»Von wegen, das wusste keiner mit dem neuen Verlag von der von Eugenius! Ich hab mich da mal auf Facebook etwas umgesehen. Da sind einige Leute in regem Kontakt. Ich hab das mal ausgedruckt.«

»Bist du da so leicht reingekommen?«, fragte Evi.

»Och, es gibt immer Wege«, grinste Melanie. »Schau!« Sie legte einen Ausdruck auf den Schreibtisch.

Rotorenblatt: Stimmt es, dass Margot einen neuen Verlag gründen will?
LeilaL: Ich hab das von Chantalle. Margot hat ihr die Mitarbeit angeboten. Sie will sofort zwölf Prozent zahlen. Ohne Staffelverträge. Und Vorschüsse bereits ab Vertragsabschluss. Sie nannte keine Zahlen, aber sie sagte, es sei sehr attraktiv.

Rotorenblatt: Aber dir hat sie direkt noch kein Angebot gemacht?
LeilaL: Nein, wir sind ja auch nicht so dicke.
Rotorenblatt: Und wen hat sie sonst noch angesprochen, außer Chantalle?
LeilaL: Maditta mit Sicherheit, Lars, nehm ich mal an. Das ist ja alles topsecret.
Rotorenblatt: Danke, dass du mich ins Vertrauen gezogen hast. Und natürlich können wir über deine Konditionen reden, Schätzchen! Denk dran, wir sind eingeführt, wir sind im Vertrieb nicht zu toppen. Margot übernimmt sich da!
LeilaL: Das denke ich auch. Bis die Tage.
LeilaL: Von mir hast du das aber alles nicht!
Rotorenblatt: Nein, Schätzchen, aber ich werde mich mal schlaumachen, und wahrscheinlich werde ich Margot mal direkt ansprechen. Ohne, dass ich es von dir habe. Keine Sorge!

Melanie präsentierte ein zweites Blatt.

LeilaL: Dem Max geht der Arsch auf Grundeis. Jetzt ist das Eisen heiß, jetzt müssen wir neue Verträge aushandeln!
Maddy: Ich weiß nicht, ich würde wirklich lieber mit Margot arbeiten.
LeilaL: Du hast null Sicherheit, dass sie Erfolg hat. Max ist Marktführer, wenn wir ihn jetzt richtig packen, dann tut der alles für uns. Verlustangst. Haha.
Maddy: Aber ich habe Margot eigentlich schon zugesagt.
LeilaL: Überleg dir das!
Maddy: Wenn du merkst, dass du ein totes Pferd reitest, dann steig ab. Du kennst den Spruch!
LeilaL: Und du glaubst, Max ist ein totes Pferd?
Maddy: Wenn Margot wirklich durchstartet, ist er tot!

Gerhard sah von Melanie zu Evi und zurück. Melanie lächelte.
»Ich hab auch so deppert geschaut. Also: Das Rotorenblatt ist

Max Adam Rosen. Er fliegt wohl gerne Hubschrauber. Hat auch so ein Ding. Verleger des Max. A. Rosen-Verlags. Er macht Häkelbücher, Backbücher, Öle-selbst-machen-Bücher, Yogabücher, Zen&Tangle, ein paar Naturführer und Malbücher für Kinder.«

»An mir verdient der nix!«, rief Gerhard.

»Och, so etwas Yoga tät dir gut«, grinste Evi. Sie wandte sich an Melanie. »Und die anderen?«

»Ich nehme an, dass LeilaL mit Klarnamen Ludovika ist.«

»LeilaL ist Ludovika? Geht's bei euch noch?«

»Gerhard! Ludovika ist sicher auch nicht ihr richtiger Name oder nicht der komplette, aber dieser Rosen hat eine Autorin namens Ludovika. Und er hat eine Chantalle Mercier und eine Maditta Olesson, ich nehme an, das ist Maddy. Und er hat einen Lars Knaushardt. Stehen alle auf der Autorenliste des Verlages. Mit Bild und Vita.«

»Und diese LeilaL-Backe ist eine ganz linke Bazille!«, rief Gerhard nach einer Weile. Was für eine schwachsinnige Szene!

»Na ja, Doppelagentin eben, Schäfchen mal besser ins Trockene holen«, sagte Evi.

Gerhard überlegte. »Jetzt gehen wir mal davon aus, dass das Rotorenblatt Margot zur Rede gestellt hat. Wo sitzt der Verlag?«

»München«, sagte Melanie.

»Vielleicht wollte sie am Montag ja wirklich nach München fahren! Wollte den Rosen treffen!«, rief Evi.

»Gut, aber wie kam sie dann an diese Litzauer Schleife?«, fragte Melanie.

»Könnte Rosen sie nicht in eine Falle gelockt haben? Oder er hat ihr angeboten, er holt sie in Schongau ab?«

»Und dann sind die gemeinsam wandern gegangen? An der Schleife? Am Lech? Ich weiß ja nicht«, sagte Melanie.

»Hast du nicht gesagt, er macht auch Naturführer?«, beharrte Evi.

»Er war mit Margot von Eugenius an der Litzauer Schleife, liest ihr aus seinen Führern vor und bringt sie da um?«, mischte sich Gerhard ein.

»Na ja, so abwegig ist das gar nicht, Weinzirl«, sagte Evi. »So ein Gespräch inmitten der Natur kann doch lockerer und besser sein als im Büro.«

»Und den Salat hat er mitgebracht? Ich weiß ja nicht! In jedem Fall müssen wir dem Rosen auf den Zahn fühlen. Alibi prüfen und so weiter. Das ist der erste Hinweis, der Sinn macht. Wenn es um Geld geht, liegen die Mordgründe nur so auf der Straße«, meinte Gerhard.

»Oder es war die Krott!«, lachte Evi.

»Bestimmt, du süße Krott!«

»Häh?«, fragte Melanie.

»Krott ist ein süßes Mädchen. Und die macht feuchte Flecken.«

Melanie starrte ihn an. Evi auch.

»Nicht so, wie ihr meint!«

Gerhard ging hinaus. Was für ein Kuddelmuddel. Warum hatte nicht ein Jäger einen anderen vom Hochstand geschossen? So was hätte ihm gefallen. Als wäre es sein Karma, waren ihm da schon wieder viel zu viele Frauen involviert. Verbrechen rund um Frauen waren undurchsichtig. Er grinste in sich hinein. Zu viele Krotten. Oder wie war der Plural?

Es war Abend geworden, er hatte wieder mal nicht ausreichend gegessen. Er fuhr nach Hause, ging mit Seppi durch den Wald, aß oder fraß eine Tiefkühlpizza. Er sollte mehr Salat essen. Oder besser nicht. Das schien ja gefährlich zu sein.

Gerhard betrachtete Billy und Klippan, er war wirklich im Studentenzeitalter haften geblieben. Es störte ihn auch nicht, aber Baiers Worte über den Verlust der Heimat beschäftigten ihn doch weiter.

Was war Heimat? Home is where the heart is? Da, wo die Freunde waren? Konnte man nicht überall eine Heimat finden? Oder war Heimat eben doch gebunden an Orte, an die Abenteuerspielplätze der Kindheit? Dockte sie an Gefühle an, die man auch später abrufen konnte? So wie es gewesen war, in halb trockenen Kuhfladen die Füße zu baden. Stand diese Heimat nicht auf in Gerüchen wie Omas Plätzchen und dem Heu im Bergstättgebiet?

Gerhard lebte auch nicht mehr dort, wo er geboren war. Aber er konnte jederzeit dorthin zurückgehen. Er konnte in Erinnerungen schwelgen. Auch wenn sich sein Bergstättgebiet verändert hatte, wenn seine Knoblauchsuppe nun in Fischen gekocht wurde und die Terrasse der Traube in Diepolz für immer geschlossen war, in seiner Gesamtheit gab es seine Heimat noch. Auch wenn es nun neue große Parkplätze am Niedersonthofner See gab, die Frauen Tankinis trugen und nur noch mit ihren Handys spielten – er sah die Jo der Achtziger noch auf ihrem Surfbrett liegen, oben ohne, die pure Verheißung.

Aber was, wenn diese ganzen süßen Erinnerungen an Heimat in einem See ersoffen? Dann war das anders. Wenn man nie mehr zurückkonnte, war es sicher ganz anders. Wahlheimaten waren gut, wenn man sie willentlich gewählt hatte. Aber die Bauern im Forggensee hatten nicht gehen wollen – und viele andere in der Geschichte auch nicht.

»Seppi, ich werde alt. Ich mach mir komische Gedanken«, sagte Gerhard.

Seppi sagte sehr leise »Wuff«. Es war ein sonores Geräusch. Seppi bellte nie, das musste ein Hund seiner Größe auch nicht.

VIER

Wer vor seiner Vergangenheit flieht, verliert immer das Rennen.
Thomas Stearns Eliot

Als Gerhard am Donnerstagmorgen ins Büro kam, saß da Baier. Zusammen mit Evi und ein paar Butterbrezen.

»Wie ist das werte Befinden?«

»Danke, Baier, treibt Sie die Neugier her?«

»Auch! Ich hatte den Eindruck, eventuell behilflich sein zu können. Ich spüre, dass Ihnen da das Gefühl fehlt. Das Gespür für den Lech. Sie Klotz, Sie.« Baier grinste.

»An des güldenen Gestaden ein Weib ein gar ungesund Salätchen aß«, rezitierte Gerhard.

»Wollen Sie die Psychiatrie anrufen, oder soll ich das tun, Frau Straßgütl?«, lachte Baier.

»Müsst ihr nicht. Also, Baier, ich erzähle Ihnen jetzt mal, was wir wissen.«

Was er tat, und Evi musste zugeben, dass er darin perfekt war. Er konnte sehr emotionsfrei zusammenfassen. Ein Bild konnte sich der Zuhörer dann machen.

Baier pfiff durch die Zähne. »Diese Margot von Dings hat bei Dietlinde gewohnt?«

»Sie wollen jetzt nicht sagen, dass Sie die auch kennen?«

»Weinzirl, wenn Sie etwas Interesse an der Historie des Lechs hätten und nicht gebetsmühlenartig und profan drauf verwiesen, dass das Leben sich eben ändert, dann würden Sie Dietlinde Drescher auch kennen. Sie ist eine hervorragende Chronistin und Zeitzeugin. Ich rate ihr seit Jahren, ein Buch über ihr Leben zu schreiben.«

»Besser nicht. So irr, wie die ist.«

Baier lachte schallend. »Dietlinde Drescher ist der am wenigsten irre Mensch, den ich kenne. Völlig klar und eine brillante Beobachterin und Menschenkennerin.«

»Die sagt, bei ihr spuke es.«

»So hat sie das sicher nicht gesagt.«

»Na ja, sie sprach von einem größeren Zusammenhang und von Deutenhausen.«

»Ach je«, sagte Baier.

»Baier, fangen Sie jetzt auch an, so kryptisch zu werden? Was ist an Deutenhausen so schlimm? Meines Wissens ist es ein Kaff hinter Weilheim, mehr nicht.«

»Nicht dieses Deutenhausen! Schon mal was von den Forggenseehäusern gehört?«

Gerhard runzelte die Stirn. Was wollte Baier denn jetzt schon wieder? Wurde er auch wunderlich?

»Bitte, Baier, nicht wieder dieser See!«

»Was hat dieses Hausen bei Marktoberdorf mit dem Forggensee zu tun? Oder mit dem Lech? Der fließt meines Wissens da nicht durch«, sagte Evi.

Baier setzte sich bequem zurecht. »Ja, meine Lieben, und wieder habt ihr eine von Baiers Geschichtsstunden gewonnen.« Er stutzte. »Falls die Herrschaften mögen. Nach allem, was ich euch gestern schon angetan habe.«

»Wenn es der Aufklärung des Falles dient, immer.« Gerhard gab sich euphorisch.

»Gut, wir hatten ja darüber gesprochen. Um den Forggensee zu bauen, wurde geflutet. Was heute so aussieht, als müsse es so sein, nahm schon im Jahre 1898 seinen Ausgang. Da gab es erste Planungen für eine Wasserkraftnutzung des Lechs: Das Unternehmen Siemens & Halske witterte Geld, kaufte Grundstücke, kam aber nicht so recht in die Gänge. Die Konzession zum Bau einer Wasserkraftanlage erlosch 1907 wieder – glaub ich zumindest. 1910 trat die Königliche Oberste Baubehörde auf den Plan, auch sie hatte die Idee der Wasserkraft, aber dann kam der Erste Weltkrieg. Man derrappelte sich, und der moderne Mensch und die wachsende Industrie brauchten mehr Strom. Die Bayerische Wasserkraftwerke AG, auch als BAWAG bekannt, plante, baute – und schon kam wieder ein Krieg, und sie konnte bis 1950 nur kleinere Kraftwerke zwischen Landsberg und Schongau errichten.«

Baier sah die beiden Kommissare an. »Können Sie mir folgen?«

»Durchaus«, lächelte Evi.

»Der Krieg war um, es kam das Jahr 1950, das Wirtschaftswunder war in vollem Gange. Aber auch die Landwirte waren größer geworden, hatten gebaut, hatten Maschinen angeschafft. Wir haben gestern über diese Flutung gesprochen, ganz konkret betraf sie Forggen und Deutenhausen komplett, aber auch Teile von Füssen-Weidach, Rieden, Roßhaupten, Schwangau und Halblech.«

»Wie viele Höfe waren das denn, um Gottes willen?«, fragte Evi.

»Es waren um die zweihundertfünfzig Menschen, fünfzig bewohnte Gebäude wurden zwangsgeräumt. Darunter waren sechzehn Bauernhöfe mit einer Nutzfläche von achthundert Hektar gesamt. Diese Familien verloren alles! Ihre Erdung, ihre seit Jahrhunderten im Familienbesitz liegenden Grundstücke. Sie verluden ihre Tiere, sie trieben sie vor sich her – ein Flüchtlingstreck, das war das!« Baier atmete tief durch. »Sie kennen ja mein Faible für die Römer. Auch die Reste einer Villa Rustica versanken in den Fluten. Die Deutenhausener Kapelle verschwand, die Heiligenfiguren fanden Asyl in der St.-Coloman-Kirche. Der Martelerhof war der größte Hof, er hatte auch eine Kapelle. Auch die ist einfach entweiht worden durch die Flutung.«

Baier musste kurz Luft holen, dann fuhr er fort: »Und wenn Sie nun glauben, dass ein paar Bauernhöfe ja gut woanders aufgebaut werden können: Auch die Forggenmühle verschwand, und die gab es seit 1644. In Brunnen gab es eine Ziegelei, und bitte, die Ziegel für Neuschwanstein wurden dort gebrannt. Es gab die legendäre Stegwirtschaft, die auch Käserei war – und Weberei für Teppiche. Der Forggenmüller baute noch einen neuen Stall, er wollte nicht glauben, dass es wirklich passierte. Einige saßen noch in ihren Häusern wie auf Inseln, als die ersten Sprengungen dröhnten. Es ist gespenstisch – und so unrecht!«

Es war Baier anzusehen, es war in jedem seiner eindrücklichen Worte zu erspüren, dass er litt. Und heute riss er Gerhard mehr mit als gestern. Ob das an dessen eigenen Betrachtungen über das Wesen der Heimat lag?

»Ich habe Ihnen ein paar Daten mitgebracht. Sie schienen mir gestern so ungerührt, Weinzirl. Diese nackten Fakten lesen sich heute so technisch, dabei ist das eine Chronik des Schreckens. Also passen Sie auf: Am 2. November 1950 gab es die erste Sprengung. Die einundvierzig Meter hohe Talsperre bei Roßhaupten wurde 1951 begonnen. Wir reden von tausendfünfhundert Arbeitskräften und einem eigens für sie eingerichteten Wohnlager. Im Frühjahr 1952 eine teilweise Aufstauung. 1954 dann siebenhunderttausend Kubikmeter Steine, Kies und Lehm im Damm. Statt der geplanten sechzig Millionen D-Mark war eine Gesamtinvestition von vierundachtzig Millionen D-Mark nötig. Sieben Tote beim Staudammbau. Aber wer will das heute noch wissen! Gesamte Bauzeit also 1950 bis 1954. Et voilà: fünfzehn Komma zwei Quadratkilometer. Zwölf Kilometer Länge. Drei Kilometer Breite. Ein Rundweg von zweiunddreißig Kilometern. Das freut die Gäste. Sie umrunden einen See aus Tränen!«

Sie schwiegen alle eine Weile. In Gerhard stiegen Bilder auf. Von Ziegen, die immer wieder umkehrten. Von Hühnern, auf einen Leiterwagen gepfercht. Von einem Hund, der immer wieder zurücklief. Und von einer apokalyptisch hohen Welle. Einer Wand aus Wasser. Alles Unsinn, aber Baier hatte ihn jetzt. So ein Klotz war er dann doch nicht!

»Lieber Baier, aber was hat das denn nun mit Frau Drescher zu tun?«, fragte Evi.

»Ich habe Ihnen eine Basisinfo geliefert, die weitere Geschichte kann sie sehr viel besser erzählen. Die Geschichte endet eben nicht damit, dass die Orte untergangen sind. Sie lebt in den Forggenseehäusern weiter. Seien Sie gespannt! Fahren wir hin, ich freue mich, die gute Linde wiederzusehen.«

Baier war einsilbig auf der Fahrt, er ließ sich immerhin dazu herab, die Kombination aus Salat und Felsbrocken merkwürdig zu finden. Sagte aber: »Eventuell merkte die Person, dass das Gift nicht reichte, und schlug dann zu?«

»Frau oder Mann?«, fragte Evi.
»Diese Margot von Eugenius war eher zart, oder?«
»Keine sechzig Kilo«, sagte Evi.
»Nun, da kann auch eine Frau zugeschlagen haben. Wut und Hass wecken Kräfte«, sagte Baier und herrschte Gerhard an: »Jetzt schneiden S' doch nicht so die Kurven. Wir sind doch nicht beim Bergrennen!«
Also fuhr Gerhard äußerst sanft in die Kurve nach Hausen ein und bremste ebenso sanft vor dem Drescher'schen Haus ab. Ließ den Wagen ausrollen.
»So?«
Baier rollte mit den Augen. Er läutete, es dauerte wieder eine Weile. Als Dietlinde Drescher Baier sah, kam noch mehr Leben in ihre wachen Augen.
»Baier-Bua, was machst du denn hier?«
»Danke für den Bua! Ich fühle mich wie zwanzig. Linde, meine Beste, ich muss meine jungen Kollegen unterstützen. Die glauben, du spinnst.« Er lachte. »Und ich wollte dich bitten, über die Forggenseehäuser zu erzählen.«
»Na dann, kommts rein!«
Sie kredenzte Kaffee, wieder den gruseligen Schnaps und Kekse dazu.
»Baier, das freut mich so! Was soll ich erzählen?«
»Alles. Das, was längst ein Buch sein sollte. Die Kollegen sind eh schon in einer Flutwelle von Forggenseegeschichten halb ertrunken. Mach du grad noch weiter. Du kannst das besser als ich.«
Baier lehnte sich wohlig zurück.
Dietlinde Drescher nahm einen Schluck vom Fusel.
»Also gut, wir kamen 1946 in Marktoberdorf an. Ich war sechs Jahre alt, mein Bruder zwei. Wir hatten Hunger, wir hatten immer nur Hunger. Wir sollten dann weiterverteilt werden und wurden auf Traktoren verladen, und wir rumpelten los. Wir hielten in Hausen, mussten absteigen. Wir liefen also wieder los, wir sind ja immer nur gelaufen. Es war später Nachmittag, als wir ankamen. Wir hatten eine Adresse. Es war kalt. Als wir

vor dem Haus auftauchten, kam eine Frau heraus. Sie schrie: ›Es Huretsflüchtlingspack. It bei mir.‹ Sie sperrte die Tür zu und rannte davon. Wir standen da.«

Die alte Dame blickte Evi an, und ihr Lächeln war melancholisch.

»Diese Stimme kann ich heute noch abrufen. Zu jeder Zeit. Ich sehe ihren blauen Rock, eine graue Schürze und eine Strickjacke, die ihr viel zu groß war. Und sie rannte so schnell. Wirklich schnell.«

Es war sehr still im Haus.

»Meine Mutter stand da, wir liefen unschlüssig weiter, bis aus einem Nachbarhaus eine Frau schaute. Noch eine Stimme. ›Fraule, i ka di doch do it stehe lasse. Mit dene kloine Kinder.‹ Sie nahm uns auf. Wir lebten in ihrer Stube. Ihre Tochter hat meinem Bruder, der sehr klein war, Puppenkleider angezogen. Und es gab jeden Tag Kartoffeln. Es war der Himmel.«

Keiner sagte etwas. Dietlinde Drescher sah Gerhard forschend an.

»Sudentendeutsche waren wir. Abschaum eben. Wissen Sie, wir alle glaubten, dass wir bald wieder heimkämen. Und die Bauern hofften, dass sie uns bald wieder loswürden. Wir lebten alle weiter in dem Glauben und in der Stube. Irgendwann, ich glaube, es war 1947, kam ein fremder Mann an. Er saß in einem Leiterwagen, der von einem rostigen und sehr lauten Moped gezogen wurde. Das war unser Vater, der aus russischer Gefangenschaft kam. Wir haben die restlichen Ähren vom Feld gesammelt, es gab den Hungerwinter '47/'48. Aber wir hatten ein Dach über dem Kopf. Wir sammelten Tannenzapfen.«

»Und Sie waren immer noch in der Stube. Zu viert?«, fragte Evi.

»Ja, und wir hatten eher Glück, denn unsere Bäuerin war eine Seele von einem Menschen, die nicht nach Stand oder Geburt urteilte. Und dann gab es die Momms. Oben am Galgensee lebte der Fabrikant Theodor Momm, Inhaber der gleichnamigen Spinnerei in Kaufbeuren. Er war ein Holländer, einer, der sich immer schon um die Flüchtlinge gekümmert hatte. Seine Frau verteilte an Weihnachten Päckchen und auch schon vorher. Also ich meine, vor Weihnachten. Sie fuhr selbst mit dem Auto. Das war eine Sensation, und die Straßen waren grauenvoll. Es waren ja auch andere Winter damals. Ich weiß noch, wie es war, als ich Strümpfe bekam und einen Wollpullover. Und die Mama Bettwäsche. Richtige feine Bettwäsche mit Blümchen.«

Sie räusperte sich.

»Wir Kinder wurden auch immer zur Weihnachtsfeier nach Kaufbeuren eingeladen. Tausend Kinder fuhren mit Omnibussen in die Fabrik. Es gab Süßigkeiten, es gab Unglaubliches zu essen. Die Kaufbeurer Martinsfinken sangen Weihnachtslieder.«

Stille lag über dem Raum. Die Bilder waren mächtig.

Es war Gerhard, der schließlich sagte: »Momm war Holländer?«

»Ja, die Hilfe kam von außen. Quasi. Die einheimischen Bauern sahen in uns eine Bedrohung. Gut, nicht alle, aber das Gespenst der Angst vor dem Fremden spukte durch viele Häuser. Es kam sogar Hilfe aus Schweden. Es begann ja auch eine Zeit des Reisens, und schwedische Gäste merkten schnell, dass die eleganten deutschen Phönix-aus-der-Asche-Städte so gar nichts mit dem Lande zu tun hatten. Es kamen dann Päckchen aus Schweden.«

»Gab es denn Arbeit?«

»Der Papa machte Hilfsarbeiten, aber er war nie ganz gesund, er hatte keine Zehen mehr, und sein Lungenleiden war chronisch. Die Mama fand bei der Anna Milla eine Arbeit. Anna Milla war eine Ungarin, die sich darauf besann, was sie konnte und zu Hause getan hatte: stricken und sticken, und sie konnte im Armenhaus die Strickerei Milla eröffnen. Das waren damals die Themen der Zeit. Die AZ war voll mit Artikeln über die Flüchtlinge. Es gab Johannes Gehrmann, den Flüchtlingsobmann, der, heute würde man sagen, Öffentlichkeitsarbeit betrieb. Immer für die Menschen eintrat. Aber 1951 gab es immer noch achtundzwanzig Elendsquartiere, dreizehn Familien hatten keine Küche, und ich rede jetzt nur von Bertoldshofen mit seinen Weilern. Das war ja überall so. Und, das müsst ihr euch auch überlegen: Ich rede von einer Zeit, als die Deutschen begannen, mit dem VW Käfer über die Alpen an den Gardasee zu fahren. Da Fernweh, wir hatten nur die Sehnsucht nach einem eigenen Heim.«

»Das aber unerschwinglich war?«, fragte Evi.

»Ja, es wurden staatliche Baudarlehen angeboten, aber die waren ein Witz. Und dann kam eben die Kunde, dass man das Material der Häuser im Forggenseegrund kaufen könne. Momm jedenfalls erwarb diese Forggenseehäuser, und ich weiß es noch wie heute. Es war ein Wochenende 1952. Ein Fuhrunternehmer mit einem Hanomag und noch einem Lastkraftwagen und unzählige Bauern aus der Umgebung zogen nach Süden. Sie bauten von Freitag bis Sonntag die Häuser ab, brachten Ziegel mit, alles an verwertbaren Balken. Sie schufteten Tag und Nacht.«

»Ihr Haus besteht aus den alten Häusern aus dem See?« Evi flüsterte fast.

»Meines und einige andere auch. Sie dürfen sich das nicht so vorstellen wie bei der Denkmalpflege. Da wurde nicht abgetragen und nummeriert. Jeder nahm, was eben brauchbar war. Eine Art Recycling. Aber man war extrem sorgfältig! Dachplatten sollten nicht zerbrechen, Ziegel wurden vorsichtig abgeklopft. Sogar Nägel wollte man erhalten. Alles war so kostbar.« Sie lächelte wieder auf eine traurige, nach innen gerichtete Weise. »Vierzehn Familien bauten, mein Vater baute. Momm half, wo er konnte. Es gab auch andere Gönner, die beispielweise Zement hergaben. 1953 zogen wir ein. Dieses Glück!«

»Und in dem Haus sitzen wir?«, fragte Evi nochmals.

»Im Kern ja, natürlich haben wir über die Jahre angebaut, aber der Dachstuhl ist noch derselbe, die Balken sind alt. Der Basti hat sie auch weiterverwendet. Ja, es war Recycling, aber …« Sie hatte Mühe, weiterzureden. »Mir ist erst nach Jahren aufgegangen, was das für die Menschen aus Deutenhausen bedeutet haben muss. Die Huretsflüchtlinge bekommen ihre Häuser!«

»Aber Sie sagten doch, dass auch Bauern aus Hausen mitgeholfen haben?«, fragte Gerhard, den das Ganze nun doch sehr gefangen nahm.

»Wie gesagt: Es gab und gibt immer solche und solche. Schauen Sie auf die heutige Diskussion. Es ist beschämend.«

Wie sehr, das wussten gerade Evi und Gerhard zu gut. Übergriffe, Streitigkeiten, besorgte Nachbarn, die nicht verstehen konnten, warum ein paar schwarze Jungs am Ortseingang auf einer Mauer saßen. Was hätten sie denn tun sollen? Keiner in der Umgebung war in seinem Wohl beeinträchtigt, und doch stand das Fremde quasi an der Schwelle.

Wer fürchtet sich vorm schwarzen Mann? Es war beschämend! Und wie!

Dietlinde Drescher nahm noch einen Schluck.

»1948 hatte Bertoldshofen tausenddreiundvierzig Einwohner, vierhundertdreiundzwanzig davon waren Heimatvertriebene. Überlegen Sie! Das war bald die Hälfte. Es wurden weniger, weil einige wegzogen oder starben. 1952 waren es aber immer noch zweihundertsechzig. Wir müssen uns doch eines vor Augen halten: Ganz Bayern besteht zu einem guten Drittel aus Flüchtlingen. Aber das weiß keiner mehr!«

»Und das hat zur Blutauffrischung bitter Not getan. Der Genpool hat sehr profitiert«, sagte Gerhard mit Inbrunst.

Dietlinde Drescher lächelte. »Gut, dass Sie das gesagt haben! Wir waren 2014, als der Niedrigstand im Forggensee war, an den Grundmauern des Hauses, von dem das meiste unseres Baumaterials stammte. Ich fand eine Gießkanne, ach … Ich hatte auch einmal versucht, mit der Bäuerin unseres Hauses Kontakt aufzunehmen, sie wollte davon aber nichts wissen. Ich fühlte mich ihr doch so verbunden. Ich war später an ihrem Grab, als würde ihr das etwas nützen.«

Die Stille übernahm wieder das Regiment, bis Baier leise sagte: »Verstehen Sie jetzt? Ein Flüchtlingstreck kam aus dem Sudetenland. Einer zog aus dem Seegrund heraus. Die Not der einen nutzte den anderen. Es war niemandes Schuld, aber es sind feine Fäden, die da verwoben sind. Nichts im Leben bleibt ohne Folgen. Jeder Schritt, den ich tue, verursacht immer auch ein kleines Erdbeben.«

»Und nun glauben Sie, es spukt. Weil eine arme Seele aus

Deutenhausen nun doch keine Ruhe findet?«, fragte Gerhard vorsichtig.

»Nein, natürlich nicht. Ich weiß, dass es nicht spukt. Es gibt für alles eine Erklärung. Ich war nur so wütend, dass Margot, der ich das erzählt hatte, sofort so ablehnend reagiert hatte. Und Sie haben ja auch direkt zugemacht«, lächelte sie.

»Sehen Sie, Weinzirl, das Leben ist diffiziler, als Sie mit Ihrer Fleischerhund-Mentalität es zulassen wollen«, sagte Baier, und an Dietlinde Drescher gewandt: »Wann hat es denn begonnen zu spuken? Spukt es denn immer schon in dem Haus?«

»Nein, ich hatte das auch überlegt. Es war erst, als Sebastian zu renovieren begonnen hatte. Also danach, als er fertig war.«

»Also doch eine Störung der Ruhe der Ahnen? Die nicht wollten, dass die Baumaterialien ein zweites Mal aus dem Gleichgewicht geraten? Irgend so was?«, fragte Evi.

»Ja, das wäre der Stoff, aus dem ein Gruselfilm wäre. Und in einem englischen Schloss wäre man sofort bereit, so etwas zu glauben. Ich bin eine sehr realistische Person. Ich suche nach physikalischen Erklärungen«, sagte Dietlinde Drescher.

»Und die Hauskrott?«

»Ich wollte Sie testen!«

»Ich bin durchgefallen«, sagte Gerhard lächelnd.

»Eindeutig, Weinzirl«, sagte Baier. »Aber sag, Linde, hast du Basti gefragt? Hört er das auch? Diese Geräusche? Was sagt er zu den feuchten Flecken?«

»Er sagt, dass ich spinne.«

»Du spinnst nicht, Linde!«, rief Baier.

»Phasenweise war ich mir nicht mehr sicher. Margot von Eugenius hat es auch gehört. Einerseits war ich froh, dass andere die gleiche Wahrnehmung hatten, aber hilfreich war das letztlich nicht.«

»Hatte Frau von Eugenius denn eine Erklärung dafür?«

»Nein, aber es schien mir so, als würde sie da abwiegeln. Das Thema war schnell vom Tisch, wir hatten ja auch genug zu tun. Margot hat, ähm, hatte nie Zeit. Sie war immer auf der Flucht. Sie hatte voll durchgetaktete Tage. Da war kein Raum. Sehr ungesund ist das.«

Mehr als ungesund, dachte Gerhard. Auch Dietlinde Drescher merkte, was sie da gesagt hatte.

»Wenn es kein Geist ist, wenn das Haus keine baulichen Mängel hat, auf die die Geräusche zurückgehen, dann inszeniert jemand das Ganze. Oder wie seht ihr das?«, fragte Gerhard.

Baier nickte. »Ich sehe das auch so.«

»Ich habe meinen Enkel im Verdacht«, sagte Dietlinde Drescher sehr leise.

»Aber Linde! Warum denn?«

»Ich glaube, er hätte mich gerne aus dem Haus. Die letzten zwei Jahre versucht er mir vermehrt, einen Auszug schmackhaft zu machen.«

»Echt? Aber Sie sind doch voll fit!«, rief Evi.

»Na ja, ganz so ist es auch nicht, Kindchen. Ich gehe immer schlechter. Basti hat ja recht. Er argumentiert, dass das Haus am Hang sehr unpraktisch sei, zu viele Treppen und der Garten zu groß und so weiter.«

»Und wenn Sie draußen wären?«, fragte Gerhard.

»Ich denke, er würde gerne verkaufen. Oder rigoros umbauen. Sebastian ist, na ja, etwas unstet. Er hat ein Biologiestudium abgebrochen, er hat dann Zimmerer gelernt, aber er hatte Händel mit seinem Chef. Er arbeitet momentan in Teilzeit beim ›Maschinenring‹, und er hat noch ein paar andere Jobs, über die er mich nicht genauer informiert.«

Es war ihr anzusehen, dass sie das sehr traf. Dass sie darunter litt, dass der Enkel so gar nicht das machte, was sie für richtig gehalten hätte. Aber taten das Kinder nicht häufig? Und war die Kluft zwischen Oma und Enkel nicht doch eine größere als zwischen Eltern und Kindern? Basti war in die Fülle hineingeboren worden, ihn interessierte das Vertreibungsschicksal der Oma sicher nur sehr am Rande. Und auch das war gut so. Was sollte sich Basti mit Gespenstern aus der Vergangenheit belasten? Aber es ging um Gespenster, wenn es auch solche waren, die Basti eventuell auferstehen ließ.

»Linde, meinst du den ›Maschinenring‹ in Peiting?«, fragte Baier.

»Ja.«

»Genau da hab ich den Sebastian kürzlich mal am Marktplatz gesehen und mich noch gefragt, wo ich den jungen Mann hintun muss!«

»Er ist sehr gut in seinem Job. Er will sich selbstständig machen mit Spezialanfertigungen. Er war beim Bau des Lechfloßes dabei, das hat ihn gepackt. Schiffe, Boote, alles, was auf Wasser schwimmt, das ist sein Ding.«

»Lechfloß?«, fragte Gerhard. Dieser verdammte Lech schien ihn nicht loszulassen.

»Es soll zu touristischen Zwecken fahren. Vom Lido in Schongau bis in die Rossau. Eben um Gästen das Wesen der Flößerei nahezubringen«, fiel Baier ein.

»Okay«, meinte Evi gedehnt. »Ihr Enkel will Sie eventuell rausekeln? Wir müssen unbedingt mit ihm reden. Wo finden wir ihn?«

»Normal in Peiting beim ›Maschinenring‹. Aber wie gesagt, er taucht momentan sehr sporadisch auf. Ich tippe auf eine neue Liebschaft. Wird wieder nicht lange halten, auch da keine Kontinuität. Er hat auch kein Händchen bei der Wahl seiner Frauen«, sagte Dietlinde Drescher vorwurfsvoll.

Ja, das gab es, dachte Gerhard. Er hatte da auch keine Ruhmesmeldungen zu bieten. Und er war weit älter als Basti. Es konnte doch auch an den Frauen liegen, oder?

»Haben Sie seine Handynummer?«, fragte er.

Sie nickte und schrieb die Nummer auf einen Notizzettel. In schönster Schönschrift, Zahlen wie gedruckt. Ja, da hatte Margot von Eugenius bestimmt die Richtige angesprochen.

»Haben Sie den Basti denn mal angerufen?«, fragte Evi.

»Ja, mehrfach. Aber es geht nur die Mailbox dran.«

»Und, Linde«, warf Baier ein, »ist er mit dem Auto unterwegs?«

»Natürlich, die Jugend läuft doch nicht freiwillig!«

»Marke, Kennzeichen?«

»Ein älterer Passat. Blau. OAL-SD-456.«

Evi notierte die Nummer.

Ja, mit einer neuen Freundin konnte man schon mal die Welt vergessen, dachte Gerhard. Und so faszinierend die alte Dame auch war – jeden Tag genossen, konnte sie sicher anstrengend werden. Vor allem für einen Enkel. Es war ein Uhr geworden, sein Magen beschwerte sich laut knurrend.

»Der Weinzirl hat ein Hungerödem«, sagte Evi und klopfte auf sein Bäuchlein.

»Ich auch«, meinte Baier. »Gibt's hier 'ne Wirtschaft, Linde?«

»Ja, theoretisch. Alles neu renoviert, dann trat ein Pächter auf den Plan, der nicht arbeiten wollte. Es gab erlesene Currywurst aus Weißwurstscheiben mit Currypulver drübergestreut. Ging nicht lange, wie man sich denken kann. Es soll aber ein neuer Pächter kommen. Wir hoffen das. Eine Gemeinde braucht eine Wirtschaft.«

Na, das war mal ein vernünftiger Standpunkt, fand Gerhard.

»Ja, die Gastronomie ist ein hartes Pflaster«, sagte Baier. »Wir fahren nach Peiting. Da werden wir doch was zu essen kriegen.«

Etwas, was Gerhard Sorgen machte. Bis sie da ankamen, war es wahrscheinlich außerhalb einer bayerischen Mittagszeit. Mittagstisch von halb zwölf bis vierzehn Uhr. Wenn überhaupt! Sosehr er ein Landei war, die durchgehend warme Küche in urbanen Bistros fehlte ihm allemal. Sie verabschiedeten sich, baten die alte Dame noch, sich zu melden, wenn der Enkel aufzutauchen gedachte.

»Sie ist faszinierend«, sagte Baier, als sie losgefahren waren. »Ihr Mann und der Sohn sind an Krebs verstorben. Sie hat beide bis zum Ende gepflegt. Nie gemurrt.«

»Und die Schwiegertochter?«, fragte Evi.

»Die ist bald nach der Geburt von Sebastian abgehauen. Ich glaub, der Bub war vier. Linde hat ihn quasi aufgezogen. Drum ist sie ihm gegenüber auch etwas kritischer. Sie konnte nie die liebe Bonbon-Oma sein, die nur für die guten Seiten zuständig war.« Baier überlegte. »Ich kann das Gott sei Dank mit meiner Enkelin. Sie ist zuckersüß, und sie ist auch süß, wenn ich sie wieder abgeben kann.« Baier lachte.

»Aber dann trifft Dietlinde Drescher das mit dem Rausekeln doch umso mehr«, sagte Evi verwundert.

»Natürlich. Sie ist keine, die das Herz auf der Zunge trägt. Sehr verhalten. Sehr beherrscht. Es tut ihr weh. Das ist doch klar.«

Gerhard fuhr schweigend. Er ließ die beiden plaudern. Ihm war das recht. Ihm war nicht nach Reden zumute.

Im »Maschinenring«-Büro erfuhren sie, dass Sebastian Drescher eine Woche Urlaub hatte. Ziel unbekannt. Kommenden Montag wurde er zurückerwartet.

Als sie schließlich im Central saßen, wo es gottlob immer etwas zu essen gab, sagte Evi: »Komisch, oder? Die Oma weiß nicht, dass er im Urlaub ist?«

»Oder anders gefragt«, ergänzte Baier, »was, wenn diese von Eugenius ihm auf die Schliche gekommen ist? Wenn sie ihn wegen der Spukerei zur Rede gestellt hat? Ihm wurde das alles zu lästig. Er hat sie getötet. Was ist dann?«

»Mit dem Gedanken spiele ich auch schon die ganze Zeit«, sagte Gerhard.

»Ach, deshalb Ihr beharrliches Schweigen, Weinzirl. Ich dachte schon, es ist eine Hungerschwäche.«

»Beides, beides«, lächelte Gerhard und rückte seinem Burger weiter zu Leibe.

Es war vier, als sie im Büro waren. Gerhard wählte die Nummer von Sebastian Drescher. Die Mailbox ging sofort an. »Liabe Leit, i bi it do. Schwätzet mir epps drauf.« Gerhard nahm nicht an, dass es zielführend war, etwas draufzusprechen – und da waren dann auch Felix und Melanie, die es kaum erwarten konnten, etwas zu präsentieren. Felix hatte richtig rote Bäckchen.

»Wir haben da ein hübsches Foto«, sagte er.

Gerhard nahm es in die Hand. Es war die Aufnahme einer Radarüberwachung. Ein Mann, gut zu erkennen. Und eine Frau mit einer riesigen Sonnenbrille. Sie schien sich gerade zu bücken. War in jedem Fall nicht zu erkennen.

Ein BMW. Kein Passat. Auch kein OAL-Kennzeichen. Schade, das hätte gut gepasst. Das Kennzeichen lautete: STA-MAR-3360. Ein braunes fettes Auto.

»Ja und? Eine Protzkarre«, sagte Gerhard.

»Das ist ein X7, in ›individual Pyritbraun metallic‹«, sagte Felix fast ergriffen.

»Den du dir nie leisten kannst«, ätzte Gerhard. »Also, was ist damit?«

»Der Radar stand in Kurzenried. Letzten Montag.«

Gerhard hatte keine Lust auf Ratespiele.

»Ein depperter Starnberger. Er schaut auch schon so arrogant. Und weiter?«

»Das ist um halb zehn Uhr aufgenommen. Kurzenried, auf dem Weg Richtung Süden. Dämmert es?«

»Der Halter ist wer?«, fragte Evi, die nicht so lange auf der Leitung zu stehen schien wie Gerhard.

»Maximilian Adam Rosen, geboren am 3. März 1960.« Felix war seine Zufriedenheit anzumerken. »Und das Bild ist vom Todestag von der von Eugenius. Und ich würde sagen, die Beifahrerin ist die von Eugenius. Da fress ich sonst ’nen Besen!«

»Felix, du bist ja ein Genie!«, rief Evi.

»War mehr Zufall«, sagte er verlegen.

Gerhard gab ihm einen Knuff.

»Na, das soll uns der Herr Verleger mal bitte erklären! Wir müssen den vorladen oder fahren besser hin.«

»Heut noch nach Starnberg? Oder München? Wo ist noch mal der Verlag?«, fragte Evi.

»Der Verlag ist in Pasing, er wohnt aber in Starnberg oberhalb vom Klinikum in einem der Bergwege. Warte«, sagte Melanie, »Großglocknerstraße.«

Ein Großkotz in der Großglocknerstraße, der am Todestag einer abtrünnigen Autorin mit just dieser Frau im Auto gefahren war! Endlich kam Bewegung in die Sache.

»Evilein, ruf mal im Verlag an. Ich warne die Staatsanwaltschaft schon mal vor, dass wir bald ins Geschäft kommen.«

»Ja, und der Pressesprecher wollt dich auch sehen!«, sagte Felix.

»Alles der Reihe nach.« Gerhard war richtig aufgeräumt. Da ging doch was!

Evi kam nach einigen Minuten mit der Info wieder, der Herr Verleger würde im Homeoffice arbeiten.

»Dann machen wir dem doch einen Home-Überraschungsbesuch, meine Liebe«, sagte Gerhard. Er sah auf die Uhr. Es war fünf. Das war doch eine gute Zeit, bevor so einer dann in die Bar ginge oder ins Theater oder in den Gourmettempel oder was diese urbanen Schicki- und Kulturmenschen so taten.

Einmal mehr hatten er und Evi wohl verdrängt, dass Weilheim den ersten Platz im bundesweiten, ja wahrscheinlich sogar europaweiten Wettbewerb »dümmste und längste Baustellen« anstrebte. Sie stauten sich dann auch noch vor Starnberg und waren um Viertel vor sechs am Haus. Das war überraschenderweise gar nicht mal so protzig, das Grundstück schien allerdings groß zu sein und war in der Lage sicher keines, das von akuter Armut zeugte. Der BMW stand in einer geöffneten Garage, daneben irgendwas Flaches, Flundriges. Gerhard war überhaupt kein Autofreak, auch kein Fußballfan, derartige männliche Klischeeinteressen gingen ihm – am immer noch knackigen – Po vorbei.

Sie läuteten, und nach einer Weile öffnete eine Frau mittleren Alters, die gefärbt blond war, eher südländisch aussah und sie anstrahlte.

»Gute Tag, Sie wünsche?«

Spanierin oder Italienerin, nahm Gerhard mal an.

»Wir wünschen den Herrn Rosen zu sehen. Wir sind von der Polizei.«

»Is scho wieder zu schnell gefahre?«

Sie war hinreißend, dieser Dialekt aus bayerischen Anklängen plus Mittelmeerton war entzückend. Ihre Figur war auch nicht zu verachten.

»Ja, das auch«, sagte Gerhard.

»Ich hole. Kommen Sie.«

Sie trug Turnschuhe, konnte aber dennoch mit den Hüften wackeln und bat Gerhard und Evi in ein Büro. Das Homeoffice wahrscheinlich, an den Wänden gab es Poster von Buchcovern. Das Mobiliar bestand aus alten Stilmöbeln, da wo Gerhard eher

Stahldesign erwartet hätte. Wenig später kam Rosen. Er sah gut aus – sehr gut sogar. Dafür, dass er '60 geboren war, hatte er sich geradezu unangenehm gut gehalten.

»Ich bin zu schnell gefahren, sagt Maria. Setzen Sie sich doch. Wasser? Tee?«

»Nein, danke«, sagte Evi.

Sie nahmen an einem Besprechungstisch Platz. Gerhard legte das Radarfoto auf den Tisch.

»Ja nun, das bin ich ja unzweifelhaft. Und deshalb kommen Sie hierher? Herr …?«

»Weinzirl, Gerhard. Und die Kollegin Evi Straßgütl. Mordkommission Weilheim.«

»Wie?«

»Wer sitzt da auf dem Foto neben Ihnen?«

»Warum besucht mich die Mordkommission?«

»Warum beantworten Sie meine Frage nicht?«

»Eine Autorin meines Hauses ist das. Warum also die Mordkommission?«

Er war keiner, der vorhatte, zurückzuweichen.

»Das war Margot von Eugenius, vulgo Schmidt, nicht wahr? Das wissen wir. Und Sie firmieren als Rotorenblatt, oder?«

»Moment!« Er stand auf, ging zur Tür und rief: »Wolfgang!«

Ein nicht minder gut aussehender Mann trat ein. Etwas jünger.

»Wolfgang, mein Bruder. Jurist, auch mein Hausanwalt. Ich hätte ihn gerne dabei. Worum geht es?«

»Sie sind das Rotorenblatt, und Sie sind in einen interessanten Diskurs mit einigen Autoren getreten, weil Ihre Starautorin, das beste Pferd im Stall, vorhatte, Sie zu verlassen«, sagte Gerhard völlig ungerührt.

»Hacken Sie meinen Facebook-Account?«

»Herr Adam, Sie sind ein Mann der Medien! Sie wissen doch, dass das Internet durchlässig ist. Heißt ja auch ›web‹, Netz.« Evi lächelte freundlich.

Gerhard grinste in sich hinein. Das Mädchen war großartig. Die beste Kollegin der Welt. Vielleicht sollte er ihr das auch mal sagen.

»Also bitte nochmals von vorne: Sie sind mit Margot von Eugenius am Montagvormittag Richtung Süden gefahren. Sie wurden in Kaltenbrunn geblitzt?«, fragte Gerhard.

»Ja, das ist wohl so. Das leugne ich ja gar nicht. Was soll das Ganze hier?«

»Es ist zudem richtig, dass Ihre Autorin, wie Sie sagen, nicht mehr Ihre Autorin sein wollte? Vielmehr einen eigenen Verlag plante?«

»Also Moment, das sind Interna, da reden wir von Prozessen in der Branche, wir –«

Der Bruder, der bisher recht gelassen dagesessen war, fuhr nun recht rüde dazwischen. »Würden Sie bitte mal zum Punkt kommen?«

»Margot von Eugenius war wenig später tot. Wo sind Sie also hingefahren? Was ist an dem Tag vorgefallen?«

Beide Männer starrten Gerhard an.

»Tot?«

»Ja. Tot. T-O-T. Fraglos saß Frau Margot in Ihrem Wagen. Sie wurde tot auf einer Kiesbank im Lech gefunden. Kein natürlicher Tod. Für mich sieht das so aus, als seien Sie der Letzte gewesen, der mit ihr Kontakt gehabt hat. Und Sie hatten allen Grund, sehr ärgerlich auf die gute Dame zu sein. Ein eigener Verlag hätte den Ihren nämlich empfindlich getroffen.«

Manchmal, so fand Gerhard, war er richtig gut. Er konnte den Allgäuer Bauerntrampel in seinen Genen ablegen und richtig schön sprechen.

»Sie bezichtigen meinen Bruder eines Gewaltverbrechens?«

»Momentan befragen wir ihn als Zeugen. Wenn das allerdings weiter so zäh bleibt, lade ich Sie gerne morgen vor.«

Der schöne Wolfgang nickte seinem Verlegerbruder zu.

»Ja, ich war mit Margot unterwegs, und ja, ich hatte Kenntnis von ihren Plänen. Aber da war noch nichts spruchreif, und ja, ein neuer Verlag mit ihr als Verlegerin hat mich aufhorchen lassen. Allerdings sind Pläne noch lange keine Realität.«

»Aber Sie waren doch so alarmiert, dass Sie die Dame treffen wollten?«, sagte Evi und schaute engelsgleich wie immer.

»Ja, wehret den Anfängen.«

»Hmm«, machte Gerhard. »Da haben Sie wohl zu viel gewehrt.«

»Bleiben Sie mal sachlich«, sagte Wolfgang. »Sonst –«

»Holen Sie den Anwalt? Ich denke, Sie sind schon da?«

Wolfgang zwinkerte hektisch. »Es wäre schön, wenn wir uns alle wie zivilisierte Menschen verhielten«, sagte er.

»Aber gerne! Bitte erzählen Sie doch einfach mal, was an dem Montag passiert ist«, sagte Evi, der dieser Hahnenkampf selbstverliebter Männer augenscheinlich auf den Zeiger ging.

»Also, ich hatte erfahren, was Margot plant. Ich habe sie angerufen, sie war zufällig in der Nähe, und ich wollte sie treffen. Ich hatte da so eine Idee, die ich ihr nahegebracht hatte. Ich schien sie damit bekommen zu haben, sie willigte ein, mich zu sehen. Wir haben uns in Schongau am Bahnhof verabredet, und ich habe sie abgeholt. Dann sind wir an den Lech gefahren.«

»An die Litzauer Schleife?«

»Ja, wegen der Pflanzen dort. Der Fauna, die einzigartig ist. Und der Flusskiesel wegen. Allein diese Kiesel! Was glauben Sie, was das alles für meditative Motive gibt. Entzückend!«

»Entzückend«, echote Gerhard. »Weniger entzückend ist der Ausgang Ihres Ausflugs, aber bitte reden Sie weiter. Der träge Lech also …«

»Sind Sie in etwa im Bilde, was der Rosen Verlag macht?«

»Ja, depperte Malbücher für depperte Erwachsene«, stieß Gerhard aus.

»Nun, Ihre Meinung interessiert weniger. Dass das deppert ist, mag Ihnen so vorkommen, es gibt aber einen großen Bedarf an solchen Büchern.«

Bedarf, dachte Gerhard. Tolles Wort. Bedarf. Es gab maximal Bedarf an Weißbier.

Der Verleger fuhr fort: »Die Motive sind vor allem asiatischer Art oder generell floral, es kommen nun aber auch vermehrt Tiermotive. Wir beobachten eine stärkere Hinwendung zur heimischen Natur-, Tier- und Pflanzenwelt. Heimat ist ein positiv belegter Begriff. Man spielt mit Regionalität und Nahraum ja auch in vielen Bereichen wie der Kulinarik«, sagte er mit einer ach so schönen Stimme. »Immer multioptionaler werdende Kunden setzen auch auf sanfte Erfahrungen und auf unsere herrliche Heimat.«

Oh Gott, dachte Gerhard. Sanfte Erfahrungen. Er sehnte sich nach einem geradlinigen Aggro-Proleten. Das hier war so gar nicht seine Welt.

»Und über eine neue Profilierung wollten Sie mit Margot von Eugenius sprechen?«, sprang Evi ein.

»Keine neue Profilierung, aber unter dem Dach des Verlages eine neue Richtung. Wissen Sie, mein Verlag ist eine Marke, weil wir eine authentische und zugleich zukunftsweisende Geschichte erzählen. Weil wir seit jeher einen Kompetenz- und Qualitätsanspruch formuliert haben. Weil wir auf die ideellen, rationalen, emotionalen und ästhetischen Anforderungen der präferierten Zielgruppe eingehen. Wir haben als Familienunternehmen in der dritten Generation eine historisch gewachsene Identität: Im Gewordensein des Verlags liegen jene Wirkmuster, auf welche der Erfolg einer Marke aufbauen kann. Ohne Herkunft keine Zukunft.«

»Schön«, unterbrach ihn Gerhard, der wirklich kein Seminar zur Markenwerdung gebucht hatte. »Schön, ein Traditionsverlag also, der –«

Er wurde unterbrochen. »Genau das wusste Margot. Auch wenn sie einen Verlag eröffnet hätte, nie hätte sie diese base gehabt. Das wusste sie sehr wohl. Aber weil ich auch weiß, dass da viel Sand ins Getriebe gekommen wäre, habe ich ihr eine Beteiligung angeboten.«

Gerhard sah ihn überrascht an. »An Ihrem Gewordensein-Verlag?«

Rosen ignorierte den üblichen Weinzirl-Zynismus.

»Ja, und die Leitung dieser neuen Schiene Regionalität. Fünfundzwanzig Prozent Anteile und viel konzeptionellen Freiraum. Darum ging es Margot. Nicht ums Geld. Wir wollten ein Buch ›Lech-Zen‹ nennen, eins ›Isar-Magica‹, eins ›Ammer-Arte‹ – bezogen auf den jeweiligen Fluss, auf seine Artenvielfalt, seine unikale Ausstrahlung. Herrlich, oder?«

Gerhard beherrschte sich. »Ja, das haben wir begriffen. Aber wie kamen Sie nun genau darauf, an diese Litzauer Schleife zu fahren? Das ist ja nicht so naheliegend.«

»Ich hatte im Vorfeld recherchiert. Es gibt einen Verein ›Lebensraum Lechtal‹, es gibt Flyer, viel Infomaterial, und ich las, dass man auch private Führungen buchen kann und diese Schleife eben ein unikaler Ort ist.«

»Ach!«, rief Evi überrascht aus. »Sie waren nicht allein?«

»Nein, wir hatten einen Guide dabei. Einen Lech-Ranger. Mir war es darum gegangen, Margot mein Konzept hautnah zu erläutern. Spürbar. Fühlbar. Sie zu überzeugen. Und ich dachte, dass das sicher am besten vor Ort möglich wäre. Mit kompetenter Führung.«

»Ich verstehe Sie also richtig: Sie wollten Margot an Ihrem Verlag zu fünfundzwanzig Prozent beteiligen und zudem eine neue Reihe mit regionalem Tangle-Dingsbums machen?«

»Ja, weil das doch unser herrlicher Kulturkreis ist! Unser Medizinalsystem. Wir müssen uns in uns finden. Das Asiatische, der Buddhismus, auch die TCM hat das ihre, sind stark und spirituell – aber wir, also ich, ich wollte den regionalen Aspekt, die Sehnsucht nach Heimat, ja auch das Alte, fast Vergessene wieder aufleben lassen.«

»Herr Rosen, Sie müssen bei mir keine Werbereden halten. Mir ist es, mit Verlaub, scheißegal, ob Ihre Zielgruppe Zenmotive oder den Hauhechel ausmalt!«, polterte Gerhard. Schon wieder fiel der Begriff Heimat, jeder hatte ein anderes Bild, und doch schien das ein zentrales menschliches Anliegen zu sein.

»Sie haben also den Guide getroffen? Wo?«, schaltete sich Evi ein.

»In einem Weiler namens Riesen. An der Kreuzung. Wir sind ihm mit dem Wagen gefolgt. Dann sind wir zu Fuß weitergewandert.«

»Und wann haben Sie Margot den Salat gegeben?«, fragte Gerhard.

Der Typ nervte ihn zutiefst.

»Ich habe ihr keinen Salat gegeben!«

»Sie hat aber einen gegessen!«

»Ja, der Ranger hatte eine Brotzeit dabei. Wasser, Bier, Salat, Semmeln, Käse und Landjäger. Ich habe mich an Letztere gehalten. Ich habe eine Laktoseintoleranz, und Salat muss ich nicht haben. Margot ist ja … war ja«, er zwinkerte nervös, »Vegetarierin. Meine Autoren sind fast alle Veggies oder Veganer.«

»Sie wollen mir also weismachen, dass der Salat vom Ranger kam?«

»Ja, das sagte mein Bruder doch«, warf der Anwaltsbruder dazwischen. »Hören Sie bitte mal zu. Und stellen Sie bitte konkrete, zielführende Fragen.«

Zeitnah und zielführend waren Worte, die Gerhard hasste.

»Wie kamen Sie an den Ranger? Über diese Gebietsleitstelle?«, fragte Evi.

»Die hatten mir jemanden vorgeschlagen, aber Margot ist da auch schon aktiv geworden. Sie kannte ihn wohl vorher bereits. Sie hat ihn angeheuert. Margot gab ungern etwas aus der Hand. Und das zeigte mir, dass sie eben doch interessiert war. Mehr, als sie anfänglich zugeben wollte. Sie ist entflammt für die Idee. Und sie wusste, dass sie mich dazu braucht. Mich und meinen eingeführten Verlag. Sie war gedanklich schon bei mir. Bei uns. Bei unserem herrlichen Projekt. Sie hat diesen Mann eingebracht.«

»Wie hieß der? Wo hatte sie den her?«, fragte Gerhard.

»Sebastian. Er hat sich als Basti vorgestellt. Wie ich verstanden habe, arbeitet er auch ab und an für die Gebietsbetreuungsstelle.«

Zwischen Evi und Gerhard flogen Blicke hin und her. Das konnte doch nicht sein!

»Nachname?«, donnerte Gerhard.

»Der fiel nicht. Wir waren per Du. Bruder und Schwestern der Natur.«

Gerhard war zum Kotzen zumute.

»Gut«, sagte Evi. »Sie waren da also unterwegs, haben Pflanzen angesehen, Kiesel … Wie lange hat das gedauert?«

»Wir waren kurz nach zehn vor Ort. Margot hat viele Skizzen gemacht. Sie hat unendlich viel fotografiert. Etwa bis halb eins. Wir haben dann gepicknickt. Ich hatte nachmittags einen

Termin in München und musste dann bald nach dem Picknick aufbrechen.«

»Sie sind allein gegangen?«

»Nein, dieser Basti hatte auch noch einen weiteren Termin. Margot wollte das Ganze noch etwas auf sich wirken lassen. Ich gab noch zu bedenken, dass sie da schlecht wegkäme, so ohne Auto, aber sie meinte, sie hätte schon größere Lebensprobleme zu ihrer Zufriedenheit lösen können. Sie war sehr, sehr vehement, wenn sie etwas wollte. Und dann eben Künstlerin. Was glauben Sie, diese Autoren muss man doch alle mit Samthandschuhen anfassen. Alles Leute mit der einen oder anderen Profilneurose, Narzissten. Da erleben Sie so einiges in den Jahren!«

Er erlebte auch so einiges, dachte Gerhard. Bemühte sich aber um Höflichkeit.

»Wirkte sie irgendwie merkwürdig auf Sie?«, fragte Evi.

»Nein!«

Das Gift hatte wahrscheinlich seine volle Wirkung noch nicht entfaltet. »Sie gingen, und Frau Margot blieb zurück?«, fragte Gerhard pampig.

»Das sagte mein Bruder doch!«, fiel der Anwalt wieder ein.

»Ich schwöre, dass ich gegangen bin. Mit dem jungen Mann. Wir sind beide zu den Autos gelaufen und losgefahren. Margot wollte sich mein Angebot überlegen. Sie hatte drum gebeten, dass wir sie allein lassen.«

»Hat Sie jemand gesehen, wie Sie wegfuhren?«

»Na, dieser Sebastian!«

Das war ja eine schöne Geschichte. Die man glauben konnte. Oder eben auch nicht. Für einen Haftbefehl reichte das nie aus. Sie brauchten den mysteriösen Basti. Verdammt!

Als sie schließlich wieder im Auto saßen und losfuhren, stieß Gerhard aus: »Basti. Ist Basti Sebastian Drescher? Der Enkel von Dietlinde Drescher? Das gibt's doch nicht!«

»Ja, muss er doch fast. Wie sonst sollte Margot einen Lech-Ranger kennen, wenn das nicht dieser, unser Basti ist!«

»Ruf mal diese Stelle an. Los!«

Evi wollte die Adresse googeln, hatte aber kein Netz. Gerhard ging das alles nicht schnell genug. Er nahm sein Handy. Wählte eine Nummer. Sagte: »Ja, verbinden Sie mich.«

»Du hast jetzt nicht die Auskunft angerufen?«, sagte Evi völlig konsterniert. »Das machen bloß noch Opas!«

Er winkte ab. Lauschte. »Nur der AB. Auf dieser Gebietsstelle des Lechs ist natürlich keiner mehr. Dieser Fluss geht mir allmählich wirklich auf die Nerven!«

»Weinzirl, du wirst wunderlich«, sagte Evi nur. »Da werden wir wohl morgen die Geschäftszeiten abwarten müssen. Oder aber ...« Sie wählte die Nummer von »Maschinenring«, und trotz der unüblichen Zeit ging einer dran. Der Chef. Der einen ganz anderen Anruf erwartet hatte und eher zufällig noch im Büro war.

»Wissen Sie, was der Basti noch für Tätigkeiten nachgeht?«, fragte Evi. Sie lauschte. »Ach was! Sie haben mir sehr geholfen!« Triumphierend sah sie Gerhard an. »Das ist unser Mann. Basti arbeitet noch bei einem Zimmerer und bei ›Lebensraum Lechtal‹. Als Guide!«

»Puh!«, sagte Gerhard.

»Ungeheuerlich!«, rief Evi. »Wenn der Rosen nicht lügt, dann ist der Enkel zurückgekommen und hat der Frau Margot den Garaus gemacht.«

»Das wäre eine Annahme. Der Knabe muss her! Ohne ihn haben wir gar nichts.«

»Und wenn der Rosen ihn entfernt hat? Wenn er der Mörder war und ein Alibi nennt, das wir nie mehr überprüfen können? Wenn er ihn auch umgebracht hat? Sebastian Drescher ist vielleicht längst tot, denn er ist bei der Oma ja nicht mehr aufgetaucht.«

»Auch das ist eine Option. Die Leichensuchhunde müssen her. Wir brauchen eine Handyortung. Wir müssen verstärkt nach dem Auto von Drescher suchen. Machst du das, Evilein?«

»Ja.«

»Gut, ruf die Staatsanwaltschaft an. Und die Streifenwagen sollen noch intensiver nach dem Auto suchen.«

»Und du?«

»Du hältst bitte mal an. Ich muss austreten.«

Evi schüttelte den Kopf. Gerhard verschwand hinter Büschen. Shit! Es war klar, dass solche Leute nur Ärger machen. Zen&Tangle auf regional. Was für eine Geschichte! Wo war dieser verdammte Enkel?

»Läuft«, sagte Evi nur, als er zurückkam. »Hattest du eine angenehme Verrichtung?«

»Dieser Rosen schlägt mir auf die Blase. Dieser Labersack! Und wenn die nächsten Tage noch mal einer ›herrlich‹ sagt, dann lynche ich den.«

»Komm, ›herrlich‹ ist so ein herrliches Wort. Und gut aussehen tut er auch«, lächelte Evi.

»Evi, er hat eine schöne Maria zur Frau. Da bist du chancenlos.«

Evi lachte. »Du schnallst auch gar nichts! Das ist seine Haushälterin. Er ist sicher schwul oder bi.«

»Wie kommst du da drauf?«

»Erstens: drei Klingeln. Zweimal Rosen und eine an der Einliegerwohnung: Maria da Silva. Und dann sehen Hetero-Männer so nicht aus. Schau dich an!«

»Ach, Evi! Der Rosen nervt, das alles hier nervt. Das zieht sich wie Gummi. Verdammt! Ich will diesen Basti finden. Keiner löst sich in Luft auf!«

»Es sei denn, er ist doch schon tot? Wenn der Rosen doch …?«, sagte Evi leise.

»Auch das ist nicht auszuschließen. Wir drehen uns im Kreis. Drum lassen wir ja die Region erneut durchkämmen. Mir geht das allmählich echt auf die Hutschnur.« Hieß das so? Wahrscheinlich nicht, aber Gerhard war wirklich etwas aus der Balance.

Sie gingen dann jeder seiner Wege.

Gerhard war noch keine fünf Minuten daheim, als Jo über die Terrasse gepoltert kam. Seppi freute sich wie ein Schnitzel – warum freute man sich eigentlich wie ein Schnitzel und nicht wie ein Schweinsbraten?, fragte sich Gerhard noch. Aber egal,

Jo drückte ihm zwei Flaschen Lugana in die Hand, eine Flasche Olivenöl, Salami, Weißbrot und Taralli.

»Hast du schon gegessen?«, fragte sie.

»Nein.«

»Gut, dann essen wir jetzt was. Ich komm direkt vom Gardasee, dachte, ich schau bei dir vorbei.«

»Das liegt aber nicht am Weg«, lächelte Gerhard.

»Ich ess ungern allein.«

»Wo ist Kassandra?«

»Sie ist noch am See. Sie führt quasi unsere Geschäfte noch weiter.«

»Ach, und du?«

»Ich bin geflüchtet. Du glaubst es nicht!«

Und während Jo die Salami aufschnitt und das Brot in unförmige Ranken zerrupfte, sprudelte es aus ihr heraus. »Diese Weiber! Eine war locker fünfzig, hatte aber wirklich alles, was man an einem Körper absaugen kann, absaugen lassen. Dazu dann superhotte Hotpants. Schuhe mit zwanzig Zentimetern Absatz, und damit stöckelte sie dann durch den Frühstücksraum. Ihr Kerl war dabei und ließ sich bedienen, ein fetter kleiner Klops mit schwarzer Sonnenbrille, halb so groß wie sie. Echt wie aus einem sehr schlechten Mafiafilm.«

Gerhard hatte den Wein entkorkt, gab Jo ein Glas. »Santé. Bist du sicher, dass du die Richtige bist für den Job?« Er lachte.

»Drum ist ja auch Kassandra geblieben. Die hat ein abgebrochenes Medizinstudium, die hat alles auf der Pfanne zum Thema Heilen und Co. Die haben da ein Spa, das auch auf TCM setzt, auf alternative Therapien für gestresste Städter. Kassandra ist da klasse. Der Spa-Direktor liegt ihr zu Füßen. Und sie kann sich besser verstellen.«

Das stimmte. Kassandra hatte einst die Schamanin gegeben, quasi aus Geldnotgründen, sie hatte geschauspielert und dabei immer die Würde der Menschen achtsam behandelt. Sie hatte keinen ihrer Klienten veräppelt, aber sie hatte doch die Gabe, einen Schritt neben sich zu treten. Jo konnte das nicht, die trat immer mittenrein in die Fettnäpfe und Fettbadewannen. Kassandra war ein großartiger, vielschichtiger Mensch – und auch diese Beziehung hatte Gerhard versemmelt.

»Ja, das Thema TCM hatte ich heute auch schon. Allerdings eher in dem Sinne, dass man doch besser auf heimatliche Medizin und Wissen setzen möge.«

»Kelten und so? So wie diese coole Chakra Houbertis?«

»Eventuell etwas weniger durchgeknallt als diese.«

Jo hatte sich auch in seinem letzten Fall breitgemacht, genau genommen auch wertvolle Arbeit geleistet, denn Jo hatte den richtigen Ton für die Kräuterhexe aus Bernbeuren gefunden.

»Armer Weinzirl!« Jo lachte. »Musst du dich schon wieder mit der paranormalen Szene rumschlagen?«

»Herzblatt, du kennst mich doch. Ich bin Para gewöhnt. Es geht auch eher um Zen&Tangle. Oder dann eben um Regio&Tangle.«

»Ach, diese Chillen-durch-Malen-Bücher. Na, meins ist das nicht, aber ich kenn genug Leute, die das machen.« Jo knuffte Gerhard in die Seite. »Probier es doch mal!«

Warum kannte eigentlich jeder diese Bücher, bloß er nicht?

»Im Kern schlage ich mich mit der Frage rum, was Heimat ist«, sagte Gerhard. »Jo, was ist Heimat?«

Jo überlegte nur kurz. »Es gibt eine emotionale Heimat. Das sind die, die du magst, die dich berühren, die du liebst. Die können überall sein. Aber es gibt eine Heimat der Wurzeln. Wo deine Kindheit war. Wo deine Eltern leben. Wo Bilder aufsteigen. Wo du auf einmal weißt, wer du bist.«

Jo sagte solche Dinge ganz leicht dahin. Kluge Dinge. Herzensdinge. Sie konnte das trotz ihrer schnoddrigen Art. Und sie war eine Meisterin schneller gedanklicher Wechsel. Gerade nahm sie erneut von der Fenchelsalami.

»Ah, ist die gut! Die haben da bei unserem Kunden ein Michelin-Restaurant. Ich habe selten so schlecht gegessen.«

»Na komm!«

»Die Philosophie des Kochs ist es, rate, auf Gewürze zu verzichten. Er will den Eigengeschmack hervorheben. Weißt du, wie der Eigengeschmack von Spinatblättern ist?«

»So ganz ohne Salz und Knofi?«, fragte Gerhard.

»Ja.«

»Das ist eben Purismus«, lächelte Gerhard.

»Sagt der, der über alles Pfeffer haut, bevor er probiert hat.« Jo nahm einen Schluck Wein. »Wie schmeckt er dir? Manche Luganas muffeln so – der ist toll, oder?«

Gerhard nickte. War er, der hätte Hajo auch geschmeckt. Er schluckte.

»Du denkst an Hajo?«, sagte Jo auf einmal ganz sanft. »Es ist unfair. Ich könnte dir Hundertschaften an Idioten nennen, die besser ins Grab gefahren wären. Warum Hajo? Auf Hajo!«

Sie stießen an. Es war still, Seppi hatte sich auf Gerhards Füße gelegt. Sie tranken schweigend. Bis Jo sagte: »Am Ende werden wir heiraten müssen, Weinzirl. Wir sind beide nicht mehr vermittelbar.«

»Wenn es ganz hart kommt …« Gerhard lächelte. Jo war ein Poltergeist, eine Flutwelle an Emotionen, aber eben auch seine einzige, beste, älteste Freundin, für die er immer eine wehmütige Zärtlichkeit verspürte. Niemand kannte ihn so gut – und umgekehrt.

»Und bei dir? Zen&Tangle und Heimat?«, wechselte Jo elegant das Thema.

»Bei mir?«

»Ja, bei dir. Als ich am Dienstag gefahren bin, hattet ihr ja wohl einen Fall, oder?«

»Hmm.« Gerhard erzählte, so viel er eben durfte. Auch von den Büchern. Von den Forggenseehäusern im Seegrund. Und er schloss: »Wusstest du das mit diesen Häusern?«

»Nein, das wissen, glaub ich, die wenigsten. Eine Randnotiz der Geschichte, aber überleg mal, was das für die Menschen bedeutet hat. Denkst du deshalb über den Heimatbegriff nach? Was für eine irre Geschichte. Es gab nur Verlierer. Die Siebenbürgen und Sudeten auf der einen Seite verloren alles und die Bauern auf der anderen auch. Ganze Landstriche wurden im Osten entvölkert und Menschen vertrieben, die nichts mehr hatten, als das, was sie am Leib trugen. Die dann nach langen Leidensjahren in eigenen neuen Häusern ein Leben beginnen konnten. Aber diese Häuser waren ja nicht neu. Sie waren benetzt von Tränen des Verlustes. Und dann ist das Wasser gekommen und hat die Tränen mitgenommen.«

Jo atmete tief durch. Vielleicht war das alles etwas pathetisch formuliert, aber Jos Worte trafen zu und trafen Gerhard. Alle waren auf der Flucht gewesen, auf Reisen ins Ungewisse. Und was warf das für ein Bild auf eine sogenannte aktuelle Flüchtlingskrise? Wo keiner der saturierten Deutschen sein Reihenhaus verloren hatte? Keiner seinen Job eingebüßt, keiner überhaupt beeinträchtigt war?

»Ein Drittel der Bayern stammt von Flüchtlingen ab, haben sich das die Stammtischpolterer je mal überlegt?«, fragte Gerhard. Er sah Baier vor sich, hörte dessen eindringliche Worte. Er sah Dietlinde Drescher, die so lakonisch berichtet hatte. Bar jeglicher Dramatik.

»Nein, es ist das Wesen des Stammtischpolterns, dass es am besten nicht intelligent ist. Das machst du so einem zwischen Partenkirchen und Penzberg, zwischen Ogau und Oberstaufen nicht klar, was das bedeutet hat: für die, die gehen mussten, und für die, die neue Hoffnung hatten. Und da gibt es hier bei uns im Fette-Maden-im-Speck-Land immer noch die, die gegen Flüchtlinge brüllen? Es kotzt mich an. Warum lernen wir aus der Historie nicht?«

»Weil wir vergessen? Weil wir im eigenen Saft schmoren? Weil Selberdenken mühsam ist? Weil Nachplappern und Mitbrüllen ein Gefühl von Zugehörigkeit ergibt?«

»Weil es uns zu gut geht«, sagte Jo. »Wir werden erst aufwachen, wenn wir wirklich mal in eine Krise kommen. Aber Einquartierungen könntest du heute gar nicht mehr durchsetzen. Heere von Juristen würden aufgeboten, ich weiß ja nicht … Werden wir alt, weil wir solche Gespräche führen?«

»Jo, du für deinen Teil hast im Oberwang und im Nest unendlich nervige Diskussionen über das Wesen der Welt angezettelt. Stundenlang. Der Einzige, der dir folgen konnte und wollte, war der Knut. Und der war einfach zu schlau und zu empathisch. Und damals warst du erst achtzehn.«

»Mensch, ja, der Knut! Und der konnte tanzen. Du ja weniger, Weinzirl.«

»Na, eure bekifften Drehungen als Tanzen zu bezeichnen! Jo, ich weiß ja nicht. Aber Weltretterdiskussionen hast du seit jeher geführt.«

»Heißt das also, wir werden nicht alt?«, fragte Jo.

»Genau«, sagte Gerhard und öffnete die zweite Flasche Wein. Die sie tranken.

Jo übernachtete auf der Couch, zusammen mit Seppi. Was ihrem Rücken nicht guttat. Sie verabschiedete sich um halb acht nach zwei Espressi mit »Ich glaub, ich werd doch alt«.

Gerhard bekam zwei Küsschen auf die Wangen. Ein banaler Abend, und doch hatte er Nachhall. Es war gut, Freunde zu haben. Wahlverwandtschaften zu leben. Sie wurden immer wichtiger als damals mit achtzehn, als das Leben alle Wege offengehalten hatte.

FÜNF

Nur wenige Menschen sind wirklich lebendig, und die, die es sind, sterben nie.
Ernest Hemingway

Als Gerhard kurz nach acht ins Büro kam, war Evi bereits da und konnte berichten, dass eine Hundestaffel am Lech sei. Das Handy von Sebastian Drescher war anscheinend ausgeschaltet, Fachleute werteten gerade aus, welche die letzten Funkzellen waren, in die es sich eingeloggt hatte. Evi hatte auch diese Lechdienststelle oder wie das hieß bereits erreicht. Auch den Gebietsbetreuer dort.

»Also, Weinzirl, pass auf. Das Ganze heißt ›Lebensraum Lechtal‹. Das ging aus einem Naturschutzprojekt von 1998 bis 2005 hervor und ist seit 2011 ein Verein, dessen Mitglieder aus Gemeinden, Landkreisen und Landschaftspflegeverbänden entlang des Lechs bestehen. Die beschäftigen einen Gebietsbetreuer. Der ist Franke.«

»Oh, ein Landsmann von dir!«

»Ja, ohne die Franken und deren Weltwissen kommt ihr hier herunten nicht aus«, grinste Evi.

»Und dieser wissende Franke weiß auch, wo der Basti sich aufhält?«

»Nein, das weiß er nicht. Er hat erst wieder in zwei Wochen eine Führung in Gründl.«

»In wo?«

»Gründl, Ortsteil vom Prem. An der Lechbrücke. Dort ist wiederum auch heute um zehn eine Führung, und ich hab gesagt, dass wir kommen. Dann können wir den Gebietsbetreuer mal genauer befragen. Der hatte am Telefon nämlich keine Zeit. Er war auf dem Sprung.«

Und so fanden sie sich fünfzig Minuten später inmitten von netten Damen wieder, die alle kleine katholische Büchereien leiteten. Der Franke war ein sympathischer, einer, der viel wusste und der seine Reden doch nicht überfrachtete. Und Gerhard musste zugeben, dass dieser kleine Ausflug ihn einnahm. Es war viel zu warm für Anfang Oktober, die Sonne entfaltete noch ihre ganze Kraft. Hitze stand über dem Flussschotter, und so nahe der Lech auch sein mochte, er war knochentrocken hier.

Der Franke hatte sich gebückt. »Wacholder. Noch ganz klein. Wenn die Pflanzen so bläulich schimmern, dann liegt das an ihrem Wachsüberzug. Das hilft ihnen gegen die Verdunstung. Und da haben wir den Dornigen Hauhechel. Dornen helfen gegen Verbiss.«

Das war also der Hauhechel, dachte Gerhard und folgte der Handbewegung des Franken. Es war, als umarme er diese ganze eigentümliche Landschaft. Sie erfuhren, dass es sich um eine der letzten ursprünglichen Auenlandschaften des Lechs handelte, ein extremer Lebensraum, den jene Pflanzen besiedelten, die Wassermangel und Hitze gut abkonnten. Gerhard hatte den Begriff »Schneeheide-Kiefernwald« noch nie gehört. Der Name rührte von einer Heideart her, die schon im Februar und März nach der Schneeschmelze blühte.

»Es ist die Waldart, die die meisten Rote-Liste-Arten beheimatet«, sagte der Franke.

Eine der netten Damen fragte: »Aber wächst das nicht zu?«

»Gute Frage. Es würde, aber wir nutzen hier uraltes menschliches Wirtschaften. Früher trieben die Bauern ihre Rinder sehr früh in diese Flussauen und ab Mai/Juni auf die Alm. Die Orchideen hatten in Abwesenheit der Rinder Zeit für den Aufwuchs, fürs Blühen und Aussamen, und erst als ihr Lebenszyklus vorbei war, kamen die Kühe im September zurück, hielten das Gras klein auf den Flusswiesen, bevor die winterliche Aufstallungsperiode kam. Heute ist die Landwirtschaft eine der Laufställe und eine der Tallandwirtschaft, eigentlich würde keiner mehr Vieh auf die scheinbar minderwertigen Böden auftreiben.«

»Und hier weidet noch wer?«

»Ja, im Rahmen eines gesteuerten Beweidungsprojekts. In vielen bayerischen Flussauen grasen Tiere im Dienste der Natur. Die Kuh verhindert, dass bald alles von einer Krautschicht überzogen ist. Die Ziege als Luftweider hält eher Büsche klein, und das Pferd ist für die ganz kurzrasige Struktur verantwortlich. Das freut dann die Ameisen.«

»Und des is doch aa vui gesünder, des Gras, oder?«, fragte eine kleine rundliche Frau mit roten Bäckchen.

»Ja, hier bekommen die Tiere an die hundert Arten von Pflanzen vor die Nase. Was der Jäger als ›Hasenapotheke‹ bezeichnet, wenn Wildtiere instinktiv das Richtige fressen, ist hier eine ›Kuhapotheke‹.« Er bückte sich erneut. »Pfeifengras und Ochsenauge.«

Gerhard erkannte maximal Löwenzahn, Gänseblümchen und vielleicht noch den Hahnenfuß. Aber er bekam eine Ahnung davon, wie komplex dieses Wissen um Pflanzen war. Wenn Basti sich da auskannte – und das war doch anzunehmen –, dann war der doch prädestiniert dafür, einen feinen Giftsalat anzurichten. Verdammt, dachte Gerhard, wo war dieser Enkel? Das konnte ja wahrlich kein Zufall sein, dass er verschwunden war.

Die netten Damen verabschiedeten sich, und er stand mit Evi und dem Gebietsbetreuer am Lech, die Sonne war immer noch kraftvoll trotz der fortgeschrittenen Jahreszeit.

»Schön, was Sie da machen!«, sagte Evi.

Himmelte die den Franken an? Man hätte es fast glauben können. Frauen waren ja immer angetan von Männern, die Tiere liebten oder auch Pflanzennamen kannten – und die auch noch schön reden konnten.

»Ja, schön«, sagte Gerhard mit einem gewissen Unterton. »Viel gelernt, wir würden aber gerne etwas über Sebastian Drescher erfahren. Was macht er genau bei euch?«

»›Lebensraum Lechtal‹, mein Arbeitgeber, hat von Zeit zu Zeit auch Verstärkung, was aus EU-Geldern finanziert wird. Sebastian Drescher ist also eine Art Lech-Ranger, soll auf Menschen zugehen, die auch mal direkt ansprechen, inwieweit sie eine Exkursion am Lech machen wollen. Der Tenor ist immer, dass der Mensch weit reist und über den Nahraum nichts weiß. Da kommen dann mal Gartenbauvereine, die Waldbauernvereinigung, die Diakonie, mal Schulklassen, die dürfen dann Fichten aus der Kiesbank zupfen, dass diese nicht komplett zuwächst.«

»Und Sebastian Drescher zupft mit?«, fragte Gerhard.

Evi sah ihn strafend an, der Gebietsbetreuer lächelte. »Ja, er zupft mit. Er erklärt. Er versucht, unser Credo an den Mann und die Frau zu kriegen: Du kannst und willst nur schützen, was du kennst.«

»Und das macht er gut?«

»Ja, er kommt vor allem wegen seiner, ich sage mal, volksnahen Art so gut an. Er ist eben einer von ihnen. Zimmerer, mit großem Wissen über Holz und Naturzusammenhänge. Auch mit Fachwissen aus seinem Biostudium. Ein sehr umgänglicher Kerl ist er auch, und er spricht einen lokalen Dialekt, was auch entscheidend ist.«

»Fränkisch ist nicht so gut?«, fragte Gerhard.

»Besser als ein totaler Preiß. Und wir arbeiten ja an den harden Konsonanden.« Er zwinkerte Evi zu. Dann wurde er ernst. »Sie suchen Basti?«

»Ja, er ist wie vom Erdboden verschluckt, seit er am Montag an der Litzauer Schleife eine Führung gemacht hat.«

Der Gebietsbetreuer runzelte die Stirn. »Davon weiß ich aber nichts.«

»Wir stützen uns da auch nur auf die Aussage eines Verlegers, Max Rosen. Sagt Ihnen der Name etwas?«

»Ja, in der Tat. Er hat mit mir wegen einer Buchserie telefoniert. Mir war, ehrlich gesagt, nicht ganz klar, was er plante.«

»Och, nur Malbüchlein für Erwachsene. Das muss man nicht verstehen.« Gerhard grinste schief.

»Und mit ihm war Basti an der Litzauer Schleife?«, fragte der Franke.

»Mit ihm und einer Dame. Ist es denn normal, dass Sie nicht wissen, wann Basti Führungen macht?«, fragte Gerhard.

»Na ja, seine Handynummer steht im Internet. Man kann ihn natürlich direkt anrufen. Normal stimmt er sich aber mit mir ab. Vielleicht war es sehr kurzfristig, aber dann hätte er doch hinterher …« Er wirkte irritiert. »Warum brauchen Sie Basti denn?«

»Die Dame, die er geführt hat, ist tot.«

»Er … Sie … Sie meinen …«

»Wir meinen momentan gar nichts«, sagte Evi, die Gerhard schon mehrmals missbilligende Blicke zugeworfen hatte. »Wir wissen nicht mal, ob Sebastian wirklich dort war. Aber umso dringender möchten wir ihn befragen. Wenn er sich bei Ihnen meldet, dann informieren Sie uns bitte.«

»Und die Tote? Ich meine …« Der Gebietsbetreuer sah Evi immer noch verwirrt an. »Wir reden da von Mord?«

»Ja«, sagte Evi leise.

Vom Lech her hörte man Vogelschreie, irgendwoher kam ein leiser Wind, der warm war.

»Warum sollte Basti eine Frau ermorden?«

»Das würden wir gerne wissen oder auch nur, was er beobachtet hat. Es geht momentan nur um eine Zeugenaussage«, wiegelte Evi ab. »Sagen Sie, kennen Sie die Oma von Sebastian?«

»Kennen wäre zu viel gesagt. Ich habe sie einmal getroffen. Auch bei einer Führung. War so eine Frauenbundsache. Eine sehr resolute Dame. Sehr klug. Sehr fit im Kopf. Pfiffig. Sie war lediglich nicht so gut zu Fuß.«

»Was für ein Verhältnis hat Sebastian zur Oma?«

»Wie gesagt, so gut kenne ich die Konstellation nicht. Aber sie hat sich wohl in alles eingemischt. Sebastian ist ein Freigeist, mag sein, dass ihn das zeitweise genervt hat. Aber ich würde das nicht so hoch hängen. Wenn Eltern und Kinder oder Kindeskinder unter einem Dach wohnen, gibt es doch immer mal Probleme.«

»Was heißt Freigeist?«, fragte Gerhard.

»Nun ja, er ist nur sehr bedingt teamfähig. Ein heller Kopf, aber einer, der Strukturen nicht so gut annehmen kann. Ein begnadeter Schreiner und Zimmerer, ich glaube, er arbeitet am liebsten allein, in seinem Tempo, zu seinen Konditionen.«

Strukturen nicht so gut annehmen, das war ja eine schöne Formulierung, fand Gerhard. Die einmal mehr gut auf Jo gepasst hätte.

Sie waren zu den Autos geschlendert, der Wind hatte zugenommen. Es war föhnig am Alpenrand, der Fallwind putzte die Berge blank. Herbstluft brachte Klarheit, Gerhard hoffte, dass diese Klarheit auch den Fall betreffen würde. Und er wusste auch, dass der Föhn irgendwann brach. »Der Föhn kotzt«, nannte Jo das. Und danach kamen oft Gewitter und Regen. Temperaturen, die dramatisch fielen. Sie standen an der Schwelle zum Winter.

Schließlich verabschiedeten sie sich von dem sympathischen Franken, schärften ihm nochmals ein, bei jedem Lebenszeichen von Basti sofort anzurufen.

Als sie im Auto saßen, stieß Gerhard aus: »Soso! Ein Freigeist! Einer, der quasi eine Phantomführung gemacht hat. Wir müssen ihn zur Fahndung ausschreiben. Und wir müssen seine Wohnung ansehen. Eventuell bringt uns das Aufschluss.«

Gerhard sah auf die Uhr. Es war eins geworden, sein Magen war mal wieder leer. Seine Laune war dementsprechend. Was Evi nicht entging.

»Wir holen dir jetzt mal was zu essen, Weinzirl.«

Sie stoppten an der Käsealm, wo es zu Gerhards Beruhigung nicht nur Käse gab, sondern auch exzellente Hirschlandjäger. Evi bekam ein Käsebrot, er Obatzten und diese Landjäger, das Leben nahm wieder etwas Fahrt auf.

Sie durchfuhren Lechbruck und Bernbeuren, kamen durch das Solardorf Rettenbach und trafen auf eine B 12, wo anscheinend Brummi-Treff war. Bestimmt zehn Lkws rollten westwärts, Überholen war zwecklos. Erst als sie die Hausenkurve nahmen, war da wieder Stille.

Dietlinde Drescher war im Garten. Sie ging am Stock und versuchte gleichzeitig, abgeblühte Blumen zu entfernen.

»Das sollten Sie besser lassen. Sie stürzen noch«, sagte Gerhard.

»Keiner da, der mir hilft. Im entscheidenden Moment ist man immer allein«, sagte sie und riss an einem Büschel.

Es war spürbar, dass sie sehr um Beherrschung bemüht war. Sie war ein großes altes Mädchen, aber auch die hatten Gefühle, die sicher mit dem Verschwinden des Enkels nackt und verletzlich dalagen.

»Vorschlag: Sie machen uns einen Kaffee, und ich erledige das hier«, sagte Gerhard.

Evi schaute etwas irritiert, aber die alte Dame gab Gerhard

die Handschuhe und die Gartenschere, und er begann. Und das Merkwürdige war, dass er Spaß hatte. Er füllte vier Schubkarren, und nach fünfzig Minuten sahen die Blumenbeete herbstlich kahl aus. Der Schnee, der gnädig alles zudeckte, konnte kommen.

Die Damen saßen auf der Terrasse.

»Den Kuchen haben wir jetzt gegessen«, grinste Evi. »Aber du bist ja kein so Süßer.«

»Eben, ein Kaffee tät's mir auch.«

»Danke, ich weiß gar nicht …« Dietlinde Drescher sah heute, so Aug in Aug, wirklich nicht gut aus.

»Kein Problem, mir hat das Spaß gemacht.«

»Aber Basti sollte da sein, er erbt ja auch alles, es ist seine Aufgabe, sollte es sein«, sagte sie mit Bitterkeit in der Stimme.

»Wir werden ihn schon finden. Er soll im Urlaub sein. Und das ist ja nicht verwerflich«, sagte Evi beruhigend.

»Um ihn dann des Mordes anzuklagen? Hübsche junge Frau, Sie haben mir doch eben von diesem Herrn Rosen berichtet.«

»Frau Drescher, wir wollen vor allem wissen, was Basti zu dem Tag zu sagen hat. Wir müssen hier erst mal das Kind nicht mit dem Bade ausschütten. Es kann ja durchaus sein, dass er wirklich einfach nur in Urlaub gefahren ist. Wo würde er denn hinfahren?«

»An den Gardasee? Da ist er oft. Oder in die Steiermark. Er hat da einen Freund. Holzbildhauer, den besucht er häufig.«

»Wissen Sie, wie der heißt?«

»Martin Hölzl. Nomen est omen. Und er wohnt in Mürzzuschlag, das hab ich mir gemerkt.«

»Sehr gut, das könnte ja auch eine Lösung sein. Der sitzt in der Steiermark, trinkt Gösser und weiß gar nichts von der ganzen Aufregung, Frau Drescher.« Gerhard fühlte sich bemüßigt, die alte Dame etwas zu beruhigen.

»Aber Sie wollen ja trotzdem seine Wohnung ansehen?«

»Ja, bitte.«

»Kommen Sie.« Sie erhob sich und schwankte etwas. Gerhard nahm ihren Arm. »Wollen Sie nicht lieber sitzen bleiben?«

»Nein!«

Die Karawane zog hinauf in den ersten Stock, wo auch das Gästezimmer lag. Die Tür stand offen. Da war noch immer der Koffer, da war das Bild mit den Zopfmädchen, das so ungeheuer altmodisch war. Auf dieser Etage gab es einen Durchgang zu Sebastians Reich.

Evi pfiff leise durch die Zähne, als sich die Tür öffnete. »Ist das toll!«

Sebastian Drescher hatte den Dachstuhl offengelegt, sie standen auf einer Galerie unter weiß gekälkten Balken. Eine Treppe führte hinunter in den Hauptbereich, der ebenfalls loftartig war. Zwar war hier fast alles weiß, aber geschaffen als feinste Zimmermannsarbeit. Die offene Küche aus ebenfalls gekälktem Holz hatte eine Arbeitsplatte aus Lindenholz, der Esstisch bestand ebenfalls aus Linde. Die Stühle waren alte Wirtshausstühle, und ja, da hing das Poster von Stockholm. Es war eine Schwarz-Weiß-Fotografie, die leicht bräunlich eingefärbt war und die ein Stockholm der fünfziger Jahre zeigte. Sie passte haargenau zu dem Antikleder, mit dem die Couch bezogen war.

Dietlinde Drescher war oben stehen geblieben, die steile Treppe war nicht stocktauglich.

»Sie finden das also auch schön?«, rief sie herunter.

»Frau Drescher, das ist sensationell! Wenn Ihr Enkel das alles selbst gemacht hat, ist er ein Genie. Für eine solche Wohnung würde ich morden!«, rief Evi und schlug sich auf den Mund.

»Ja, Geschmäcker und Ohrfeigen sind unterschiedlich«, sagte Dietlinde Drescher. »Ich geh mal zurück in meine Wohnung. Sie können auch unten rausgehen und über die Terrasse retour kommen.«

Gerhard wartete, bis sie weg war. »Super, Fräulein Straßgütl. Und wofür hat der Basti gemordet?«

»Ist mir so rausgerutscht, aber das ist doch wirklich unglaublich schön.«

»Man könnte das Wort ›herrlich‹ verwenden.«

Gerhard verzog den Mund. Er war ja nun weniger eine Fashion-Ikone, und über einen studentischen Einrichtungsstil war er eben nie hinausgekommen, aber dieses Ambiente war über jeden Zweifel erhaben. Da war jemand am Werk gewesen, der handwerklich perfekt arbeitete, der kreativ war und es geschafft hatte, Altes ganz jung und lebendig umzusetzen. Beim »Maschinenring« waren solche Talente sicher verschwendet, dachte Gerhard.

»Trotz deiner Euphorie für diesen bayerisch-skandinavischen Wohntraum sollten wir mal überlegen, nach was wir suchen.«

»Den Sachen von Frau Margot?«

Sie durchstreiften die Wohnung. Auch das Bad war ein Traum, mit Holzdielen, einer bodentiefen Dusche, die wie eine Höhle gemauert war, und einer Holzbadewanne. Ansonsten hielt es Sebastian Drescher wohl eher mit dem Purismus: ein Deo, Zahnbürstl und Paste, Shampoo, Duschgel, Trockenrasierer, eine Waschpaste – das war es dann auch schon.

Im Schlafzimmer, das Bett auch ein schlichter Eigenbau, gab es ein Regal mit vielen Turnschuhen, ansonsten Jeans, Arbeitshosen, T-Shirts, ein paar Pullover. Rund ums Bett lagen einige Bücher, die sich mit Schreinerei, Holzarbeiten und Drechseln beschäftigten, und da gab es zwei Bücher aus der Bücherei über Kunstgeschichte. In einem Regal dann noch ein paar Autohefte, Biologiebücher und Naturführer.

Sie hoben die Matratze hoch, suchten nach Verstecken, gingen in die Küche. Im Kühlschrank waren Bier und Cola, Käsescheiben, die sich wellten, Essiggurken, zwei Joghurts über Ablauf, ein Rest Rucola und Radieschen. Evi hatte den Abfalleimer geöffnet. Reste von Radieschen, Gurkenschalen, Tomatenbutzn.

»Da hat jemand Salat gemacht.«

»Ja, aber das beweist ja wenig. Da wärst du ja extrem tatverdächtig. A salad a day keeps the doctor away, not only the apple, gell, Evilein.«

Evi tippte sich wie so oft im Umgang mit Gerhard an den Kopf.

Es gab eine weitere Treppe zur Eingangsebene, wo man in die Garage gelangte. Gerhard verstand ad hoc, warum der junge Mann mehr Platz brauchte. Da standen Profimaschinen gestapelt und verkeilt – Drechselbänke, Bandschleifer, so einiges mehr –, so konnte man wahrlich nicht arbeiten.

Letztlich brachte sie das nicht weiter. Sie verabschiedeten sich von der alten Dame. Zumindest hatten sie einen Namen. In der Steiermark. Gerhard rief Melanie an, die sollte den holzigen Hölzl mal ausfindig machen. Kaum hatte er aufgelegt, läutete es. Na, das ging ja fix. Aber es war Baier.

»Linde hat angerufen. Ihr wart dort?«

»Ja, aber mit wenig Neuem.« Gerhard berichtete.

»Ich habe aber von Ihren Gartlerfähigkeiten gehört. Respekt! Wenn Sie sowieso auf dem Weg retour sind: Ich würde ein Bier in der Illach ausgeben.«

»Wo?«

»Illach. Als wir den Toten an der Staustufe hatten, Sie erinnern sich, am Urspringer Lechsee war das, da haben wir es versäumt, in der Illach einzukehren. Sie fahren runter an den See, zweimal rechts, und schon sind Sie da. Ist ja heute noch so warm, und geöffnet ist nur Dienstag und Freitag.«

»Ich komm mir vor wie auf einer Gastrotour«, motzte Evi.

»Schon Janoschs Tigerente hat gesagt: ›Und iss was, das Leben ist nur so lang wie dieser Löffel.‹« Gerhard grinste.

Und Evi war dann doch sehr angetan von dem alten Gasthof, vor dem Tische und Bänke standen, wo eine uralte Holzkegelbahn ein paar Kids erfreute. Ein Mädchen kickte einen Fußball. Sie sah mit ihrem Basecap aus wie ein Junge. Es war ein Ort, an dem man einfach fallen konnte. Wegdenken und kurz wegsehen. Eine Welt von anno dunnemals. Ein magischer Ort, der irgendwie aus der Zeit gefallen zu sein schien.

Es wurde kühl, und sie verabschiedeten sich von Baier.

»Wir müssen Linde helfen. Der Basti muss her. Ich mach mir echt Sorgen«, sagte Baier zum Abschied.

Die Welt hatte sie wieder. Die Welt und deren Irrwege. Es war gut, dass er nun von der Illach wusste. Diesen zeitlosen Ort würde Gerhard in Zukunft öfter aufsuchen.

SECHS

Is minic a bhí fear maith í seanbhríste.
Oft steckt ein guter Mann in zerrissenen Hosen.
irisches Sprichwort

Gerhard erwachte an diesem Samstagmorgen vom Klingeln seines Handys. Felix war dran.

»Das Auto von Sebastian Drescher fährt auf der Straße von Tutzing nach Weilheim.«

Gerhard war schlagartig wach. »Ja und?«

»Die Kollegen wussten nicht, was sie machen sollen. Ihn anhalten?«

»Die sollen ihm folgen. Und mich direkt anrufen. Ich bin sofort da.«

Gerhard sprang in eine Jeans, warf seine Lederjacke über das T-Shirt, das er im Bett getragen hatte, gab Seppi einen leichten Klaps auf den Kopf, der ihn ansah, als wollte er sagen: Sonst geht's noch? Was willst du so früh? Der Hund gähnte, stöhnte und legte sich wieder zurecht. Ein Auge blinzelte. Bist du dann bald mal draußen? Ich würd gerne weiterschlafen. Gerhards Handy läutete. Diesmal waren es die Kollegen.

»Wir sind jetzt Höhe Wielenbach. Sollen wir dranbleiben?«

»In jedem Fall! Er fährt ja wohl Richtung Weilheim.«

Auch Gerhard donnerte durch das morgendliche Tankenrain, und da kam der nächste Anruf. »Er will zum Bahnhof. Sollen wir zugreifen?«

»Erst wenn er einen Zug besteigt. Haltet euch im Hintergrund!«

Gerhard parkte auf dem Behindertenparkplatz, einer der Zivilkollegen kam auf ihn zu.

»Mein Partner ist drin. Der Gesuchte löst grad ein Ticket.«

Gerhard lief hinein, ein junger Mann drehte sich soeben vom Automaten weg und sah in Gerhards Augen. Hatte er da »Bulle« stehen? Der junge Mann rannte los, der Kollege wollte ihn noch aufhalten, aber er stieß ihn zur Seite und rannte zum Bahnsteig. Über die Gleise.

Gerhard hinterher. Er fluchte innerlich. Das hatte ihm gerade noch gefehlt. Sebastian Drescher sprang elastisch über die Gleisschwellen und lief immer weiter. Er rannte, der Abstand vergrößerte sich. Gerhard verfluchte seine Jahre. Die Weißbiere. Er war immer noch gut in Schuss, aber gegen einen jungen Mann Mitte zwanzig einfach doch zu lahm.

Zumal Laufen Gerhard immer schon suspekt gewesen war. Er war nie ein zaches Manderl gewesen, immer mehr der Krafttyp. Berggehen ja, Mountainbiken auch. Aber diese sehnigen Marathontypen mit zehn Kilo Untergewicht oder diese Triathleten waren doch absolut lustfeindliche Typen mit einem Sport, der pervers war.

Und jetzt rannte er hinter einem Basti her, der im Zickzack sprang wie ein gehetzter Hase. Gerhard hatte kurz angedacht zu schießen, aber er wollte weder in die Luft und schon gar nicht ins Gangwerk des jungen Mannes schießen. Der hatte mit dem Leben ja noch was vor, und er, Gerhard Weinzirl, schoss wirklich sauschlecht.

Die wilde Hatz ging weiter, und von irgendwoher hatte sich ein Zug in Bewegung gesetzt. Ein Containerzug, der langsam dahinglitt wie von Geisterhand bewegt. Basti schien das nicht zu realisieren, und als er merkte, dass sich vor ihm gleich eine eiserne Wand aufbauen würde, musste er jäh stoppen. Der Abstand hatte sich verkürzt, Gerhard war in Schlagdistanz.

Er brüllte: »Basti, bleib stehen! Das bringt doch nix.« Seine Arme schnellten nach vorne, er hatte den Flüchtigen an der Schulter erwischt, als Basti plötzlich eine Drehung gelang, die einer Eislaufkür gut zu Gesicht gestanden hätte. Etwas schlug in Gerhards Gesicht ein, und als er sich wieder einigermaßen derrappelt hatte, war Basti weg. Ein Rucksack hatte ihn getroffen. Dann war er mit der Stirn auf ein Gleis gedonnert. Ihm war etwas blümerant zumute. Er blinzelte. Der Rucksack lag unschuldig da, Basti war weg.

»Scheiße!«, rief Gerhard aus der Tiefe seiner Lungen.

Evi kam von irgendwoher angelaufen. »Die Kollegen haben mich angerufen. Mensch, Weinzirl! Ich habe den Basti gerade noch gesehen. Er hat einen jungen Mann am Bahnhofsvorplatz vom Rad geschubst und ist davongeradelt. Zwei Streifen sind unterwegs, so weit kann er mit einem Rad ja nicht kommen. Und du, alles klar?«

»Schön, dass du überhaupt fragst.«

»So schlecht kann es dir ja nicht gehen, wenn du schon wieder so zwidrig schaust.«

»Das Wort heißt zwider. Nicht zwidrig. Verdammt!«

»Na komm, das hätte jedem passieren können«, sagte Evi versöhnlich. Sie nahm den Rucksack und kippte vorsichtig den Inhalt aus.

Vor ihnen lagen eine Geldbörse, Tempotaschentücher, ein Taschenmesser, eine Wasserflasche, Kräuterbonbons, eine Unterhose, ein Paar Socken, ein Pflanzenbestimmungsbuch, ein Kuvert und ein paar Kondome.

»Alles, was man so braucht«, sagte Gerhard bissig und zog Handschuhe an. Er nahm zuerst die braune Börse. Sie gehörte Sebastian, seine gesamte Identität war darin verwahrt. Und fünfundzwanzig Euro in bar.

»Sebastian hat keine Sachen von der von Eugenius. Mist!«, sagte Evi.

»Na und? Auch ohne die Sachen von Margot von Eugenius wird für Sebastian Drescher die Luft sehr dünn. Wenn ich den in den Fingern habe, muss ich an mich halten. Das ist ja alles fast ein Schuldeingeständnis. Diese wilde Flucht! Ich nehme an, sein Handy hat er noch, aber sonst weder Pass noch Geld. Wir müssen das Haus in Hausen überwachen lassen, falls er dahin zurückkommt. Was für ein Idiot!«

»Vielleicht geht er zu einem Freund. Er wird sich Geld leihen müssen oder so«, sagte Evi.

»Wir werden ihn finden«, sagte Gerhard in bedrohlichem Ton.

Dass der Knabe entkommen war, wurmte ihn. Er brauchte einen Haftbefehl, und den würde er nach der Aktion auch bekommen. Dann telefonierte er mit Felix, der inzwischen den verdutzten Radfahrer vernommen hatte. Der hatte eigentlich nur Frühstückssemmeln holen wollen. Das Rad war ein Mountainbike der Marke Specialized, silbern, und ein flüchtiger Radfahrer musste doch zu finden sein. Und beim nächsten Mal würde er schießen, dachte Gerhard grimmig.

»Und was ist das?«, fragte Evi und wies auf das Kuvert.

»Schau rein.«

Evi zog ein paar Bilder heraus. Sie zeigten ein Schmuckstück. Sehr detailliert und von verschiedenen Seiten.

»Vielleicht wollte er seiner Freundin einen Antrag machen. Die kann ihn ja dann im Knast heiraten«, knurrte Gerhard.

Evi schüttelte den Kopf. »Das ist eine Brosche. Für Anträge nimmt man Ringe.«

»Na, du musst es ja wissen«, sagte Gerhard und betrachtete die Bilder. Ihm wurde irgendwie warm. Wahrscheinlich lag das an seinem Brummschädel. Das alles gefiel ihm nicht, gar nicht. »Lass uns zusammenpacken und ins Büro fahren. Ich brauche a) einen Kaffee, b) ein Aspirin, und c) brauchen wir jemanden, der sich mit Schmuck auskennt.«

»Willst du nicht lieber zu einem Arzt? Wenn du eine Gehirnerschütterung hast? Damit ist nicht zu spaßen!«

»Evilein, deine Sorge rührt mich. Das ist ein Allgäuer Qualitätsschädel, der küsst gerne mal Eisenbahngleise. Komm! Und was diese Bilder betrifft: Hat nicht Baier diesen Freund? Magnus, Magnus, ich komm nicht auf den Namen. In der Oberen Stadt wohnt der. Ruf Baier an«, sagte Gerhard und betrachtete nochmals die Bilder.

Die Brosche schien aus Gold gefertigt zu sein, und sie kam Gerhard fremdartig vor. So was hatte seine Oma jedenfalls nicht an der Tracht getragen.

Evi war ein Stück zur Seite getreten, um zu telefonieren. Gerhard sah zu ihr hinüber. Sie war entzückend, wie sie lächelte. Komisch, dass Evi sehr selten ernst zu nehmende Beziehungen hatte. Sie war hübsch, klug und empathisch. Doch irgendwie verkorkste einen der Job eben doch fürs Leben, zumindest fürs Beziehungsleben.

Evi kam zurück. »Dr. Magnus Mulcher heißt der Typ. Baier ruft ihn an, wir sollen Baier die Bilder bald mal vorbeibringen.«

»Okay.« Gerhard war merkwürdig zumute – gut, er hatte einen Rucksack vor den Schädel bekommen und war auf Eisen gelandet. Holzkopf gegen Stahl.

Evi wollte gerade noch was sagen, als ihr Handy ging. Sie hörte zu, ihr Gesichtsausdruck war besorgt.

»Ähm, Gerhard, die Hundestaffel am Lech, also …«

»Ja, die können dann ja einpacken. Sebastian Drescher ist putzmunter!«

»Ja, aber …«

»Er hat mich niedergeschlagen, kein Ruhmesblatt, ja, aber was?«

»Die Hunde haben eine Leiche erschnüffelt«, sagte Evi.

Es musste daran liegen, dass er auf den Kopf gefallen war. Aber auch Evi sah so drein, als hätte sie etwas abbekommen.

»Was für eine Leiche?«

»Eine tote Leiche.«

»Evi!«

»Eine tote Frau. Ein, zwei Tage tot. Mit Reisig recht oberflächlich abgedeckt.«

»Nicht wirklich, oder?« Gerhard stöhnte. »Und wo bitte nochmals?«

»Auch am Lech, auch an der Schleife, dieser Litzauer Schleife.«

»Bitte nein!«

»Doch!«

»Du willst mir sagen, dass diese Kiesbank langsam zur Opferstätte wird?«

»Weinzirl! Wie ich das verstanden habe, liegt diese Frau auch etwas entfernt. Aber sie ist tot, sagen die Kollegen.«

»Todesursache?«

»Keine Ahnung. Die warten auf uns.«

Auch das noch! Weder Gerhards Laune noch sein Brummschädel waren auf eine neue Frauenleiche eingestellt.

»Ich fahre«, sagte Evi.

Den Weg kannten sie ja allmählich. Es war Samstagsverkehr. Einkäufer. Ausflügler. Jene, die keine Blinker setzten, wenn sie abbogen. Jene, die einfach rechts in Einfahrten abschossen. Einmal musste Evi scharf abbremsen, was Gerhards Kopf sehr abträglich war.

»Tut mir leid«, sagte Evi mit einem besorgten Blick auf Gerhard. »Du bist saublass.«

»Säue sind nicht blass. Entweder rosa oder schlammig. Ich überlebe schon. Schau du lieber auf den Verkehr. Heute ist wieder TVT.«

»Wer?«

»Tag der Verkehrstrottel.«

Das Geplänkel tat ihnen beiden gut, denn sie waren innerlich alarmiert. Eine zweite Tote, die Gedanken schlugen Purzelbäume.

Wieder liefen sie hinunter zum Fluss, es hatte abgekühlt, schwere Wolken zogen ostwärts. Und es war Gerhard, als würde das Wetter heute besser zu der ganzen Misere passen. Seit sie so viel über Fluss und See wussten, über all die Fluchten und all die Fesseln, hatte der Lech sich verändert. Er war auch für Gerhard nun weit mehr als ein Gewässer, mehr als die Grenzlinie zwischen den Bayern und den Alemannen.

Eigentlich hatten sie es beide bereits geahnt und befürchtet. Da lag die Klobenstein. Im Tod sah sie älter aus. Sie trug zwar nicht mehr ihre silbernen Stiefel, aber auch ihre pinkfarbenen Leinenturnschuhe waren kaum geeignet gewesen für einen Spätherbstspaziergang. Der Notarzt war schon da, Gerhard kniete sich zu ihm. Der Mediziner sah hoch.

»Sehen Sie das?«

Die Einblutungen am Hals waren kaum zu übersehen.

»Da hat einer mit gewaltigen Pratzn zugedrückt«, sagte der Arzt.

Gerhard nickte. »Wie lange ist sie tot?«

»Ich schätze, seit gestern. Genaueres, Sie kennen das ja …« Er schüttelte kurz den Kopf und verabschiedete sich.

Gerhard erhob sich. »Hatte Basti große Hände?«

Evi sah ihn zweifelnd an. »Traust du ihm zu, sich frontal vor eine Frau zu stellen und die zu erwürgen?«

»Dem trau ich inzwischen alles zu! Verdammt! Evi, das entgleitet uns. Wir haben zwei tote Frauen. Sie waren ein Paar. Sie haben zusammen gearbeitet. Ich krieg den Rosen nicht aus dem Kopf. Hatte der große Hände?«

Evi hatte den Mund verzogen. »Und wenn wir mit beiden falschliegen? Wenn es um noch was anderes ging?«

»Worum, Evi? Geld, Erbschaft, Liebe, Eifersucht? Wir werden auch das Leben von dieser Klobenstein durchleuchten, aber ich zweifle daran, dass uns das weiterbringt.«

Gerhard wandte sich an die Kollegen, die noch unschlüssig herumstanden. »Und wieder wurde nichts gefunden? Tasche? Rucksack? Irgendwas?«

»Nein.«

Es war zum Kotzen, und irgendwie war Gerhard auch kurz davor. Er war am Limit. Sein Schädel schmerzte, er hatte inzwischen zwei Paracetamol und drei Ibuprofen intus. Ihm war wirklich übel.

»Weinzirl, du gehst jetzt ins Bett. Und zwar sofort. Ich fahr dich heim. Und ich hole dich morgen früh ab. Wenn du dann immer noch so aussiehst, gehst du zum Arzt.«

»Morgen ist Sonntag!«

»Ich fahre dich in die Notfallambulanz, wahlweise nach Weilheim oder Schongau.«

»Droh mir nicht!« Er lächelte.

Der Weg hinauf zum Auto war beschwerlich. Die gesamte schweigende Rückfahrt versuchte er nicht zu kotzen. Was ihm gelang.

Er konnte dieses extrem unwürdige Prozedere gerade noch bis zur heimischen Toilette rauszögern. Dann trank er allen Ernstes zwei Tassen Tee, Seppi schaute besorgt. Und er schlief zehn Stunden, was er zum letzten Mal wohl als Kleinkind getan hatte. Am nächsten Morgen hatte die Welt ihn wieder – und in dieser Welt wollte er vor allem Basti wiederhaben.

Und zwar so was von!

Evi stand Sonntag um neun vor der Tür. Sie hatte Butterbrezen dabei.

»Und?«

»Schwester Evi, es geht. Wirklich! Ich war etwas ausgeknockt, aber das Kopfweh ist weg.«

»Na gut, aber wenn was ist, dann meldest du dich.«

»Jaaa.«

»Gut. Wir können nach Weilheim fahren. Ich hab Baier gestern noch die Bilder von der Brosche gebracht. Er hat sie seinem Kumpel wohl auch schon gezeigt, und Baier hat mich vorhin angerufen. Er hat eine Theorie. Wir sollen zu Mulcher, Baier kommt nach.«

Weilheim lag im sonntäglichen Tiefschlaf. Die einzige Zeit, in der man staufrei vorankam. Sie hielten vor dem Haus in der Oberen Stadt. Es war wohl einst ein Ladengeschäft gewesen, ein altes Schild zeugte auch noch davon. »Dr. Magnus Mulcher, Antiquitäten, Schätzungen«. Die alte Postleitzahl von Weilheim: »8120«. Und eine dreistellige Telefonnummer.

Mulcher öffnete und bat sie herein in einen Raum, der mit schweren alten Stilmöbeln eingerichtet war und mit einem gewaltigen Schreibtisch, auf dem Lupen lagen, ein Mikroskop stand und einige Flüssigkeiten in kleinen Fläschchen.

»Sie wurden angekündigt«, sagte er nur. »Ich habe die Bilder angesehen. Es sind natürlich nur Bilder. Ich habe Vergleiche angestellt. Nun ja, das Schmuckstück scheint alt zu sein.«

»Wie alt?«

»Ich bin kein Rateonkel. Ich muss das genauer prüfen. Vorher sage ich gar nichts. Ich brauche das Original! Soll ich Ihnen eine Quittung ausstellen?«

»Na, wenn Sie Baier kennen, werden Sie sich schon nicht absetzen mit den Fotos«, sagte Gerhard.

Mulcher zwinkerte. Humor schien weniger seine Domäne zu sein.

»Kommt das Stück Ihnen nicht auch komisch vor?«, fragte Evi. »Ich habe so was noch nie gesehen.«

»›Komisch‹. Das wäre wohl kaum eine korrekte Beschreibung. Geben Sie mir Zeit. Ah, da läutet es. Sie warten hier!«

Er eilte hinaus. Gerhard grinste. Na, das war ja eine Type! Er hatte keinerlei Zweifel, dass Baier ante portas stand und in Kürze die Unterredung mit dem gestrengen Herrn Magnus bereichern würde. Sie würden etwas erfahren. Wenn Baier Interessantes witterte, würde er sich kaum raushalten. Baier im Unruhestand.

Er und sein Freund Dr. Mulcher kamen durch die Tür. »Da sind Sie ja wieder, Weinzirl!«, rief Baier. »Hirn in Ordnung?«

»Im Rahmen meiner Möglichkeiten. Ich war lediglich gestern etwas unpässlich. Sind die Nachrichten so spektakulär, dass Sie so früh von Peiting zu Tale reiten? Herr Mulcher verwies darauf, dass er von einem Bild wenig sagen könne.«

»Der frühe Vogel …«, sagte Baier. »Und ab dieser Stelle des Gesprächs tun wir alle mal so, als ob wir ein Original in Händen hätten.«

»Also, korrekt ist das nicht«, warf Mulcher ein.

»Ja, aber mit vielen Wenns und Abers und Hättes versteht es der Weinzirl doch nicht!«

Gerhard grinste. »Danke für die Rücksichtnahme.«

»Die Brosche ist aus Gold, Silber, Kupfer, Bernstein und Glas«, sagte Baier.

»Ja, das dachte ich mir. Und weiter?«

»Sie ist alt.«

»Auch das hätte ich fast angenommen, und das hat uns der Herr Doktor gerade auch erläutert.« Was wollten die beiden eigentlich? Den Spannungsbogen halten?

»Sehr alt«, sagte Mulcher, der mit seiner Hakennase aussah wie ein dürrer Hühnerhabicht.

Gerhard und Evi warteten.

»11. Jahrhundert. Oder auch 10. So genau kann ich das nicht sagen, es bedarf genauerer Analysen.« Er zögerte und schickte einen Blick in die Runde. »Wenn Sie sich das so ansehen, assoziieren Sie was? Sagt Ihnen diese Form etwas, Herr Weinzirl?«

Gerhard beschloss, das Ratespiel ernst zu nehmen. Wenn die beiden solche Freude daran hatten.

»Es sieht irisch aus, also keltisch oder so. Nicht wahr, Evi? Diamonds are a girl's best friend, was sagt es dir?«

»Irisch klingt gut. Ansonsten bin ich nicht so der Schmucktyp.« Evi hielt ihre Swatch hoch. Was Mulcher zu einer missbilligenden Grimasse anregte.

Tja, für eine Breitling oder eine Hublot reichte so ein Polizistengehalt nicht.

Gerhard war zweimal auf der grünen Insel gewesen. Einmal Ende der Achtziger, als man noch ohne Parkgebühr und ohne Absperrungen einfach zu den Cliffs of Moher schlendern, sich bäuchlings hinfläzen und über den Rand spähen konnte. Vor fünf Jahren war er erneut da gewesen, war durch die Maamturk Mountains gefahren, wo die Licht- und Schattenspiele auf kahlen Bergen tanzten, hatte im bunten Küstenstädtchen Clifden gegessen und war überrascht gewesen, was für Rennstrecken die Straßen in Connemara geworden waren.

Er geriet angesichts von Ganggräbern und Steinkreisen und alten Friedhöfen nicht so sehr in Entzücken wie das bei Jo oder Kassandra der Fall gewesen wäre. Oder bei seiner Ex-Freundin Gitti, mit der er den ersten Irlandtrip gemacht hatte. Alte Steine eben, die teils sehr unordentlich rumlagen. Die Natur gab ihm mehr. Er hatte sich an den Lough Corrib begeben, wo Stille war, hatte den Mount Gable bestiegen, an dessen Fuß der einsame Lough Coolin in einer kahlen und stillen Landschaft lag, an seinen Gestaden verfallene Cottages. Zeugen der großen Hungersnot zwischen 1845 und 1852, als die Kartoffelfäule die Ernten vernichtet hatte. Da die armen Bauern aber fast ausschließlich auf den Anbau der Kartoffel gesetzt hatten und eine durchgehende Monokultur nun mal anfällig ist, waren rund eine Million Menschen gestorben, eineinhalb Millionen hatten nach Übersee flüchten können.

Überall in der Geschichte waren Menschen auf der Flucht und würden es weiterhin sein. In Irland hatten Schafe inmitten der überwucherten Häuser gefressen. Der Weltenlauf war unaufhaltsam, die Natur holte sich alles zurück. Die Häuser verfielen, die Kreuze verwitterten.

»Weinzirl, schauen Sie nicht so abwesend! Wir würden auch auf Irisch tippen«, sagte Baier. »Was fällt Ihnen sonst noch ein, Weinzirl?«

Er gab sich alle Mühe, beim lustigen Irlandquiz mitzumachen. »Ich habe diese keltischen Kreuze im Kopf. Riesendinger. Und Claddagh-Ringe. Ich hatte mal eine Freundin, die nervte unendlich wegen so eines Ringes.«

Evi grinste. »Und du hast ihr sicher keinen gekauft, du emotionsloser Stock!«

»Doch, aber er war nach ihrer Ansicht zu klein. Aber lassen wir das. Also die Kreuze. Die waren aber aus Stein. Stehen die nicht auf Friedhöfen?«

»Der Ursprung der Hochkreuze ist nicht auf Friedhöfen zu finden. Sie wurden an Weggabelungen aufgestellt und waren als Segen für die Reisenden gedacht«, sagte Mulcher streng. »Das Hochkreuz soll zum Gedenken anhalten und dient als Schutzbringer. Sie markierten ein besonderes Gebiet oder heiliges Land. Sie dienten als gesellschaftliche Treffpunkte, und um sie herum wurden Feiern abgehalten. Es gilt als sicher, dass Keltenkreuze nicht vor dem 8. Jahrhundert erstellt wurden. Die künstlerische Entwicklung lässt sich vereinfacht in drei Etappen aufteilen. Das führt uns jetzt aber zu weit.«

Gottlob, dachte Gerhard. Mulcher merkte selbst, dass er dozierte. Gerhard wartete.

»Vereinfacht ist das keltische Kreuz eine harmonische Vereinigung des christlichen Kreuzes mit dem vorchristlichen Sonnenrad. Das Sonnenrad ist das heidnische Symbol des Lebenszyklus von Geburt, Leben und Tod. Sankt Patrick soll diese Symbolik benutzt haben, um den heidnischen Einwohnern Irlands die Bedeutung des christlichen Kreuzes durch die Verbindung zur lebensspendenden Sonne zu versinnbildlichen.«

»Ja gut, aber hier haben wir es ja mit einem Schmuckstück zu tun, oder?«, sagte Gerhard und sah Baier an.

Konnte der seinen Kumpel nicht einbremsen? Baier aber schaute weg.

»Ja, die ersten Schmuckstücke waren Torques, Halsringe oder Armreifen, sie wurden aus Bronze und Gold hergestellt. Der bekannteste ist der Broighter-Kragen, ein Torques, und er ist dekoriert mit einem gewölbten geometrischen Muster wie zur Zeit der keltischen Kunst typisch. Es war der Schmuck der Könige oder Priester. Um 600 nach Christus begann das Christentum in Irland aufzutauchen, und das schlug sich in der Kunst nieder. Religiöse Überzeugungen gemischt mit keltischer und irischer Kunst. Dafür stehen Kelche und Broschen. Irische Goldschmiede waren auf einem hohen Level, solche Stücke liegen heute in Museen in Dublin oder in London«, sagte Mulcher.

Kam der Mann endlich mal zum Punkt? Gerhard versuchte sich in Geduld.

»Und Sie wollen sagen, es wäre eine Brosche aus dieser Zeit? In dieser Qualität?«

»Ich wage es kaum zu glauben, aber ja, ich bin mir ziemlich sicher. Wir müssten da noch andere Experten hinzuziehen, und ja … das Original fehlt mir.« Er zupfte an seiner Habichtnase.

»Wir tun so, als hätten wir das Original!«, rügte Baier beide.

»Und wie gelangte dieses Ding in die Hände von Sebastian Drescher?«, fragte Evi, um abzulenken.

»Das ist doch die Frage!«, rief Baier.

Gerhard fühlte, dass Baier wie elektrisiert reagierte. Es ging wieder mal um altes Gerümpel. Wenigstens keine Römer, sonst wäre Baier ja völlig ausgeflippt.

»Warum haben wir es in letzter Zeit immer mit solchen kruden Archäologiefällen zu tun?«, stöhnte Gerhard und sagte das eigentlich mehr zu sich selbst.

»Weinzirl, das ist doch klar! Sie leben hier auf uraltem Kulturboden. Sacred ground. Schicht für Schicht Menschheitsgeschichte. Illyrer, Römer, Kelten. Emotionen. Kriege und Katastrophen. Tode und Geburten. Sie tun immer so, als würden Sie im luftleeren Raum leben, Weinzirl! Das hier ist mehr. Wir reden von weit mehr als nur ein paar Bergen, auf die Sie mal raufradeln können. Sie müssen die Äuglein weiter öffnen.«

»Gut, ich öffne. Also, Sebastian Drescher hatte diese Bilder im Rucksack«, versuchte Gerhard seine Gedanken zu ordnen. »Warum die Bilder?«

»Weil er auch erst mal jemanden fragen wollte?«, meinte Evi. »Hat er das Original zu Hause?«

»Lassen wir mal weg, wo diese Brosche jetzt ist. Das führt ja momentan zu nichts. Warum hat Sebastian diese Bilder gemacht? Ich stimme zu: Weil er sie jemandem zeigen wollte, nehme ich an. Wir nehmen weiter an: Es ist ein wertvolles Stück.«

Baier nickte.

»Gut, und nun fragen wir: Was ist seine Geschichte? Was will uns diese Brosche erzählen? Gefällt Ihnen dieser Zugang, Baier?«

»Sehr gut, Weinzirl! Diese Fragen haben wir uns auch gestellt, Magnus und ich.«

»Ja und? Brillante Denker wie Sie beide haben doch auch eine Antwort!«

»Ein Reisender könnte sie mitgebracht haben«, sagte Baier leise.

»Ja gut. Ein Irlandreisender. Aber wenn das Ding so wertvoll ist, warum hat er es veräußert? Weil er viel Kohle brauchte? Oder wurde das Stück gestohlen? Oder war sich jemand des Wertes einfach nicht bewusst und hat es fälschlicherweise aus der Hand gegeben? Wenn ihr recht habt, dass das ein einzigartiges Stück ist …«

»Den Wert nicht erkannt zu haben, ist eine Option«, sagte Mulcher. »Repliken solcher Schmuckstücke gibt es zuhauf. Bis hin zu sehr unsauber gearbeiteten Modeschmuckkollektionen. Es gab ja mal einen regelrechten Keltenhype. Man könnte ein solches echtes Stück mit einer Replik verwechseln und glauben, dass es wertlos ist. Hübsch, aber wertlos.«

»Da wir das Original nicht haben, könnte es ja genau so was sein. Eine gute Kopie aus dem Kaugummiautomaten«, sagte Gerhard.

Baier sah ihn böse an, aber Gerhard tat sich etwas schwer mit dieser ganzen »Original oder nicht Original«-Story.

»Gut, gut. Denken wir die Gedankenspiele weiter: Die Brosche gelangte irgendwie in Bastis Hände, und wenn wir der Hypothese folgen, dass er mehr darüber wissen wollte, muss er zumindest gewusst haben, dass das Stück wertvoll ist. Ein in Biologie bewanderter Zimmerer ist ja kein Kunsthistoriker«, sagte Gerhard. Das hier war gar nicht seine Welt. Er hasste Dinge, die er nicht erfassen konnte.

»Sebastian hatte zwei Kunstbücher aus der Bibliothek ausgeliehen«, sagte Evi. »Sie lagen in seinem Zimmer.«

»Er hat sich informiert«, meinte Baier triumphierend.

Sie sahen alle vier auf die Bilder. Starrten sie an, als müssten sie eine Antwort geben.

»Magnus und ich, wir denken wie gesagt an einen Reisenden, der im Besitz der Brosche war. Und der sie verloren hat.«

»Wo? In Hausen verloren?« Gerhard verzog den Mund. »Ein Austauschstudent? Ein Irlandurlauber, der das Ding mitgebracht und irgendwie verloren hat? Ich weiß ja nicht.«

»Herr Weinzirl, verzeihen Sie, aber Sie denken zu neuzeitlich. Ich denke an einen frühen Reisenden«, sagte Mulcher.

Gerhard starrte ihn an. »Wie, ein früher Reisender? Wie früh?«

»Einer aus der Zeit der Entstehung dieser Brosche.«

»Wie soll das gehen? Wie soll der diese Brosche verloren haben? Und nochmals: Wo? In Hausen?«

»Weinzirl, denken Sie mal nach«, sagte Baier streng.

»Mach ich ja. Wer war denn damals unterwegs? Das war doch finsterstes Mittelalter! Wer reiste denn bitte schön aus Irland hierher? Keiner!«

»Gereist sind Adlige. Auch ganze Armeen sind gereist«, korrigierte Baier ihn.

»Sie erzählen mir nun aber nichts von der Völkerwanderung?«

»Das war früher, Weinzirl. Ihr Geschichtslehrer ist ja nachträglich nicht zu beneiden!«

»Ha! Ich weiß immerhin, dass die Bayern eine kauzige Mischung aus Sueben und Elbgermanen sind. Man könnte sich jeden bayerischen Nationalstolz also sparen.«

Baier lächelte. »Guter Punkt! Wenn man weit genug zurückgeht, sind wir alle Afrikaner. Die ganze Nationaltümelei ist unnötig.«

»Genau genommen sind wir alle Affen!«, rief Gerhard.

»Sie in jedem Fall. Aber wir sind vom Thema abgekommen. Wer ist gereist? Weinzirl! Irland! Klingelt es da nicht?«

»Mönche sind gereist. Frühchristliche Mönche, die missionieren wollten«, sagte Evi.

»Streberin! Warst du in der Schule auch so? Dann hattest du sicher wenige Freunde.«

»Pah, ich hatte jede Menge.«

»Würden Sie beide sich mal zusammennehmen?«, rügte Baier und sah dabei aber nur Gerhard an.

Und Gerhard dämmerte etwas.

»Sie wollen jetzt aber nicht sagen, dass …«

»Es wäre eine Annahme«, sagte Mulcher leise.

»Aber Leute, ich meine, das wäre …«

»Das wäre eine größere Sensation, als wir alle zu hoffen wagen dürfen!«, sagte Baier.

Gerhard war aufgestanden. Das überstieg sein Vorstellungsvermögen bei Weitem. Und es war wieder viel zu spekulativ für seine klaren Bedürfnisse. Er sah Evi an, die aber anscheinend nicht erfasste, worum es hier ging.

»Gut, ich fasse zusammen: Ihr glaubt, ein früher irischer Mönch, der durch Europa reiste, hat diese Brosche verloren?«

Baier und Mulcher nickten. Absolut synchron.

»Und ihr glaubt zu wissen, wer es war?«

Erneutes Nicken. Die beiden hätten sich beim Seniorensynchronschwimmen anmelden sollen.

Gerhard blickte durch den Raum. Wo Biedermeier regierte. Wo das Licht spärlich durch die kleinen Fenster fiel. Wo es still war, mucksmäuschenstill.

»Ihr denkt an Coloman.« Jetzt war es raus.

»Ja«, kam es sehr leise von Mulcher.

»Ich bitte Sie!«

»Wer? Worum geht es eigentlich?«, fragte Evi.

»Coloman. Auch so ein Ire. Da gab's ja einige«, sagte Gerhard.

»Ja, einige. Aber Coloman war hier«, meinte Baier. »Im heutigen Schwangau.«

»Aber es ist doch nicht mal erwiesen, dass dieser Coloman in Schwangau vorbeikam, oder?«, warf Gerhard ein.

»Ich weiß. Aber er soll im Sommer 1012 bei seiner Pilgerreise ins Heilige Land an dieser Stelle gerastet haben.«

Evi sah immer noch konsterniert vom einen zum anderen.

»Er *soll*! Betonung auf *soll*. Und dann haben sie ihn gemeuchelt, oder? Eine frühe Geschichte der Fremdenfeindlichkeit, wenn Sie so wollen. War das nicht so?«, fragte Weinzirl. Ganz so ungebildet war er dann doch nicht.

Evi unterbrach sie. »Klärt ihr mich mal auf? Mir sagt der nichts.«

»Weil solche Männer nicht durch Franken kamen. Wohlweislich«, grinste Gerhard.

Baier griff ein. »Der Legende nach war er ein irischer Königssohn, der sich auf einer Wallfahrt zu den heiligen Stätten in Jerusalem befand. Das war nicht unüblich in diesen Kreisen. Aber er kam zur falschen Zeit. König Heinrich II. und Herzog Bolesław I. Chrobry von Polen lagen im Clinch und beargwöhnten alles, was auf ihrem Terrain passierte. Coloman sah fremdartig aus, er war merkwürdig gekleidet und wurde für einen böhmischen Spion gehalten. Sie nahmen ihn nahe Stockerau im heutigen Niederösterreich fest. Nach heutigen Maßstäben würde man sagen, sie haben ihn gefoltert und dann ganz symbolhaft zwischen zwei Mördern – die Quellen unterscheiden sich da etwas – angeblich an einem Holunderstrauch erhängt. Im Garten des Klosters St. Coloman in Stockerau gibt es einen Hollerstrauch, der jener besagte Holunder sein soll.«

»Soll, hätte, nur Legenden. Nichts Greifbares!«, meuterte Gerhard.

»So ganz stimmt das nicht. Das mit seinem Tod ist gesichert. Es war Usus, dass ein zum Tode Verurteilter nicht begraben wurde. Sein Leichnam verweste aber nicht, und der Legende nach passierten diverse Wunder. Allmählich war der Mann rehabilitiert und wurde in der Kirche von Stockerau beigesetzt. An seinem Grab sollen weitere Wunder geschehen sein. Und weil das so war, holte man den armen Kerl wieder raus und bestattete ihn in der

Residenz der Babenberger in Melk. Zwei Jahre nach seinem Tod durfte er endlich ruhen. Das war im Jahr 1014. Das zumindest gilt auch als sicher.«

Es war bizarr. Es war, als würde sich die Geschichte immer wiederholen, und in ihr lag die ganze Verbohrtheit der Menschen. Ein gottesfürchtiger Mann sah einfach falsch aus, das gefiel nicht, das war suspekt – und er starb erbärmlich durch die Hand derer, die ihr Tun sogar noch christlich begründen konnten. Er wurde ein Heiliger, was ihm, nach Gerhards Meinung, aber nichts nützte. Er war Patron vieler Kirchen geworden, in Schwangau war diese Colomanskirche in der Blickachse auf Neuschwanstein das allbayerische Bilderbuchmotiv.

Er hatte einst Jo auf dem Colomansritt bewundern müssen, wo gefühlte Karawanen von dickärschigen Pferden mit albernen Blumengebinden im Schweif an ihm vorbeigezogen waren. Bei den Ponys am Ende des Zuges war Jo mitgeritten, ihr Norweger hatte wenigstens etwas Farbe in die Sache gebracht, wie auch die gescheckten Ponys ganz zum Schluss des Zuges.

Die Feldmesse hatte ewig gedauert, einige Lokalpolitiker hatten schwadroniert, etwas Action war erst aufgekommen, als es einem der Kolosse wohl fad wurde und er sich wild buckelnd seines Reiters entledigt hatte. Sein Heil in der Flucht gesucht hatte, aber leider frühzeitig gestoppt worden war. Gerhard bewunderte diese Pferde allemal, dass die da so stoisch rumstanden. Was einmal mehr bewies, wie dumm Pferde sein mussten.

Aber das wollte Jo natürlich nicht hören. Wie alle Pferdebesitzerinnen war sie Fury- und Black Beauty-verseucht. Und durch »Immenhof« verblödet. Es hatte in jedem Fall ewig gedauert, der Zug war dann noch durch den Ort gegangen, und dann endlich hatte es Bier gegeben.

Das alles hatte Gerhard nicht so sehr für den Herrn Coloman eingenommen.

»Weinzirl, sind Sie noch anwesend? Tickt Ihr Schädel doch falsch?«, fragte Baier.

»Ganz bei der Sache. Ich hatte nur eben den Colomansritt vor dem inneren Auge. Also, der verkannte Reisende wurde getötet, später heilig, und just dieser Mann soll die Brosche verloren haben. Und wie geht diese Räuberpistole weiter?«

»Ich ... ja, ich verstehe das auch nicht!«, sagte Evi, die gebannt zugehört hatte.

»Nehmen wir mal an, die Brosche hat wirklich Coloman gehört. Er hat gerastet bei Schwangau, und er hat sie verloren auf dem Feld. Irgendwann einmal hat ein Bauer sie gefunden. So banal könnte es gewesen sein.«

»Und der hat sie weggesteckt? Warum nicht verkauft? Der Bauer war doch sicher ein armer Schlucker.«

»Ach, Weinzirl! Bedenken Sie doch die Zeit! Die Lebensrealität der Menschen! Analphabeten, die nur von Tag zu Tag denken und arbeiten konnten. Unser Bauer hat doch gemerkt, dass das etwas Schönes ist, etwas, das magisch ist, etwas, was er nie zuvor gesehen hat. Er hat darin etwas Verbotenes gesehen. Er hat für eine kurze Zeit ins Paradies gesehen. In Zeiten von bitterer Armut und Leibeigenschaft hat er seinen Fund keinem gezeigt. Vielleicht ist er verstorben, verhungert, erschlagen worden, in einen Krieg gezogen. Keiner wusste von der Brosche. Vielleicht hat er sie versteckt, sehr wahrscheinlich sogar. Oder sie wurde durch die Generationen weitergeben, aber nie offen gezeigt.« Baier atmete tief durch. »Und dann kam ein Tag, an dem alles schnell gehen musste. Als überall Menschen die Ziegel abklopften und die Balken mitnahmen.«

»Vor der Flutung des Forggensees, meinen Sie? Als diese Ziegel und Balken dann in Hausen wiederverwendet wurden?«, fragte Evi verblüfft.

»Ja, und diese Brosche war da irgendwo eingelassen, war versteckt. Und irgendwann, irgendwie hat Sebastian sie gefunden. Ab dem Zeitpunkt können wir nur noch spekulieren, was passiert ist, oder, Weinzirl, oder, Frau Straßgütl?«

»Ja, aber was, wenn Dietlinde Drescher sie schon vorher hatte?«

»Das gilt es zu klären, Weinzirl. Aber ich glaube, dass erst Sebastian sie entdeckt hat. Wie auch immer«, beharrte Baier. »Denn warum sollte er jetzt erst diese Bilder gemacht haben? Er hat sie gefunden, kürzlich!«

»Aber das ist Wahnsinn, das ist doch unmöglich! Colomans Brosche in Hausen.«

»Es ist durchaus möglich. Mehr als möglich, Weinzirl.«

»Baier, Herr Dr. Mulcher, aber wie passt alles, was wir sonst noch wissen, dazu? Warum hat Sebastian beispielsweise diesen Spuk inszeniert?«

»Weil es ihm vielleicht gar nicht darum ging, die Oma in Richtung Altersheim zu drängen, sondern weil er annahm, dass noch mehr davon da ist? Er wollte die Oma los sein. Diese resolute Frau, die kann man doch nicht mit Ausreden abspeisen. Die hätte doch gemerkt, dass er etwas sucht. Dass er das Haus umschichtet. Er brauchte freie Fahrt«, mutmaßte Evi.

Die beiden Herren nickten.

»Er dachte an einen Schatz im Silbersee, an das Bernsteinzimmer, an eine Art Atlantis?«, fragte Gerhard.

»So ähnlich.«

»Aber es hätte doch nur dieses Einzelstück sein können?«

»Ja, aber würden wir nicht alle an einen größeren Schatz denken? Wenn etwas gut versteckt ist, macht es Lust auf noch mehr Geheimnisse. Weinzirl, wir reimen momentan an ein paar Gedichtzeilen. Ohne Sebastian aber wird das Gedicht stümperhaft bleiben. Kein rechtes Versmaß.«

»Ich finde den! Und wenn es das Letzte ist, was ich tue!«

»Übertreiben Sie es nicht mit Ihrer Bronson-Attitüde.«

»Dann lieber Mad Max.« Gerhard grinste und wurde gleich wieder ernst. »Und wie passt diese Margot von Eugenius da ins Bild?«

»Sie kam als Gast wahrscheinlich zu einem ganz unguten Zeitpunkt. In Sebastians Augen. Sie war ja wohl ziemlich übergriffig und keine Duckmäuserin. Vielleicht hat sie sein Spiel durchschaut. Vielleicht hat sie ihn zur Rede gestellt. Wollte Linde stecken, dass der liebe Enkel da rumspukt. Und sie wusste auch, warum. Wegen des vermeintlichen Schatzes. Sie war neugierig. Das war doch keine Frau, die man aufhalten konnte«, sagte Evi.

»Du meinst, sie hatte diese Brosche?«, fragte Gerhard.

»Kann doch gut sein. Sie hat diese Brosche vielleicht genommen. Vielleicht gar nicht wegen des Geldes, sondern weil sie darin auch eine Buchidee sah.«

»Sie klaut die Brosche, Sebastian wollte sie sicher wiederhaben. Er inszenierte die Sache mit dem Salat. Die Dosis war zu gering. Also musste er nachlegen«, sagte Baier leise.

»Aber wir haben eine zweite Tote. Ihre Lebensgefährtin! Warum musste die sterben? Und wo ist die Brosche? Wenn es die überhaupt gibt. Wer hat die jetzt? Sebastian?«, fragte Gerhard.

»Da wir die Damen nicht mehr fragen können, muss der Basti umso dringender her! Wir fahren nochmals zu Linde«, sagte Baier, der im »Wir«-Modus war. Seine alte Bekannte, sein Fall.

SIEBEN

Neue Leute dürfen nicht Bäume ausreißen, nur um zu sehen, ob die Wurzeln noch dran sind.
Henry Kissinger

Und so ging es wieder westwärts, an der »Möbelzentrale« standen jede Menge Autos.

»Ich denke, es ist Sonntag?«, meinte Gerhard, um irgendwas zu sagen, denn bisher war die Fahrt recht einsilbig verlaufen. Sie hatten alle ihr Pulver verschossen im weiten Gelände der Spekulationen.

»Brunch, Weinzirl«, sagte Baier. »Ich ess da manchmal. Man muss aber schnell sein. Wenn Sie da was vom Salatbüfett wollen, dann sollten Sie vor zwölf da sein. Um eins ist es leer gefressen. Und fragen Sie ja nicht, ob es nochmals aufgefüllt wird. Da gibt's 'nen sauberen Rüffel! Service is not our success.«

»Na ja, die Opulenz eines Salatbüfetts interessiert mich weniger«, grinste Gerhard. »Ich bin kein direkter Beilagenesser.«

»Aber meine Frau!«, rief Baier.

»Wie geht's ihr denn?«, fragte Evi.

»Sie ist gerade auf Sri Lanka.«

Baiers Frau war der Yogabewegung verfallen und noch so ein paar Heilsbringern asiatischer Natur. Baier nahm das gelassen, aber es erklärte natürlich, warum er sich reinkniete. Baier allein zu Haus, er brauchte Anregung!

Dietlinde kam zur Tür, nachdem sie geklingelt hatten.

»Wird das jetzt zum Tagesgeschäft? So viel Besuch habe ich selten.«

»Linde, dein Kaffee ist der beste!«

»Ach so, und drum fahrt ihr fast täglich ins Ostallgäu. Armes Oberbayern, wenn es da nicht mal Kaffee gibt. Aber ich dachte mir schon so was. Der Allgäuer ist überlegen.«

Das war Balsam auf Gerhards Seele. Hatte er doch ein T-Shirt mit der Aufschrift: »Mehr wia a Allgeier ka a Mensch it werra.«

»Ich mach mal einen«, sagte die alte Dame.

Wieder saßen sie im gediegenen Ambiente, tranken Kaffee wie bei einem Familiensonntag, hätte man meinen können.

Baier unterbrach die Idylle. »Linde, war Basti nochmals daheim?«

»Nein, ich schlafe zurzeit sehr schlecht. Ich hätte ihn gehört. Ich hab ihn immer gehört, auch wenn er noch so geschlichen ist.« Wehmut lag in ihrer Stimme.

Gerhard glaubte ihr.

Baier erzählte ihr, dass sie ihn in Weilheim beinahe gefasst hätten, er sprach leise und eindringlich. Er ließ Gerhards unrühmlichen Einsatz weg. Dann legte er ein Bild der Brosche vor die alte Dame.

»Sagt dir das was?«

»Nein.«

Das kam klar und deutlich. Sie hatte das Bild interessiert angesehen, Gerhard glaubte ihr auch das. Denn natürlich mussten sie in Erwägung ziehen, dass sie für ihren Enkel log. Menschen schützten die, die sie liebten.

»Warum macht er so was? Basti ist kein Mörder. Er ist ein Luftikus, ein Mann von tausend Ideen, aber er ist kein Mörder!« Ihre Hand an der Kaffeetasse zitterte.

Baier legte ihr seine Hand auf den Arm. »Umso wichtiger ist es, ihn zu finden. Er macht alles nur schlimmer. Linde, er ist jetzt mit einem Rad unterwegs. Er wird sich verstecken. Wo kann das sein? Wo kennt er sich gut aus?«

Dietlinde überlegte, und Gerhard hoffte, sie würde nun weder München, Berlin, den Ruhrpott noch eine Berghütte irgendwo in einem hinterletzten Kar nennen. Was sie nannte, machte es aber auch nicht besser.

»Im Forst«, sagte sie leise.

»Welcher Forst?«, fragte Evi.

»Sachsenrieder Forst. Er liebt ihn, und er kennt da wirklich jeden Baum. Ich war früher öfter mit ihm dort unterwegs, ein

Wald voller Geschichten ist das. Ich habe eine Kollegin, eine Ortschronistin dort, unsere Wege haben sich die letzten Jahre nicht mehr sehr oft gekreuzt. Das Alter, ja, und dann ist Walburga Jobst eben auch eine etwas strenge Person, deren Arbeit für Schwabsoien der Nabel ihrer Welt ist, nun ja …«

Gerhard lächelte in sich hinein. Zwei gestrenge Personen, die aufeinandertrafen, waren eine zu viel an Unnachgiebigkeit.

»Schwabsoien hat viel erreicht. Es liegt viel Weitsicht darin, Geschichte bewahren zu wollen. Man muss wissen, wo man herkommt, um seinen Zukunftsweg zu kennen. Das Schöne in Schwabsoien ist, dass auch die Einheimischen auf dem Mühlenweg spazieren gehen. Waren Sie schon mal da, Herr Weinzirl?«

»Nein, aber da soll es schöne Radrouten geben.«

»In der Tat.«

»Ist dieser Forst nicht ewig groß?«, fragte Evi.

»Viertausend Hektar, zusammen mit dem Denklinger Forst über achttausend Hektar.«

»Oh je!«, rief Evi. »Aber wie sollen wir ihn da jemals finden?«

»Falls er da überhaupt ist. Allmählich geht mir ein Leben, das nur auf Annahmen beruht, wirklich auf den Zeiger«, sagte Gerhard.

»Ihr Zeiger interessiert hier nicht«, rügte ihn Baier. »Basti muss sich irgendwo was zu essen geholt haben. Oder etwas zu trinken. Es ist zudem recht frisch in der Nacht. Linde, denk nach. Wen kennt er da oben?«

»Eventuell war er beim Georg.«

»Der wer ist? Auch ein Phantom?«

»Nein, ein Holzkünstler, einer, der großartige Drechselarbeiten schafft.«

»Na, dann fahren wir mal zu dem. Los!« Es war nach eins, Gerhards Magen rebellierte mal wieder. Sehnsuchtsvoll dachte er an diesen Brunch im Möbelhaus. Sie verabschiedeten sich von Dietlinde Drescher.

»Hoffentlich packt sie das«, sagte Baier. »Macht mir etwas Sorgen, das alte Mädchen.«

»Mir macht vor allem Sorgen, wie wir auf achttausend Hektar einen finden sollen, der anscheinend zu allem entschlossen ist.«

Sie fuhren wieder einmal auf der B 472, Burk, Krottenhill. Plötzlich bog Gerhard nach links ab.

»Was wird das?«

»Ich bin so oft an diesem Krottenhill vorbeigefahren, ich will den Krötenbuckel jetzt mal sehen.«

»Vor allem jetzt, wo du weißt, was ein Krott ist«, sagte Evi.

Krottenhill bestand aus Höfen und Wohnhäusern, die in der ersten Reihe hatten einen sensationellen Blick auf die Berge. Es gab ein winziges Kapellchen und eine Straße nach Ingenried: die alte Straße, die viel mehr als die neue Bundesstraße zeigte, wie hoch der Krötenbuckel lag. Weit unten im Tal lag Ingenried.

»Ist das noch Weilheim-Schongau?«, fragte Evi.

»Ja, ist es.« Baier dirigierte sie durch Sachsenried und dann noch weiter bergauf in einen Weg, der gleich zu enden schien.

»Halten Sie kurz an, Weinzirl. Und kommen Sie mit!«

Sie gingen zu einer Bank, von der es leicht war, einen weiten Blick zu haben. Der Weichberg war da drüben, der Auerberg, dahinter die hohen Berge.

»Hier sehen Sie vom Wendelstein bis zum Grünten. ›Aufm Knöbel‹ heißt das hier. Ist das nicht famos? Achthundertsiebenundsechzig Meter hoch ist diese Aussichtskanzel«, sagte Baier und wies auf die Eiche. »Und diesen Baum liebe ich auch. Kommt!«

Sie gingen ein kurzes Weilchen bis zu einer Kapelle. »Ach Sünder sieh, wie ich für dich, den Himmel zu erlangen, so schmerzlich bin gefangen« stand unter dem übergroßen Heiland mit den schweren Füßen, den fein gegliederten Händen und dem tieftraurigen blutigen Antlitz. Gerhard hatte wenig Sinn für Baiers Ausführungen zur Knöbelkapelle und zum Schulterwundenheiland. Auch die Wallfahrt von Ingenried vorbei an der Kapelle und weiter nach Dietlesried und Kinsau am Lech, die es in früheren Zeiten gegeben hatte, war ihm eigentlich egal.

»Können wir jetzt mal zu diesem Georg gehen?«

»Sicher.« Baier klang etwas beleidigt. »Aber Sie müssen erst ein Gefühl dafür bekommen, wo Sie hier sind. Das ist eine ganz spezielle Gegend hier.«

Ja, dieser ganze Fall war speziell. Für Gerhards Geschmack zu speziell.

Sie stoppten schließlich an einem Einfamilienhaus.

»So, dann läuten Sie mal, Weinzirl!«, rief Baier.

Was Gerhard tat, und dieser Georg war zwar etwas überrascht über den sonntäglichen Besuch, aber er führte sie in eine Art Showroom und zeigte bereitwillig seine Arbeiten. Es waren filigrane Gefäße und Lampenschirme, die er auf unglaubliche eins Komma sechs Millimeter drechseln konnte.

»Sie sind ein Künstler«, sagte Evi.

»I bi koi Künschtler, die Natur isch der Künschtler«, sagte der Mann. »I bi aus einer Holzerfamilie, die Onkels am Auerberg drüben redeten nicht viel, sie erfühlten Holz. Sie schlugen im November, Dezember und Januar Holz, eventuell noch im Februar. Stets drei Tage vor oder nach Neumond, weil dann der Stamm am ruhigsten ist. Die moderne Art des Holzeinschlags isch grausam, wenn sich die Harvester der Bayerischen Staatsforsten ins Gedärm der Wälder fressen. Dabei haben die alten Holzer gewisst, dass man die gefällten Bäume mit der Spitze nach unten erst einmal liegen lassen muss und nicht gleich entastet. Die Äste zogen das Wasser aus dem Stamm, die Kambiumschicht musste ruhen.«

»Und das haben Sie mit Sebastian Drescher besprochen? Er kam zu Ihnen, um zu lernen?«, fragte Evi.

»Der Basti?«

»Ja, der. Den kennen Sie doch?«

»Ja.«

»War der hier?«

»Manchmal.«

»Wann war er zuletzt da?«

»Mei … der Basti hat das Gespür. Er wusste wie i, dass uns Holz von der Schöpfung geschenkt wurd. Holz isch einzigartig. Hart und nachgiebig zugleich. Und beim Drechseln gelingt nur die Hälfe, der Rest springt. I drechsel nass, aber das Holz trocknet bereits unter dem Drechseln. Es trocknet oben, ist unten noch nass, und die Spannungsunterschiede bringen es zum Springen. Der Basti war besser als i, er hat das Gespür.«

»Wann war er da? Ist die Frage so schwer zu verstehen?«, fiel Gerhard ein.

»Nein.«

Gerhard bemühte sich, ruhig zu bleiben. Was nur bedingt gelang.

»Wenn die Frage also in Ihrem Holzkopf angekommen ist, wäre ich um eine Antwort froh. Oder anders gesagt: Mit jedem Tag, den Sebastian Drescher sich versteckt, macht er es schlimmer. Wir stecken in einer Mordermittlung. Bastis Gespür für Holz mal in allen Ehren, aber Sie hängen da mit drin. Sie decken einen Verbrecher.«

»Der Basti isch doch koi Verbrecher!«

»Wann war er da?«, beharrte Gerhard.

Nichts kam.

»Wann?« Gerhards Stimme bebte.

»Geschtern«, sagte Georg leise.

»Und wo ist er hin?«

»In den Wald. Er hot gseht, er hätt Scheiß baut. Und dass ihm so koiner glauben wird. Dass er das alles aufklären will. Dass er Zeit braucht. Es geht um die Frau an der Litzauer Schleife, oder?«

»In der Tat! Hat er explizit diese Frau erwähnt?«

»Nein, aber das war in der Zeitung. Und irgendwie hatt i den Eindruck, es hätt was damit zum dau.«

»Wollte er wiederkommen?«

»Hat er nicht gseht. Wirklich! Der Basti isch ein Pfundsbua.«

»Und pfundsblöd dazu. Er macht es wirklich mit jedem Tag schlimmer! Wenn er hier auftaucht, melden Sie sich!«

»Ja.«

»Wo kann er sich im Wald verstecken?«, fragte Evi.

»Überall.«

»Ach was! Und wenn Sie mal nachdenken würden!«, brüllte Gerhard.

»Vielleicht in der Rindenhütte. Oder in der Waldhaushütte. Oder bei der Kirche. Aber da spukt es.«

Bitte keine Krott mehr oder was auch immer, dachte Gerhard entnervt.

Dem Mann war sonst nichts mehr zu entlocken. Baier vereinbarte noch, dass er demnächst vorbeikommen und so einen Lampenschirm kaufen würde. Na, dann hatte Baier ja wenigstens ein sonntägliches Shoppingvergnügen erleben dürfen. Sie verabschiedeten sich vom Drechsler, Gerhard warf ihm einen furiosen Blick zu und war sich nicht sicher, ob der Mann kooperieren würde. Der war so eigensinnig wie das Holz als Werkstoff.

»Weinzirl, Sie sind aber aggro«, grinste Baier.

»Was für ein Wort aus Ihrem gebildeten Munde!«

»Hab ich von der Enkelin.«

»Was machen wir jetzt?«, fragte Evi.

»Wir fordern Kollegen an. Erneut die Hunde. Wir kreisen den Forst ein. Wir jagen den Hasen aus dem Bau.«

»Biologisch schräges Bild, Weinzirl. Hasen haben keinen Bau. Nur Karnickel und Füchse oder Dachse.«

»Gott sei Dank seid ihr alle so schlau. Baier, wo fangen wir an zu suchen? Sie wissen doch sicher wieder alles über diesen Forst.«

»Nicht alles. Aber doch so einiges. Am Anfang war das Wasser oder auch das Fehlen desselben! Im Sachsenrieder Forst rodeten drei Familien den Boden, rangen ihm Waldweiden ab, aber sie hatten kein Wasser. Der kleine Weiler Habratshofen war darauf angewiesen, dass man mühselig über die ›Wassersteige‹ Wasser aus Ödwang holen musste. 1809 bestand Habratshofen aus achtzehn Einwohnern, die auf drei geschindelten Gehöften lebten. Die hatten eh schon ein sehr hartes Leben, und dann wurden sie 1845 vertrieben, als das Forstamt ihnen auch noch die Weiden nahm. Die damals übliche Waldweide wurde 1841 nämlich per Dekret verboten, Forstbeamte achteten darauf, dass das Verbot auch eingehalten wurde.«

»Warum das denn?«, fragte Evi erstaunt.

»Weil Wald immer Geld bedeutet. Alle reden vom Wald und machen Waldspaziergänge. Aber sie meinen Forst. Das ist

Rumstolpern in Fichtenäckern. Das ist nur Forst – allein der Wirtschaftlichkeit geschuldet!«, rief Baier.

»Und diese Leute? Was wurde aus denen?«

»Tja, für den Rest der Welt waren das ein paar Hansel namens Fischer, Seelos und Nett. Drei Familien, achtzehn Menschen. Zwölf Kühe, sechs Pferde, vier Kälber, ein Fohlen, die zählten doch nichts! Habratshofen wurde zum Geisterdorf, achthundert Jahre Siedlungsgeschichte endeten. Beim traurigen Abzug der Menschen läutete noch das Glöcklein der Kapelle.«

»Schon wieder eine Vertreibung?«, fragte Evi leise.

»Ja, das verfolgt uns in der Menschheitsgeschichte. Und da müssen Sie nicht weit gehen. Nicht weit in die Ferne sehen. Das haben wir hier vor der Haustür. Fahren wir!«

Baier dirigierte Gerhard über Forststraßen, Gerhard hatte in kürzester Zeit die Orientierung verloren. Und es war ein wenig gespenstisch hier, als sie in dem ehemaligen Weiler ankamen. Ein Brunnen war noch sichtbar, ein verblichenes Schild erinnerte an die Menschen von einst. Ein so kurzes Schriftstück für so viel Leben …

»Es bleibt wenig übrig am Ende, nicht wahr?«, sagte Baier leise. »Die drei Familien konnten sich in Schwabsoien nur weit kleinere Häuser leisten. Ihre alten geliebten Höfe wurden abgerissen, der Staat forstete auf. Der Staat hatte kein Verständnis für die Identität von wenigen Menschen. Aber für sie waren es ihre Wurzeln. Ohne Wurzeln taumeln wir schon bei leichtem Wind. Kommt weiter!«

Jo hatte auch etwas über die Wurzeln gesagt. Gerhard fühlte sich auf einmal schwer. Sie gingen eine kurze Weile. Weiter drinnen im Wald waren noch die Grundrisse einer Kapelle zu sehen.

»Auch sie wich etwas später. Bis 1910 stellten sich hier die Waldarbeiter unter, das Glöcklein ging als Wetterglocke nach Oberzell. Das Altarbild nach Bidingen, der Altar in die Wallfahrtskapelle nach Dietleried. Ausgeschlachtet, abgewickelt …«, sagte Baier.

Gerhard hatte sich gebückt. »Hier hat jemand gecampt. Hier

lag eine Isomatte, würde ich sagen. Und jemand hat Feuer gemacht.«

»Das können auch Jugendliche gewesen sein. Es soll hier paranormale Ereignisse geben. Öfter schon haben Leute Frauenschreie gehört, und ein Taxifahrer hatte angeblich schlammige Fingerabdrücke an seinem Auto, als er vom …«

»Pissen?«, assistierte Gerhard.

»Notdurft verrichten zurückkam«, ergänzte Baier. »Jugendliche feiern hier – so erzählt man sich – schwarze Messen. Alles Unsinn natürlich. Im 18. Jahrhundert war die Blütezeit der Meilerköhlerei, die Holzkohle wurde in den Hammerschmieden gebraucht. Und wenn da eben ab und an ein schwarzer Mann aus dem Wald hastete, war er ein Köhler. Man kann sich viel einbilden, viel zusammenreimen. Um 1800 hat übrigens auch ein Eremit im Wald gelebt, seine Rindenhütte steht noch.«

»Da könnte der Basti auch sein.«

»Wir können gerne hinfahren.«

Gerhards Orientierung war komplett ausgestiegen, Baier leitete ihn abwärts und wies nach rechts.

»Wir sind im Finsteren Tal. Die Fahrzeuge, die nämlich dem Zoll in Schwabsoien entkommen wollten, die wagten sich durch das Tal. Das sprach sich schnell rum. Und die Wegelagerer überfielen die Kutschen. Heut ist das alles bewaldet, aber ein wenig gruselig bleibt es doch.«

Sie stiegen an der Hütte aus, kein Anzeichen von Basti. Von irgendwoher heulte etwas.

»Puh«, sagte Evi. »Mir ist hier unwohl.«

»Du bist Polizistin!«

»Die haben auch Gefühle.« Evi schnitt ihm eine Grimasse. »Und es gibt so einiges, was wir nicht begreifen.«

Baier lächelte. »Dann vielleicht eine greifbare Anekdote für Herrn Weinzirl, der ja gerne dem Wintersport frönt. Heini Klopfer wollte hier eine Skisprungschanze bauen. Und für die literarisch Interessierten«, er zwinkerte Evi zu, »August Ganghofer, der spätere Leiter und Reformer des bayerischen Forstwesens, Gründer der Königlich Bayerischen Forstversuchsanstalt, erhielt seine Berufsausbildung im Sachsenrieder Forst und war anschließend beim Kaufbeurer Forstamt tätig. Sein Sohn, der 1855 in Kaufbeuren zur Welt gekommene Heimatschriftsteller Ludwig Ganghofer, bekam daher im Sachsenrieder Forst seine ersten Kindheitseindrücke. Er hat ja oft vom Wald geschrieben.«

»Und ewig singen die Wälder«, sagte Gerhard.

»Weinzirl. Das ist norwegisch! Und den Film mit Fröbe und Felmy haben Sie doch eh nur als Heimatschund abgetan.« Baier grinste.

»Weiß ich nicht mehr. Meine Oma hat ihn geliebt. Ein Melodram. Gutshöfe, Großbauern, falsche Verbindungen. Baier, ich hab den Film bestimmt zehnmal mit der Oma gesehen. Auch den zweiten Teil, ›Das Erbe von Björndal‹. Ich weiß, was ein Heimatfilm können muss.«

»Was uns Basti auch nicht näher bringt«, sagte Evi.

»Nur insofern, dass Menschen, die sich mit dem Wald auskennen, sehr leicht von selbigem verschluckt werden. Basti ist uns sicher immer einen Schritt voraus«, lächelte Baier.

»Und ich mache bald gar keinen Schritt mehr, weil ich am Hunger kollabieren werde«, sagte Gerhard.

»Ich verspreche Ihnen, etwas zu essen zu beschaffen, wenn Sie mir erlauben, Ihnen noch das Quellgebiet der Schönach zu zeigen. Das Licht ist jetzt sicher sagenhaft. Vor allem, wenn Sie doch so heimatfilmaffin sind!«

Irgendwie gelangten sie aus dem Forst hinaus, was an ein Wunder grenzte, und Baier stoppte am Rande eines Sträßchens. Sie gingen durch ein Tor. Die Sonne zauberte Lichtreflexe in den Blätterwald. Alle Schattierungen von Grün: Moosgrün, Farngrün, Wassergrün – nur die Natur kannte solche Nuancen. Auf dem glasklaren Wasser ließ das Licht Diamanten tanzen. Die Luft war kühl, sauerstoffreich, man konnte sie schmecken und riechen. Ein paar Stege durchzogen das Waldidyll.

»Hier würde ich eher einen Fantasyfilm drehen«, sagte Evi und verschwand hinter einem Baum.

Plötzlich hörte man einen Schrei.

»Bist du jetzt die weiße Frau, die spukt?«, lachte Gerhard und lachte gleich nicht mehr, weil er von einem Flüchtenden einen Schubs bekam und fast in einem dieser Quellarme der Schönach gelandet wäre.

Basti rannte hinaus aus dem Tor, wo er hinter ein paar Büschen sein Bike herausriss und losjagte. Gerhard sprang in sein Auto, quietschte hinterher, hinein in den Ort und weiter, bis er Basti aus den Augen verlor.

Er befand sich direkt vor der Hammerschmiede, wo ein Mühlrad sich behäbig drehte. Basti war nicht mehr zu sehen, Gerhard rannte um das Gebäude herum und wäre fast in einen Fischweiher gefallen. Sein Blick ging hinüber zu einem schönen Haus, und er sah einen Mann dort stehen. War das ein Mönch? Der Mann machte merkwürdige Bewegungen. Gerhard rannte zurück und weiter dorthin, wo der Mann stand. Im Näherkommen entpuppte der sich als ein junger blonder Kerl, der ein Schwert schwang.

Sah Gerhard jetzt auch schon Gespenster? War er so unterzuckert? Die Bewegungen des Mannes waren rhythmisch, katzenhaft, dann wieder wie in Zeitlupe. Er hielt inne.

»Ist hier einer durch?«, rief Gerhard, der komplett außer Atem war.

»Durch?«

»Vorbeigerannt oder -geradelt?«

Der junge Mann sah Gerhard skeptisch an. Gerhard zückte seine Polizeiidentität. »Was machen Sie hier eigentlich, Herr …?«

»Ōtsuka Ryūnosuke-Sōke.«

»Wer bitte?«

»Vormals ein deutscher Name. Ich habe eine traditionelle japanische Schwertschule in München. Mein Onkel ist der Urenkel des letzten Hammerschmieds hier. Vier große Hammerschmieden gab es von 1415 bis 1950 – mein Onkel kümmert sich um das Erbe der Altvorderen. Ich trainier manchmal hier draußen. Es ist so friedlich.«

Manchmal war das Leben an Skurrilität kaum zu übertreffen. Dieser deutsche Samurai stand vor einer oberbayerischen Hammerschmiede und schwang ein Schwert, das sicher auch pure

Waffenschmiedekunst war. Ein dicker roter Kater strich vorbei, beäugte die beiden Männer skeptisch und trollte sich.

»Ich hab niemanden gesehen, vielleicht ist er in die Schmiede rein. Sie ist offen. Heute ist geöffnet.«

Er drehte sich weg, und in seinem Blick lag etwas, das Gerhard sagte, dass er binnen einer Sekunde auch mental komplett weggegangen war.

Gerhard sah sich um und ging dann zum Tor der Schmiede. Das Reich, das er hier betrat, war auf den ersten Blick martialisch. Schlagartig konnte er ermessen, dass es damals laut gewesen war, heiß – und gefährlich. Die Maschinen hatten sicher mit viel Muskelkraft zu tun gehabt und mit der Transmissionskraft des Wassers.

Gerhard erfasste, dass die drei großen Schwanzhämmer vom Wasserrad draußen angetrieben worden waren. Sein Blick schweifte durch den Raum, und dann kam von irgendwoher ein Geräusch. Sein Kopf ruckte, er sah nach oben. Da turnte einer in den Balken, und dann schlug ein Holzteil neben ihm ein. Jetzt bewarf dieser Affe ihn auch noch mit Bananen?

Gerhards Wutpegel schoss wie ein Hau-den-Lukas weit nach oben. Kling! Er rannte eine Holztreppe hinauf und richtete seine Waffe auf den jungen Mann, der da im Gebälk umherkletterte.

»So, du Lapp, du! Ich schieß dich da runter. Schau, dass du deinen Arsch hierherbewegst!«

In Bastis Blick lag pure Panik, Gerhard hätte Lust gehabt, neben dem Klettermax in einen Balken zu schießen. Als persönliche Seelenhygiene. Aber womöglich hätte er ihn noch getroffen.

Also schoss er nicht.

Schließlich stand Basti neben ihm. Der junge Mann hatte die Hände gehoben. Er sah furchtbar aus. Die Haare verwurschtelt, ein paar Spinnweben hingen darin, er hatte Dreckspritzer auf der Wange. Er zitterte. Inzwischen tat er Gerhard fast leid.

»Los!«

Sie stiegen hintereinander die Treppe hinunter, wo Evi den jungen Mann in Empfang nahm und ihm Handschellen anlegte.

»Bürscherl, Bürscherl«, sagte Baier. »Basti, was hast du da angerichtet? Der Linde so was anzutun!«

»Herr Baier! Mei! Herr Baier, i –«

»Basti, das erzählst du schön meinen Kollegen. Ich bin gottlob im Ruhestand.«

Inzwischen war ein Streifenwagen vorgefahren, und das Geschehen wurde von einigen Dörflern verfolgt, auch von einer Familie, die wohl auf dem Mühlenweg gewandert war.

»Drahn de do an Film, Mama?«, fragte ein kleiner, etwa sechsjähriger Bub.

Die Mama, die auch noch einen Zwillingskinderwagen schob, sah den Papa, der noch ein kleines Mädchen mit knallroten Löckchen auf den Schultern sitzen hatte, fragend an.

»Vielleicht is des a ›Tatort‹«, mutmaßte er.

»Naa, des is pure Realität«, sagte Gerhard und bemühte sich ums Oberbayerische. Auch Allgäuer waren schließlich sprachbegabt.

Die Familie, die insgesamt sehr gut im Futter stand, sah ihn nicht direkt intelligent an. Was hieß da, die Deutschen starben aus? Hier waren sie doch, die Kinderhalter. Der Streifenwagen fuhr davon. Die Familie trollte sich, die anderen Neugierigen auch.

»Eins sag ich euch: Ohne vorher was zu essen, befrag ich den nicht!«, rief Gerhard.

»Vielleicht befragt ihn generell besser die Frau Straßgütl«, meinte Baier. »Sie scheinen mir etwas negativ vorbelastet zu sein.«

»Quatsch. Ich bin objektiv. Und subjektiv und objektiv muss ich was essen.«

»Janser«, sagte Baier, und sie kehrten ein in einen Gasthof, den Gerhard auch zum ersten Mal betrat. Er fand seinen Gefallen, auch ein Ort, zu dem er mal eine Radtour machen würde. Baier würde Linde informieren, dass der Junge so weit zumindest unversehrt war. Das waren sie der alten Dame schuldig.

Es war sieben Uhr abends geworden, als sie auf der Dienststelle eintrafen. Der Staatsanwalt war informiert, der Pressesprecher auch. Alle freuten sich riesig, am Sonntag gestört zu werden. Gerhard war angespannt und voll konzentriert. Da war er nun, der verdammte Basti. Gerhard war sehr neugierig auf seine Geschichte.

Evi meinte nur: »Du beherrschst dich!«

»Sicher.«

Basti sah etwas besser aus. Er saß vor einem Glas Wasser. Evi und Gerhard nahmen Platz.

»Reife Leistung, Herr Drescher«, sagte Gerhard.

»Sie können ruhig Basti sagen. Ist mir lieber.«

»Basti, wir sind hier nicht am Stammtisch, falls das noch nicht aufgefallen sein sollte.«

Der junge Mann schwieg.

»Warum sind Sie zweimal geflohen?«

»Weiß nicht. Mir sind die Sicherungen durch.«

»Aha. Soll ich das als Einsicht werten?«

»Tut mir leid mit dem Rucksack.«

»Schön, das freut mich ja«, sagte Gerhard.

»Warum sind Sie geflohen?«, fragte Evi. »Wegen Margot von Eugenius, nehme ich an. Reden Sie mit uns, Basti.«

»Ich, mei, ach …«

»Ach! Ja, unter jedem Dach ein Ach. Basti, Sie haben eine Frau ermordet, Sie sind geflüchtet, haben sich versteckt gehalten. Alles, was Ihnen jetzt noch hilft, ist die Wahrheit.«

Er sah Gerhard an. »Aber ich wollt das nicht.«

»Was?«, fragte Evi.

Er sah Evi an, und es lag etwas Kindliches in seinem Blick. »Braucht ma in so am Fall it an Anwalt?«, fragte er.

Der Bub war echt herzig, und ja, er sollte einen Anwalt bekommen. Nicht dass sie auch noch in Schwierigkeiten gerieten. So harmlos der Basti auch wirken mochte, er war ein Mörder. Wahrscheinlich zumindest.

»Den sollen Sie haben. Dann machen wir morgen weiter. Ruhen Sie wohl, wird ja gemütlicher und wärmer sein als im Forst.« Gerhard war verschnupft. Seine Niederlage nagte noch immer an ihm.

Als Basti abgeführt war, sagte Evi: »Mannomann. Ich weiß ja nicht.«

»Du weißt was nicht? Du traust ihm keinen Mord zu. Das ist dein Problem.«

»Gerhard, ich traue fast jedem einen Mord zu. Auch dir. Aber der Bursche da soll zwei Frauen ermordet haben?«

»Wenn wir vom selben Täter ausgehen.«

»Bitte mach jetzt nicht noch das Fass auf, dass Margot von Eugenius und die Klobenstein von unterschiedlichen Tätern getötet wurden. Bitte!«

»Einmal Gift plus Erschlagen. Dann Erwürgen? Kann doch sein.«

»Das Gift passt nicht dazu. Der Rest ist Wut. Unkontrollierte Wut. Rasende Wut«, überlegte Evi.

»Morgen werden wir ja hoffentlich was hören von unserem Waldbasti. Auch nette Blumenfreunde mit dem feinen Gespür fürs Interieur können fiese Säcke sein, glaub mir, Evilein.«

»Ja, Männer sind eine wundersame Spezies«, sagte Evi und ging.

Gerhard grinste, obgleich ihm eigentlich nicht danach war. Denn witzig war das alles nicht. Er blieb noch eine Zeit im Büro. Melanie hatte ihm einiges über Dr. Charlotte Klobenstein zusammengetragen. Geboren 1957, so alt hätte er sie tatsächlich nicht geschätzt. In Westberlin, die Mutter Hausfrau, der Vater Hausmeister in einer Wohnanlage. Beide Eltern waren längst verstorben, keine Geschwister. Keine Kinder. Sie hatte in Berlin Kommunikationswissenschaften studiert, sie hatte zehn Jahre als Dozentin gearbeitet und dann in Hamburg eine Agentur eröffnet.

Seit fünf Jahren teilte sie zumindest die Adresse mit Margot von Eugenius. Das Hotel in Starnberg hatte sie zum letzten Mal beim Frühstück am Freitag gesehen. Sie hatte bis Mitte der nächsten Woche gebucht, Hotels schnüffelten ihren Gästen ja normalerweise nicht unentwegt nach. Dennoch: Starnberg? Auch Rosen lebte dort. Gerhard gefiel das alles nicht.

Nachdenklich fuhr er nach Hause. Wo Seppi wartete. Sie hatten so viel über Heimat geredet und den Verlust derselben. Über Wurzeln und darüber, in welcher Erde sie steckten. Manche Wurzeln ließen sich leicht herausreißen, andere waren weit verzweigt, verwunden und verwoben. Doch auch solche Wurzeln mussten weichen. Das schmerzte mehr. Er war anscheinend ein Flachwurzler, er empfand jeden Neuanfang eher als Chance. Er war eben doch ein Klotz. Seppi hatte ihm die Schnauze in die Hand geschoben.

»Du bist mein Kumpel!«

Seppi schloss die Augen, und da war es wieder, das jähe Gefühl, das ihn traf. Was, wenn Seppi starb? Seine stille Anwesenheit, seine reduzierte Gestik, seine tiefgründigen Augen. Was täte er ohne Seppi? Gerhard hatte selten so gefühlt. Aber wie sollte er diesen Schmerz dann ertragen? Er wurde alt, er hatte bestimmt schon den Prä-Alters-Blues. Gerhard sah Seppi an, er sah die tote Frau unter dem Reisig vor sich.

Wer würde um Charlotte Klobenstein trauern? Sie hatte sicher Freunde, auch wenn sie keine Familie hatte. Wer würde um ihn trauern? Jo, sicher. Kassandra, Evi? Was vom Leben übrig blieb … war sehr wenig.

ACHT

In der Stadt lebt man zu seiner Unterhaltung, auf dem Lande zur Unterhaltung der anderen.
Oscar Wilde

Gerhard kam Montagmorgen ins Büro, Basti war bereits aus der U-Haft vorgeführt worden. Er hatte einen Anwalt engagiert – und was für einen! Gerhard war sich sicher, dass Baier da die Hand im Spiel gehabt hatte. Der kannte solche Koryphäen.

Hier mit einem Mann aufzulaufen, der auch einen bayerischen Skandalsänger zu seinen Mandanten zählte, war ein ziemlich geschickter Schachzug. Bloß textete Basti keine Schmählieder gegen die Drögheit bayerischer Politiker und musste sich dann auf Satire und Kunstfreiheit berufen. Basti stand unter Mordverdacht. Und Gerhard hätte Skandalsongs, die immer angeblich oder tatsächlich irgendwen verunglimpften, gar nicht so viel Raum gegeben. Je mehr man redete und prozessierte und likte und dislikte, desto mehr Leute wollten solche Texte nun auch mal lesen. Aber der Anwalt war allemal eine Bereicherung für diesen Montag.

Sie hatten sich beraten, und der coole Mann, der unweit von Weilheim auf einem Dorf lebte, hielt sich im Hintergrund. Er schien zu ahnen, dass Bastis fast kindliches Auftreten für sich sprach. Evi würde dahinschmelzen. Man kam schnell zur Sache.

»Ich hab sie getötet. Aber das wollte ich nicht.«

»Wen getötet?«

»Margot. Margot ist tot.«

»Ja, das ist uns bekannt. Und weiter?« Von der zweiten Frau war keine Rede.

»Margot war läschtig, sie …«

»Ach so, Leute, die lästig werden, die bringen Sie um, Basti? Da haben wir ja Glück gehabt, dass Ihnen bisher niemand sonst so richtig lästig vorkam!«

»So mein ich das nicht!«

»Wie denn dann?«, fragte Evi, die Gerhard mal wieder auf den Fuß getreten war.

»Margot hat sich überall eingemischt. Sie ging einfach in meine Wohnung. Sie hat Oma beeinflusst. Lauter so Sachen.«

»Lauter so Sachen«, echote Gerhard. »Geht's genauer?«

»Ich hab der Oma gesagt, dass sie kein so großes Haus braucht, dass sie mit dem Garten doch überfordert ist. So was eben. Und da hat sich diese Margot immer eingemischt. Hat die Oma gegen mich aufgehetzt.«

»Sie wollten sie immerhin rausekeln! Ihre eigene Oma! Da kann eine Besucherin ja wohl mal eine Meinung dazu haben, oder? Die wenigsten finden es nett, wenn man die Oma ins Heim abschieben will!«

»Nein, so war das nicht! Wir haben doch noch das Apartment.«

»Was für ein Apartment?«

»Oma hat eine kleine Wohnung in Marktoberdorf. Ebenerdig. Zwei Zimmer. Ist vermietet. Ich fand es klüger, dass sie dorthin zieht. Da hat sie alles fußläufig. Ich wollte sie doch in kein Heim geben! Ich wollte für das Apartment Eigenbedarf anmelden. Weil, weil … unser Haus hat lauter Stiegen! Haben Sie gesehen, wie schlecht sie geht, die Oma? Irgendwann bricht sie sich was.«

Der Herr Anwalt hatte sich zurückgelehnt. Er genoss. Und Gerhard war kurz überrascht. Das warf natürlich ein neues Bild auf Basti. Vom Oma-Entsorger zum Oma-Kümmerer. Wie so oft im Leben war es eine Frage der Wahrnehmung, wie man Dinge bewertete. Aus Bastis Mund klang das sehr vernünftig, und den Teil der Geschichte hatte Dietlinde ihnen nie erzählt. Das Leben bestand aus so vielen Blickwinkeln.

»Und weil die Oma nicht begreifen wollte, dass Sie es nur gut meinen, haben Sie zu spuken begonnen?« Gerhard merkte, dass sie wohl etwas weiter ausholen mussten, um zum Mord vorzudringen.

»Mein Mandant weiß, dass das eine etwas unausgegorene Idee war.«

Basti nickte.

»Und dann kam Margot von Eugenius und hat natürlich sofort durchschaut, dass Sie das sind?«

»Nicht sofort. Sie ist auch erschrocken. Aber sie hat dann angefangen rumzuschnüffeln, war am Dachboden, war, wie gesagt, in meiner Wohnung. Hat alles durchwühlt …«

»Ja, da kann man schon sauer werden!«, rief Gerhard.

»Ja, nein …«

»Bleiben wir doch bei jenem Montag, um den es geht. Mein Mandant hatte mit der Besucherin der Großmutter eine Wanderung am Lech vereinbart.«

»Wie kam es denn überhaupt dazu?«, unterbrach Evi.

»Die Margot macht ja diese Motive für diese Bücher, mei, so was gibt's halt heitz'tag. Und sie hat am Samstag im Garten lange mit wem telefoniert. Ich hab ein bisserl mitgehört. Es ging darum, dass sie am Lech Motive suchen wollt. Es fiel der Name des Gebietsleiters, den ich ja gut kenn. Und da hab ich vorgeschlagen, dass ich das auch machen kann. Sie hat dann noch ein bisschen hin und her telefoniert, und wir haben einen Treffpunkt in der Riesen vereinbart.«

»Was ich nicht verstehe«, sagte Gerhard, »warum ist sie denn dann nicht mit Ihnen mitgefahren, sondern erst nach Schongau?«

»Sie wollte das so. Sie wollte vorher diesen Rosen treffen.«

»Sie haben Herrn Rosen also erst am Lech kennengelernt?«, fragte Evi.

»Ja, eine ziemlich arrogante Arschgeige, wenn Sie mich fragen.«

»Tun wir nicht«, sagte Evi. »Und wie ging es dann weiter?«

»Na, wir sind überall rumgelaufen. Ich habe Pflanzen erklärt, und wir haben Steine gesammelt, und dann …« Er geriet ins Stocken.

»Gab es eine recht giftige Brotzeit!«, rief Gerhard. »Basti, Sie geben doch zu, dass Sie den Salat vergiftet haben?«

»Ja, aber ich dachte doch, wenn ihr so richtig übel wird, dann haut sie ab. Dann wird ihr das alles zu viel. Sie war mit Oma auch nicht so richtig, wie soll ich sagen … so richtig nett und passte mit ihr zamm … also die Chemie hat nicht gestimmt. Ich dachte, ich helf lediglich ein bisschen nach, aber ich hab doch nicht, ich …«

»Wie bitte?« Evi schaute den Anwalt an, in dessen Pokerface ein leichtes Amüsement lag.

»Ich hab doch nicht gedacht, dass sie daran stirbt. Das war nicht so viel. Es war so, dass du dir normalerweise die Seele aus dem Leib kotzt. Das schon, aber ich wollte doch nicht, dass sie stirbt. Das müssen Sie mir glauben!«

Gerhard warf Evi einen Blick zu.

»Basti, Sie haben ihr also den Salat verpasst, und dann sind Sie gegangen?«

»Ja klar, ich dachte, sie versteht diese Lehre.«

»Interessante Sichtweise!«

»Ja, das war blöd. Drum bin ich doch auch zurückgekommen. Ich hatte dann doch ein schlechtes Gewissen. Ich wollte sie da nicht allein lassen. Wenn dir sauschlecht ist, also … Mir war auch mal so elend, da hab ich –«

»Okay, Basti. So genau müssen wir das nun nicht wissen. Sie kamen zurück und dann?«

»Sie lag auf der Kiesbank. Oh Gott!« Er begann zu weinen. »Sie bewegte sich nicht mehr. Ich bin näher hin, und da war Blut. Und ich hatte solche Panik. Da bin ich weggelaufen. Ich hätte doch nicht gedacht, dass sie so blöd stürzt. Nur wegen dem Magen, also …«

»Mein Mandant gibt zu, der Dame einen giftigen Salat gemixt zu haben. Wir reden von Körperverletzung. Eventuell von Körperverletzung mit Todesfolge. Aber doch nie und nimmer von Mord!«

Gerhard bedeutete Evi mit einem erneuten Blick, mit ihm nach draußen zu gehen. Sie hießen Felix, den Raum zu bewachen.

»Evi, glaubst du das?«, fragte Gerhard. »Er hat seine Kräutlein gemischt. Er wollte die Dame vergrämen, so wie man Tauben vergrämt, aber er hat sie nicht erschlagen. Er glaubt, er ist ein Salatmörder, und in Wirklichkeit war da ein anderer?«

»Er wirkt sehr glaubwürdig, oder?«

»Nur weil er ein hübscher Junge mit netten Muskeln ist, kann er dennoch eine Sau sein! Das hab ich dir gestern schon versucht zu vermitteln.«

»Gerhard, jetzt übertreib es mal nicht. Sei mal professionell! Bloß weil er dir aufgezeigt hat, dass du langsam alt wirst. Worum geht es denn hier? Reiß dich mal zusammen!«

Für Evis Verhältnisse war das ein echter Ausbruch. Gerhard war kurz vor einer Zurechtweisung seiner Mitarbeiterin und konnte die doch unterdrücken. Evi hatte ja recht.

»Gut, nochmals von vorne: Basti will diese Margot loswerden. Seine Methode ist ziemlich bizarr. Er hat also ein schlechtes Gewissen und findet eine Tote. Er glaubt, sie ist am Grünzeug verstorben, er weiß nicht, dass sie erschlagen wurde. Der Anwalt scheint das auch nicht zu wissen. Hatte der noch keine Akteneinsicht?« Gerhard war nun wirklich konsterniert.

Und es war in der Tat so, dass Baier den Mann auf dem Weg nach München abgefangen hatte. Ihn nach Weilheim umgelenkt. Wo er Basti etwa zwanzig Minuten vor der Vernehmung getroffen hatte. Der Mann war ein Fuchs, er pokerte sicher gut, aber er war auch ein absoluter Profi. Und genau deshalb würden sie die Vernehmung abbrechen müssen. Bevor der Mann nicht auf dem aktuellen Stand war, konnten sie alles in die Tonne treten. Sie vereinbarten mit dem Anwalt, dass er erst einmal die Akten lesen sollte. Sie wollten ihn in etwa dreißig Minuten erneut treffen. Evi und Gerhard saßen vor einem Kaffee und beratschlagten.

»Lassen wir das mal so stehen. Basti ist zutiefst verstört, dass sein Giftanschlag anders ausfiel als geplant. Statt lediglich das große Kotzen zu kriegen, ist das Opfer nun tot. Aber Margot von Eugenius wurde erschlagen. Wenn es Basti nicht war, dann gibt es einen ominösen anderen. Der dann ja fast Rosen sein muss, oder?«

»Ja, das wäre auch meine Annahme«, sagte Evi zögerlich.

»Und wir haben diese zweite Tote. Die wir auch nicht vergessen dürfen. Ich habe gestern noch die Akte gelesen. Sie war in einem Hotel in Starnberg, Rosen lebt in Starnberg. Es gibt eine Verbindung. Der Rosen mag ja noch so smart sein, aber der steckt da mit drin.«

»Also ging es doch um den zu gründenden Verlag?«, fragte Evi.

»Ich glaube schon. Wer sagt uns, dass der ganze Schmu mit der Beteiligung stimmt?«

»Was für ein –«

»Hasilein, du wirst jetzt nicht ›Scheiß‹ sagen!«

»Nein, ich wollte das schöne Wort ›Kuddelmuddel‹ wählen. Rosen, die beiden Frauen, das Haus der Oma, irgendwas an der ganzen Geschichte stimmt doch nicht. Da ist irgendwo ein Haken.«

»Ja, und der liegt in dieser Brosche, würde ich sagen. Wir legen Basti mal die Bilder vor, wenn es nachher weitergeht!«

Es ging mittags weiter. Der lässige Anwalt war angespannter als am Morgen. Auch ihm war nun klar, dass es sich um zwei Morde handelte. Basti war ein Häuflein Elend. Er beteuerte immer wieder, nur den Salat gemacht zu haben.

»Basti, wann haben Sie Max Rosen zum letzten Mal gesehen?«

»Als er hinter mir hergefahren ist. Ich bin aber in der Riesen links abgebogen. Er ist weiter zur Bundesstraße.«

Gerhard warf die Bilder auf den Tisch.

»Das hatten Sie im Rucksack. Was ist das?«

»Ich, ja, ich schreiner doch, also Vorlagen, also … Motive, also …«

»Basti, jetzt passen Sie mal sehr genau auf: Sie stehen unter Mordverdacht. Sie tischen uns hier eine dumme Geschichte nach der anderen auf. Sie reiten sich noch weiter rein. Was ist mit diesen Bildern?«

Der Anwalt sah sich die Bilder an, er schien diese auch nicht zu kennen. Er sah Basti fragend an. »Herr Drescher, wenn das zur Aufklärung beiträgt.«

In dem Moment sackte Basti zur Seite. Er war bewusstlos.

»Scheiße!«

Nun hatte Evi es doch gesagt.

Gerhard war sofort bei ihm. Sie legten ihn vorsichtig auf den Boden. Der Notarzt war alarmiert. Das fehlte ja grad noch. Wenn ihnen der Hauptzeuge oder auch Hauptverdächtige nun wegstarb, würde das alles noch komplizierter werden.

Acht Minuten später waren die Sanis und der Notarzt da. Sie agierten präzise, Basti lag auf einer Trage, ein Tropf tat das, was er zu tun hatte: Er tröpfelte.

»Synkope«, sagte der Notarzt.

»Was?«

»Eine plötzlich einsetzende Ohnmacht, umgangssprachlich sagen wir Kreislaufkollaps dazu. Sehen Sie: Wie jedes Organ benötigt auch das Gehirn Sauerstoff, und das immer und gleichmäßig. Wird diese ausreichende Sauerstoffversorgung unterbunden, reagiert unser Denkorgan gleich mal empfindlich, und es tritt zunächst eine Bewusstlosigkeit ein. Bei zarten Damen«, er nickte Evi zu, »kann manchmal schon zu schnelles Aufstehen aus dem Liegen genügen. Aber wir finden auch ernst zu nehmende Herzprobleme, die mal hinter einem solchen Kreislaufkollaps stecken.«

»Und hier?«, fragte Gerhard.

»Vielleicht waren Ihre Befragungsmethoden einfach zu heftig.«

Wollte der Arzt witzig sein?

»Wir checken ihn durch. Kann auch was Neurales sein. Da hätten wir dann den Nervus vagus. Der kann für eine Entspannung der Gefäßwände sorgen. Dann strömt ein größeres Blutvolumen durch, und dann haben Sie den Fall, dass ein großer Teil des gesamten Blutvolumens im Körper in den geweiteten Gefäßen – ich sag mal – geradezu versackt. Dieses Blut kann dann nicht in ausreichenden Mengen zum Herz zurückfließen, und das Herz pumpt es nicht in den Kreislauf. Und schwupps, schon ist sie da, die Ohnmacht.«

Der Mann hob die Hand zum Gruße und eilte der Trage hinterher. Evi, Gerhard und der Anwalt sahen ihm nach.

»Hält nix aus, die Jugend«, sagte Gerhard unnötigerweise, was ihm zwei böse Blicke einbrachte. In jedem Fall waren ihnen momentan die Hände gebunden. Basti war außer Gefecht. Der Anwalt verabschiedete sich und verwies darauf, dass er bei einer weiteren Befragung im Krankenhaus dabei sein wolle.

Ein Sch…-Montag war das. Die Boomtown Rats hatten schon recht gehabt.

»Wie geht es nun weiter?«, fragte Evi.

»Ich möchte nochmals zu dem Benedikt-Bauern fahren. Jetzt, wo wir mehr Konkretes haben, konkrete Personen, Gesichter dahinter, Autos, die wir beschreiben können, erinnert er sich vielleicht doch an irgendwen und irgendwas. Und haben wir noch was Neues wegen der Klobenstein?«

»Ich frag nach«, sagte Evi.

Es schien so, als wäre Evi froh, wegzukommen, und Gerhard wusste, dass es so war. Evi war ein Mensch, der Individualdistanz brauchte. Evi war keine für ein Massenlager auf einer Berghütte, keine für endlose Lagerfeuerabende. Evi war gerne allein, sie genoss stille Abende. Vielleicht hatte sie deshalb nur sehr sporadisch und immer nur kurz Beziehungen. Evi genügte sich selbst. Das war viel. Mehr, als die meisten je erreichten. Und wenn Gerhard ehrlich war: Er genügte sich auch selbst.

Evi kam schließlich wieder und wusste zu berichten, dass der Todeszeitpunkt von Charlotte Klobenstein auf Freitagvormittag datierte. Evi hatte mit Kollegen in Kiel telefoniert, die sich informieren wollten, wen man wegen des Ablebens der Dame benachrichtigen sollte. Zudem würden die nach Verwandten weiteren Grades suchen, nach einem eventuellen Testament, nach einem Anwalt, Steuerberater – es war ja doch interessant, wer erben würde.

»Hat diese Margot nicht einen Bruder? Ist das nicht so?«

»Doch, und der lebt in Chile. Führt ein Hotel in irgendeinem chilenischen Skigebiet. Valle Nevado. Wo immer das ist. Die Kollegen haben Kontakt zu ihm. Er kommt morgen nach Deutschland. Landet in Frankfurt. Er will seine Schwester beerdigen, sagen die Kollegen. Er hat unsere Koordinaten. Wahrscheinlich ist er dann auch der Erbe. Aber er war in Chile, ein ziemlich gutes Alibi.«

»In der Tat. Lass uns mal wieder nach der Riesen reisen, ich habe Bilder von allen Beteiligten ausgedruckt. Vielleicht hilft das.«

Riesen reisen, ja, das wurde wie die Fahrt nach Bertoldshofen allmählich zur Gewohnheit. Es war vierzehn Uhr geworden, Gerhard hoffte, dass der Benedikt da sein würde, wobei er keine Ahnung hatte, was der für Arbeitszeiten hatte. Sie parkten wieder vor dem Haus, heute saß die Oma nicht vor der Tür, es war auch vergleichsweise kühl. Aber ein kleiner Junge, der etwa neun war, fuhr mit einem BMX-Rad herum und sprang über eine selbst gebaute Rampe, bei deren Aufbau der Misthaufen eine nicht unwesentliche Rolle gespielt hatte. Der Bub würde, sollte er verunfallen, in jedem Fall weich landen.

Er rollte heran und stoppte. »Griaß eich.«

»Griaß di.«

Wenn es neben vielen anderen Vorteilen des Landlebens einen besonders charmanten gab, dann waren es Buben wie Max. Kinder, die noch grüßten, die nicht scheu waren und mit jedem per Du.

»Max, ja?«

»Hmm, Maxi. Wollts ihr zur Mama? Di isch beim Schaffa.«

»Und der Papa?«

»Warts!« Er zog ein Handy heraus, blickte drauf. »Kommt glei. Der schafft bis zwoi.«

Auch das war großartig. Diese Kids balancierten problemlos zwischen Smartphone und Trachtenverein.

»Ja, dann warten wir«, sagte Evi und sah sich um.

Es war wirklich frisch und nicht einladend. Oben am Treppenabsatz ging die Tür auf. Die Oma schaute heraus.

»Kommts rei. Isch kalt dussa.«

Und so gelangten sie in die Stube, die einen klassisch grünen Kachelofen hatte. Wo über der Eckbank – wie es sich gehörte – der INRI hing. Wo eine Schale mit etwas runzeligen Äpfeln auf dem Tisch stand. Maxi gab ganz den Gastgeber.

»Was trinken?«

»Gerne.«

»Moment.«

Er ging in den Nebenraum und kam mit einer Flasche wieder. »Isch von der Oma.«

»Von der Iva-Oma«, verbesserte die Seniorin.

»I hob a Oma do und eine in Kroatien«, sagte Maxi. »I war do. Auf der Insel. Do wohnt die Oma. Da sind fei viele Inseln, wo de Oma wohnt.«

Von der Riesen in die weite Welt. Er war weltmännisch, der kleine Maxi. Und es stand zu befürchten, dass das ein ähnlicher Fusel sein würde wie der bei Dietlinde Drescher.

»Maxi, du kennst das doch aus dem Fernsehen. Wenn man bei der Polizei ist, darf man im Dienst nix trinken.«

»Ach so, Polizei seids ihr. Ich dacht, ihr seids von der BayWa. Da wart der Papa auf eun. Der Bulldog isch verreckt.«

Maxi ging zur Spüle, ließ Wasser in zwei Gläser laufen und stellte diese vor den Besuchern ab. »So.«

»Danke.«

Die heimische Oma hatte hingegen die Flasche angesetzt und nahm einen Schluck.

»It so viel, Oma«, sagte Maxi, entwand der alten Frau den kroatischen Trunk und ging samt Flasche nach draußen.

»Von der Iva-Oma«, sagte die Alte erneut. »Saufen da unten ja alle wie die Bürstenbinder.«

Gerhard stand kurz vor einem Lachkrampf. Es gab Tage, da mochte er seinen Job sehr.

In dem Moment kam Benedikt herein.

»Grüß Gott mitanand.«

»Entschuldige den Überfall, aber wir müssten leider nochmals stören. Wegen …«

»Weils ihr no a Leich gfunden habts? Und des bei eis!«

»Ja, es ist einfach so, dass wir hoffen, dass ihr doch was gesehen habt. Bitte schaut euch die Bilder an.«

Gerhard legte Bilder von Rosen, von Basti, von Margot von Eugenius und von Charlotte Klobenstein auf den Tisch. Und das Bild eines Passat und eines BMW.

»Des isch der Baschti«, sagte Benedikt überrascht.

»Ja, und haben Sie den hier gesehen?«

»Den seh ich oft. Der isch der Ränscher.«

»Als wir am Dienstag gefragt haben, da ist hier aber doch keiner durchgekommen. Nach deinen Aussagen.«

»Koi Fremder! Der Baschti scho. I hob denkt, ihr frogts nach Fremde.«

Gerhard schluckte alles hinunter, was er nun gerne hinausgebrüllt hätte. Er beherrschte sich indes. »Wann habts den Basti gesehen?«

»Wart … also am Montag, so später Mittag. Da isch er vorbeigfahrn. Und des Komische war, er isch a Viertelstund später wieder vorbei. Und no a halbe Stund später scho wieder.«

»Das ist sicher?«

»Ja.«

Das deckte sich mit Bastis Aussagen. Dass er umgekehrt sei. Und dann geflüchtet. Zeitlich passte das.

»Und den anderen Mann? Den habt ihr am Montag nicht gesehen?«

»Naa.«

»Aber am Freidäg«, sagte die alte Dame.

»Wie?«

»Des Auto isch am Freidäg na zum Lech. Und de«, sie zeigte auf Charlotte Klobenstein, »is neben sell gsessen.«

Sie alle starrten die alte Dame an. Die momentan völlig klar wirkte.

»Und wann war das?«

»Vormiddäg. Die Ivana hot Wäsch gmacht, und i war bei de Henna.«

»Und der Mann ist gefahren?« Gerhard tippte auf Rosen.

»Wois i it. War it zum sehn.«

Wenn das stimmte! Dann war Rosen mit zwei Frauen am Lech gewesen, die nun beide tot waren. Und Basti hatte eventuell die Wahrheit gesagt.

»Und das ist sicher?«

»I bi it blind. Bloß ab und zua bled.« Sie lächelte und ging hinaus.

Alle starrten ihr hinterher.

»Des ka ma schon glauba«, sagte Benedikt. »Sie isch oft sehr klar.«

»Ja.« Maxi nickte zustimmend. »Bei der Oma isch des der Alterswasserkopf. Die Doktoren punktieren die Oma dann mal, dann wird es besser im Hira. Bis sie wieder vollläuft«, sagte er völlig ungerührt.

»Ja, das stimmt so in etwa«, sagte Benedikt. »Sie isch dement, aber es geit so Schübe, und des mit dem Punktieren stimmt so. Und mei Frau isch Altenpflegerin, sie arbeit' Teilzeit. Drum geht des ganz guat mit der Oma do bei eis.«

Bauer Bene hatte eine kroatische Frau, die medizinisch auf der Höhe war. Und der Maxi war multikulti mit einer Insel-Oma und einer Hühner-Oma. Und er war medizinisch auf der Höhe. Professor Dr. Maxi – der Kleine hatte definitiv eine große Karriere vor sich.

Was sie hier erlebten, war nicht nur ein höchst charmantes Drei-Personen-Stück, es war auch eine kleine Sensation. Rosen war erneut am Lech gewesen, diesmal mit Charlotte Klobenstein. Wenn er es gewesen war. Aber wer sonst hätte das Auto fahren sollen? Basti? Und wenn die alle unter einer Decke steckten?

Kuddelmuddel, hatte Evi gesagt. Ein vergleichsweise putziges Wort für diesen verworrenen Fall.

Sie bedankten sich bei der Familie und machten sich auf den Rückweg.

»Das wäre der Hammer!«, sagte Evi.

»Und Wasser auf deine Mühlen. Wo du den Basti doch so lieb hast.«

»Objektivität, Weinzirl! Wie oft muss ich darauf denn noch verweisen!«

»Aber Evi, dieser Rosen ist doch nicht so blöd. Er fährt zweimal mit einem sehr auffälligen Auto ins Nirwana. Wo er, weil es ein Nirwana ist, natürlich auffällt. Weil in der Riesen nicht so riesig viel passiert. Und dann ermordet er da zwei Frauen? Das kommt mir abwegig vor. Der Basti hingegen, der ist getarnt. Der fällt nicht mal auf – und die alte Dame als Zeugin ist eben doch nur bedingt tragbar.«

»Ich glaube ihr.«

»Ja, Evilein. Drum fahren wir ins Krankenhaus. Und hoffen, dass Basti ansprechbar ist. So eine Synagoge kann ja nicht ewig anhalten.«

»Synkope.«

»Auch gut.«

»Und der Anwalt? Das gibt Ärger«, meinte Evi.

»Er muss uns ja nichts sagen. Wenn er was sagt, ist es sein freier Wille.«

Evi zog nur das Näschen kraus.

Krankenhäuser verursachten bei Gerhard Brechreiz. Er war selten in selbigen gewesen und vermied das auch tunlichst. Bisher war er verschont geblieben von Anverwandten, die man in Hospitälern hätte besuchen müssen. Und als besagter Knut, der mit Jo die Welt gerettet hatte und der angeblich so toll hatte tanzen können, mit dem Motorrad schwer verunglückt war, hatte Gerhard ihn auch erst in der Reha besucht. Das war ihm irgendwie hoffnungsfroher erschienen.

Basti lag auf der Inneren. Vor seiner Tür saß Felix. Gerhard wäre bei so einem Job ausgeflippt. Felix hingegen schien das zu genießen, er hatte die Muße, netten Krankenschwestern auf exponierte Körperstellen zu schauen.

»Du hast die Tür schon auch im Blick?«, fragte Gerhard.

»Klar. Ich hab die Augen offen.«

»Eben deshalb.« Gerhard grinste.

Er sah sich um. Da war das Schwesternzimmer, und es gelang ihm sogar recht zeitnah, den behandelnden Arzt zu sprechen. Der jung war und recht wenig Halbgott-Attitüde an den Tag legte und keine Einwände hatte, dass sie Basti behelligen würden.

»Was hatte er denn nun?«, fragte Evi den Arzt.

»Schwer zu sagen. Er hatte als Kind solche Ohnmachten mehrfach. Er hat einen sehr niedrigen Blutdruck, hat tagelang kaum geschlafen, wenig gegessen, war in einer Stresssituation.

Außerdem hat er einen Infekt. Da kann man schon mal wegklappen. Regen Sie ihn halt nicht zu sehr auf.« Er stutzte. »Der junge Mann müsste hinterher wieder in U-Haft?«

»Ja, zum momentanen Stand der Dinge.«

»Dann hat er es hier ja netter.« Sein Pager ging. »Wiedersehen. Wegen der Entlassung muss ich noch mit dem Stationsleiter reden.«

Evi gluckste. Gerhard schüttelte den Kopf. »Sind ja alle irrsinnig witzig hier.«

Sie gingen über den Gang retour zum Zimmer.

Felix strahlte sie an. »Was Neues?«

»Die einen sagen so, die anderen so«, sagte Gerhard und öffnete die Tür.

Basti schaute Fernsehen. Irgendwas auf DMAX, wo es um Wald ging. Klar!

»Hallo«, sagte Evi. »Wie geht es Ihnen?«

»Gut. Ich war, Mensch, peinlich ...«

Gerhard musste lächeln. Das nahm ihn, obwohl er das nicht wollte, nun doch für den jungen Mann ein.

»Basti, ohne lange Vorrede: Wo waren Sie am Freitag?«

»Also ...«

»Basti, ich sage das jetzt zum letzten Mal: Sie reiten sich galoppierend weiter rein.«

»Freitag war ich beim Schorsch.«

»Bei wem?«

»Beim Schorsch in Sachsenried.«

Der starrköpfige Holzbearbeiter! Der verschwiegen war wie sein dunkler Tann da vor der Tür.

»Und der kann das bezeugen?«

»Ja, ich bin da am Donnerstag hin. Er hat mich versteckt. Ich bin aber dann Freitagnacht weg, weil ich wollt nicht, dass er Ärger kriegt.«

»Und am Samstag kommen Sie aus Richtung Tutzing! Wie passt das zusammen? Was wollten Sie da?«

»Ich wollt zu dem Rosen.«

Gerhard blieb die Luft weg.

»Zu Rosen?«

»Ja, weil ich dachte, der hat was, was mir ghört.«

»Basti, ich glaube, jetzt wird mir schwummrig. Geht es bitte so, dass wir es verstehen können?«

»Ich hab doch die Wohnung renoviert.«

»Ja.«

»Es ist ja so, dass wir in einem Forggenseehaus wohnen.«

»Das ist uns bekannt. Müssen wir jetzt bei Adam und Eva anfangen?«

»Ja, schon. Das ist doch der Punkt. Ich wollt die alten Balken unbedingt bewahren. Sie neu einsetzen, uminterpretieren, kalken. Aber da war der Holzwurm drin, ganz übel.«

»Weiter!«

»Ich hab sie zum Begasen gebracht.«

»Begasen?«

»Ja, das ist die einzig sichere Methode, Heißwasser oder irgendwelche Tinkturen helfen nie komplett. Das Begasen mit Sulfuryldifluorid dauert gut zwei oder auch mehr Tage. Im Haus kannst du das nicht machen, aber ich kenne eben einen, der so eine Begasungskammer hat.«

»Gut, und dann?«

»Ich hab mir das Ergebnis angesehen, war zufrieden, hab meine Rechnung bezahlt und die Balken aufgeladen. Ja, und dahoim, da hab ich eine Jahreszahl entdeckt, nämlich 1715, ganz schön alt. Ja also, ja, und ich hab dann in einem Balken ein Loch entdeckt, und darin war eine Brosche. Eine sehr schöne Brosche. Sie sah sehr wertvoll aus.«

Er hatte eindeutig die Lakonik der Oma geerbt. Dass er ihre Intelligenz auch mitbekommen hatte, daran zweifelte Gerhard etwas.

»Weiter!«

»Ich hab dann natürlich noch ganz genau nachgesehen, ob da noch was versteckt ist, aber ich hab sonst nichts mehr entdeckt. Weil die Brosche so seltsam war, habe ich Kunstbücher aus der Bücherei geholt und nachgelesen und na ja …«

»Sie haben was entdeckt?«

»Dass das eine irische Arbeit sein muss. Also glaub ich mal.«

»Basti, Sie werden es kaum glauben. Das wissen wir auch. Wir haben die Fotos im Rucksack gesehen. Wir haben auch einen Fachmann gefragt. Weiter!«

»Ach so, ja. Ich hab Bilder gemacht, die wollte ich eben auch jemanden, der sich auskennt, zeigen. Und ich hab die Brosche bei mir in der Wohnung versteckt.«

»Wo?«

»In den Socken.«

»Nicht grad kreativ!«, rief Evi.

»Na ja, also, es wusste ja keiner davon. Und so wichtig war es mir auch nicht. Ich dacht natürlich, dass sie jemandem gehört hat, der wo in dem Haus im See gewohnt hatte. Bevor die da abgebrochen haben. Ich wollt sie der Oma schenken, aber ich wollt mehr wissen. Ich dacht mir, dass die Oma die Brosche der Familie zurückgeben will. Wenn wir schon das Haus … Wissen Sie, die Oma hat ein ganz spezielles Verhältnis zu dem Haus. Und je älter sie wird, desto weniger freut sie das Haus. Sie hat öfter gesagt, dass sie Schuld auf sich geladen hat. Aber die Häuser wären doch so oder so abgerissen worden. So hatten sie doch noch einen Sinn für andere.«

Das war der unverkrampfte Umgang der Enkelgeneration mit der Geschichte. Und das war auch gut so. Für Basti war der Forggensee längst ein See. Nur ein See. Kein Grab der Hoffnungen.

Gerhard war erst letzten Monat an einem schönen Septembertag dort gebikt. Er war in Dietringen gestanden, Wellen hatten an den Strand geschlagen, die MS Füssen hatte abgedreht. Das Wasser war fast schon kitschig blau gewesen, die Berge in Anthrazit hatten mit ein paar Schäfchenwolken geflirtet. Hätte man eine perfekte Landschaft auf dem Reißbrett entwerfen wollen, sähe sie wohl so aus. Und irgendwie war es ja auch ein Reißbrettsee!

Gerhard war am Ufer entlanggefahren und hatte an Baier denken müssen. Natürlich war er einmal mehr über die Via Claudia Augusta, die von Oberitalien über den Reschenpass nach Augsburg führte, gestolpert – über Baiers Passion. Der »Römerbadeplatz« war einer der schönsten am See und erläuterte, dass auf der Handelsroute Bleiplättchen zur Kennzeichnung der Ware verwendet worden waren. Sie gaben Name, Artikel, Preisangabe an, man nannte sie die »Riedener Anhänger«. Wo man heute so wunderbar baden konnte, hatte es weiland eine Pferdewechselstelle gegeben.

Gerhard hatte sich vom See abgewandt, war hinauf nach Ussenburg gestrampelt und weitergewandert zum Aussichtspunkt Buch. Er wurde kritisch von ein paar Schumpen beäugt. Und er konnte sich noch erinnern, dass er, der Non-Romantiker, bezaubert war von dieser Landschaft. Er war zum Faulensee geradelt, wo er endlich sein Weißbier vor »Reinis Faulenseehütte« getrunken hatte.

Es war so stimmig gewesen, so perfekt – und nun spürten sie seit Tagen, wie wenig stimmig es eigentlich war. Wie wenig weit man zurückgehen musste in der Geschichte, um sich an deren Ecken, Kanten und Verwerfungen verletzen zu können. Basti leugnete zwar für sich und seine Lebensgeschichte das Unrechte bei der Enteignung im See, aber er leugnete es nicht für die Oma.

Es war eine kurze Phase der Stille, in der sie alle drei Kraft geschöpft hatten.

»Basti, wie ging es weiter?«, nahm Evi den Faden wieder auf.

»Ja, mei. Dann war die Brosche weg.«

»Wie, weg?«

»Jemand muss sie genommen haben.«

»Und das können ja nur deine Oma oder Margot von Eugenius gewesen sein?«, fragte Evi.

»Ja, die Oma war es sicher nicht. Sie betritt meine Wohnung nie. Aus Prinzip, weil ihr die gar nicht gefällt. Und sie packt die Treppen auch nicht.«

»Also Margot?«

»Ja, nein, ich …«

»Basti, Sie haben Margot nicht deswegen mit Salat vergiftet, weil sie Ihre Spukkreise gestört hat, sondern weil sie die Brosche hatte. Sie haben sie ihr wieder abgenommen! Wo ist ihr Rucksack? Wo sind ihre Sachen? Und wo ist diese vermaledeite Brosche?«

Der junge Mann zitterte. »Aber ich sag doch, ich kam zurück, und sie lag da, die Margot. Sie hatte einen Rucksack bei unserer Tour dabei, aber der war auch weg. Sie lag da nur. Sie lag da. Ganz tot.«

»Weil Sie sie erschlagen haben!«

»Warum erschlagen? Sie hatte den Salat, sie …«

»Den Salat hat sie unzweifelhaft gegessen. Aber daran ist sie nicht gestorben! Jemand hat ihr den Schädel eingeschlagen. So sieht es aus, Basti. Sie kamen zurück, das haben Sie ausgesagt, und dafür gibt es nun auch Zeugen. Wahrscheinlich war sie in einem erbärmlichen Zustand. Und selbst dann wollte sie die Brosche nicht mehr rausrücken. Und Ihnen sind die Sicherungen durchgebrannt, Basti! War es nicht so?«

Er starrte Gerhard an und flüsterte: »Erschlagen? Nicht der Salat?«

»Erschlagen, jawohl! Darüber wollten wir auch reden, bevor Sie sich mit einer Ohnmacht absentiert hatten!«

»Aber dann, dann, dann hab ich sie gar nicht umgebracht.« Das klang hoffnungsvoll und verstört zugleich.

»Ach so. Und wer war es dann?«

»Dieser Rosen. Der hatte einen ziemlichen Brass auf die Margot. Die haben gestritten, es ging um Geld. Die waren beide echt sauer.«

»Basti, Sie bleiben dabei? Salat ja, erschlagen nein?«

»Warum glaubt ihr, glauben Sie mir nicht?«

»Weil Sie zweimal abgehauen sind. Einen Polizisten niedergeschlagen haben. Weil Sie zu völlig unkontrollierten Aktionen neigen«, sagte Evi leise.

»Aber ich war es nicht!«

»Und wieso der Besuch bei Rosen?«

»Wie sie da so lag, so tot, so, ach, da war eben kein Rucksack. Ich dachte, der Rosen hätte ihn und die Brosche dann auch.«

»Diese Brosche hätte Margot doch auch am Körper tragen können. Oder bei der Oma irgendwo versteckt haben.«

»Bei der Oma hab ich alles durchsucht. Keine Brosche. Und am Körper? So klein war die Brosche nicht, und so was Wertvolles stopft man sich doch nicht einfach so in die Jacke. Oder haben Sie die Brosche bei ihr gefunden?«

Nein, das hatten sie nicht. Leider!

»Und Rosen, Sie waren bei ihm?«

»Er hat sich nicht gezeigt. Ich bin gar nicht bis zu ihm durchgedrungen. So eine Italienerin hat mich abgewimmelt. Voll die Furie.«

»Und dann?«

»Ich wollte nachdenken. Warten, bis etwas Gras über alles gewachsen ist. Ich wollte zu einem Kumpel in die Steiermark fahren. Ich dachte, wenn ihr mein Auto, also … ich wollte mit dem Zug weg. Tut mir echt leid, da am Bahnhof. Ich war in Panik, wirklich. Ich bin sonst nicht so.«

Basti begann zu husten, eine Krankenschwester kam herein. An der hatte Felix sicher keine Freude gehabt, die sah aus wie Oberschwester Hildegard. Und sie staubte die beiden Ermittler auch rüde aus dem Zimmer. Aber der Frau widersprach man bestimmt nicht!

»Du glaubst ihm, oder?«, fragte Gerhard, als sie wieder draußen standen.

»Ja.«

»Aber Evi, wenn es Rosen war, ist der wirklich so blöd? Zweimal morden an fast derselben Stelle?«

»Wenn er einfach ausgeflippt ist? Und du siehst ja, wie schwer es ist, Zeugen zu finden. Und Spuren gibt es auch keine.«

»Wir müssen nachdenken!«

»Ja, das tun wir ja sonst nie.« Evi sah ihn böse an. »Die Lösung liegt in der Brosche. Wo ist die? Und wir nehmen jetzt mal an, Basti wurde sie wirklich geklaut. Wer hat sie dann?«

»Na, Margot!«

»Gibt es keine andere Lösung?«

»Der Postbote? Der hat die Socken durchwühlt und dabei die Brosche gefunden.«

»Ach, Weinzirl, jetzt versuchst du, witzig zu sein!«

»Also auch nicht der Gasmann? Gut, also Margot. Evi, was hätte Margot getan?«

»Ich glaube, sie hat den Wert der Brosche ad hoc erkannt. Sie war in Bertoldshofen und durch ihre Auftritte gebunden. Also?«

»Also was?«

»Sie hat die Brosche an ihre Lebensgefährtin geschickt. Die konnte doch von Kiel oder Frankfurt oder sonst wo viel leichter etwas erfahren.«

»Mit der Post geschickt? So was Wertvolles?« Gerhard lachte. »Das wäre aber mutig gewesen.«

»Na komm, sie wird schon ein Einschreiben oder sonst was draus gemacht haben. Wenn meine Mama mir was schickt, kommt das immer an!«

»Ja, was schickt die? Aischgrund-Karpfen oder Marmelade. Aber doch keine Wertgegenstände!«

»Du bist dir des Wertes unserer Familienmarmelade wohl nicht bewusst.« Evi grinste. »Aber echt, Weinzirl, lass das mal weg. Es macht doch Sinn: Margot hatte die Brosche nicht mehr, aber die Klobenstein.«

»Und warum mussten die Frauen dann sterben?«

»Weil Rosen die Brosche wollte. Es ging nicht um den Verlag!«

»Das überzeugt mich nicht. Das Motiv Brosche passt zu Basti, aber nie und nimmer zu Rosen. Der hat Geld. Er hat es geschafft. Warum sollte er wegen so einer Brosche morden? Wir denken zwar viel, aber falsch«, sagte Gerhard.

»Er ist exaltiert. Er ist selbstverliebt. Ihm geht es vielleicht nicht ums Geld, aber stell dir vor: Der berühmte Verleger Max Adam Rosen entdeckt eine Coloman-Brosche. Er wäre ein gefeierter Star, und das würde auch seinem Verlag einen zusätzlichen Push geben. Vielleicht würde er eine irische Serie auflegen. Das wäre tolles Marketing für ihn! In jedem Fall brauchen wir den Rosen! Er ist mit einer Frau gesehen worden, die kurz drauf tot war. Und das zweimal. Ich will einen Haftbefehl.«

»Evilein, so vehement? Ich glaube nicht, dass wir einen Haftbefehl kriegen. Aber wir laden ihn vor. Das machst du. Gleich morgen früh. Und natürlich kannst du versuchen, die Staatsanwaltschaft zu bezirzen. Wenn ein Haftbefehl rausspringt, umso besser. Morgen früh will ich den Rosen in jedem Fall sehen!«

»Und du, Weinzirl, was machst du?«

»Ich fahr heim. Krankenhäuser lähmen mich und gemahnen mich daran, dass ich auch fast hätte tot sein können.«

»Was? Wegen eines Rucksacks vor dem Schädel?«

»Evi, du verweist doch immer auf mein Alter. Ich muss mehr auf mich achten.«

Gerhard grinste. Er formulierte das als Witz, aber im Kern stimmte es natürlich. Denn er war sehr wenig umsichtig im Umgang mit sich selbst. Er aß unregelmäßig, er schlief zu wenig. Gut – er trieb Sport, aber er hatte zu wenig Sex. Fand er. Er wurde fünfzig, eine schier unglaubliche Zahl. Er fühlte sich wie immer, und doch sagte ihm jeder Blick in den Spiegel, dass er seinen Zenit überschritten hatte. Und manchmal traf ihn das bis ins Mark. Wenn der Tod ein Thema wurde, dann wurde man alt.

Zu Hause konnte er dann aber doch einen Beweis seiner Jugendlichkeit geben, er schichtete seiner Vermieterin vier Ster Holz auf, das half gegen Gedanken. Gerhard trank ein verdientes Weißbier und kraulte Seppi.

»Kumpel, ich krieg eine Ahnung davon, wie Jo sich fühlt. Dieses dauernde Nachdenken macht di ja ganz hi.«

Seppi legte den Kopf zur Seite.

»Du hast völlig recht. Ich sollte ein zweites Bier trinken.«

NEUN

Tadele nicht den Fluss, wenn du ins Wasser fällst.
indisches Sprichwort

Gerhard war um kurz vor acht im Büro. Streber-Evi war schon da.

»Weinzirl, du glaubst es nicht!«

»Was? Dir ist heut Nacht Coloman erschienen? Basti hat gestanden? Rosen hat sich nach Uruguay abgesetzt?«

»Mit Rosen bist du auf der richtigen Spur.«

»Er ist in Uruguay?«

»Nein, du Dämlack!«

»Was dann lässt deine sonst so blassen Wangen erröten?«

»Weinzirl, du eignest dich nicht zum Dichter. Was glaubst du, mit wem war der Rosen mal liiert?«

»Clooney? Brad Pitt? Seehofer? Oder mit der Kanzlerin?«

»Puh, gleich so witzig heut Morgen. Weinzirl, Frau Charlotte Klobenstein war mal mit Max Adam Rosen verheiratet!«

»Bitte?«

»Ja, wirklich. Da hieß sie aber Segnier.«

»Wieso das?«

»Herr Rosen hat 1990 eine Charlotte Segnier geheiratet. Die dann Charlotte Segnier-Rosen hieß und nach der Scheidung 2005 Charlotte Klobenstein wurde. Denn das ist ihr Mädchenname. Segnier stammte aus ihrer ersten Ehe«, sagte Evi triumphierend.

»Charlotte Klobenstein-Segnier-Rosen, na, die Frau hat ein Faible für Namen. Wie kamst du drauf?«

»Ach, Weinzirl, das wird dir eh zu kompliziert. Aber das ist doch der Hammer!«

»Ja«, sagte Gerhard gedehnt. »Eine merkwürdige Verstrickung in dem Trio. Er ermordet seine Ex und deren neue Loverin? Weil er sie immer noch will, oder was? Aber du denkst doch, er sei schwul?«

»Lass das mal außen vor. Da stimmt doch was nicht!«

Eine merkwürdige Konstellation, allemal, dachte Gerhard. Und er klang gutmütig, als er sagte: »Du willst doch nur den Basti retten.«

»Ich glaub ihm eben! Auch weil ich noch etwas rausgefunden habe.«

»Was denn?«

»Max Adam Rosen wurde als Siebzehnjähriger zu Sozialstunden verurteilt. Er hatte einen Mitschüler massiv verprügelt. Das Nasenbein gebrochen. Er galt generell als aggressiv.«

»Oh!«, rief Gerhard. »Der feine Herr Rosen. Das ist interessant.«

»Find ich auch.«

»Und kommt er nun?«

»Ja, samt Brüderchen. Sie werden um neun auf der Matte stehen. Und wie du gesagt hast: Haftbefehl keiner, erst, wenn wir mehr haben! Was wollen die denn noch?«

Gerhard zuckte mit den Schultern. Sie waren nicht der einzige Berufsstand, der unter Hierarchien und Strukturen litt. Da konnte man den einen Part der Arbeit noch so gut erledigen und war doch abhängig vom Handeln der anderen. Jo hatte das kürzlich mal so formuliert: »Da reiß ich mir den Arsch auf. Mach Texte, die einen Pulitzerpreis verdient hätten. Und dann machen die eine Überschrift drüber, die alles tötet.«

»Dann lassen wir ihn mal kommen, den Maxe. Ich bin gespannt.«

Sie kamen um neun Uhr achtzehn.

»Langes akademisches Viertel«, maulte Gerhard.

»Lange Baustellen«, sagte der Anwaltsbruder.

Beide sahen aus wie eine Werbung für Rasierwasser, Luxusautos oder einen Herrenausstatter. Lässig und doch teuer gekleidet. Sakkos über Designerjeans. Schuhe, die sicher nicht von Deichmann stammten. Wahrscheinlich handgenäht von irgendeinem Nobelschuster in München. Max trug ein affiges Tuch im Ausschnitt, sein Bruder hatte auf so ein Accessoire verzichtet. Man hätte mit den beiden auch gut eine Pilcher- oder Forde-

Verfilmung besetzen können – Gerhard wusste so was, denn er hatte schon mehrfach mit Jo solche Schmachtfetzen ansehen müssen.

»Die Herren, Kaffee, Tee, Wasser?«

Beide schüttelten den Kopf.

»Kommen wir zum Punkt!«, sagte der Bruder. »Wir haben heute noch einiges im Schedule.«

»Im Schedule vom Freitag war: erneut zur Litzauer Schleife wandern. Erneut eine Frau ermorden. Sind Sie Flussfetischist, Herr Rosen?«, ätzte Gerhard.

Über Rosens Gesicht zogen Wolken. Er verlor wirklich binnen Sekunden die Farbe. Und auch der Bruder war von der Rolle. Sie warfen hektische Blicke hin und her.

»Sie wollen jetzt nicht sagen, dass Charlotte … dass … Könnte ich doch ein Wasser haben?«

Evi nickte und verließ den Raum. Gerhard wartete. Beide Männer starrten ihn an. Hatte er etwas auf der Stirn stehen? Gerhard starrte zurück. Er konnte Stille sehr gut aushalten.

Der Anwalt hatte sich etwas gefasst. »Herr Weinzirl, Sie sagen uns hiermit, dass Charlotte auch tot ist?«

»Ja, das sag ich. Und mehr noch. Auch sie erlag der Litzauer Schleife und lag dort. Unweit der Stelle, wo auch ihre Lebensgefährtin verstarb. Fast möchte man an ein Opferritual denken. Ich bin aber nicht so sehr der Typ für so was!«

Gerhard wartete. Evi war mit einer Karaffe Wasser und zwei Gläsern zurückgekommen. Sie schenkte formvollendet ein. Rosen trank in hektischen Schlucken.

»Aber das kann nicht sein!«, stammelte er.

»Herr Rosen, fangen wir mal vorne an. Sie waren erneut am Lech. Mit Charlotte Klobenstein. Ihr Auto wurde gesehen. Sie wurden gesehen. Es gibt Zeugen.«

Das stimmte zwar nicht ganz, aber man konnte es ja mal versuchen.

Rosens Stimme bebte. »Das leugne ich nicht. Charlotte und ich sind an die Stelle. Wir haben da Blumen abgelegt. Wir wollten trauern. Das Unfassbare begreifen.«

»Herr Rosen, nun halten Sie uns doch nicht komplett zum Narren! Sie sind zweimal am Lech, und jedes Mal kommt Ihre Begleiterin zu Tode. Und Sie wollen mir erzählen, dass Sie beide Male nichts damit zu tun haben?«

Er räusperte sich. »Charlotte war tief verstört. Ich auch. Wir wussten beide gar nicht, wie wir weiterleben sollten. Ohne Margot, im Wissen, dass sie ermordet wurde.«

»Na, Sie hätten sich ja wieder zusammentun können mit der Frau Klobenstein. Alte Liebe rostet nicht! Oder, Herr Rosen?«

Rosen starrte Gerhard an.

»Ja, glauben Sie denn, wir wüssten nicht, dass Sie mit Charlotte Klobenstein verheiratet waren? Die Spuren dieser Ehe sind zwar etwas diffus, aber noch vorhanden. Herr Rosen, haben Sie die alte Liebe wiederentdeckt? Margot ist ausgerastet, und Sie haben sie dann ermordet?«

»Lächerlich! Und wozu hätte mein Bruder dann Charlotte ermorden sollen? Alte Liebe, so ein Unsinn!«, fuhr der Bruder dazwischen.

Der Punkt ging an ihn. Sosehr sie an einer Eifersuchtsnummer bastelten und an einer Wahrheit schmiedeten, der Tod der vermeintlich Geliebten passte nicht dazu.

Evi atmete tief durch. Sie wandte sich an Rosen. »Eventuell wäre es hilfreich, wenn wir mal Ihre Beziehungen verstehen würden. Charlotte – sie ist ja nicht hetero. Sie hat mit Margot von Eugenius zusammengelebt. Wie geht das alles zusammen?«

»Man muss nicht hetero sein«, sagte der Bruder, denn Max Rosen war immer noch wie paralysiert.

»Das mag in Ihren Kreisen so üblich sein, dass man mal hetero, mal homo, mal bi ist. Bi, besser als nie?«

»Herr Weinzirl, ich darf doch sehr bitten!«

»Es geht hier um Doppelmord. Es wäre herrlich«, Gerhard machte eine Kunstpause, »wenn Sie endlich mal etwas ausspucken könnten, was zur Klärung des Falles beiträgt.«

Der Bruder schnaubte.

»Lass gut sein, Wolfgang.« Rosen war wieder im Spiel. Er strich eine grau melierte Haarsträhne zur Seite. »Charlotte kam aus ärmlichen Verhältnissen. Es war ein Wunder, dass sie Abitur machen und studieren durfte. Sie war schüchtern und wollte doch vor allem dem Elternhaus entkommen. Weswegen sie mit zweiundzwanzig einen Dozenten von der Uni geheiratet hat. Das ging gründlich schief, weil Charlotte damals schon ahnte, dass Männer ihr nicht zusagten. Aber das konnte sie zu dem Zeitpunkt weder vor sich noch vor der Familie zugeben oder gar leben. Die Ehe dauerte nur drei Jahre. Ende der siebziger Jahre wurde es leichter, frei zu werden, und Mitte der achtziger Jahre starben ihre Eltern schnell hintereinander. Die Eltern waren bei Geburt der Tochter schon relativ alt gewesen – und sosehr Charlotte getrauert hat, es war ihre Befreiung. Wir lernten uns kennen, als sie ihre Agentur eröffnet hatte, sie hat PR für meinen Verlag gemacht, und ja, wir waren sehr schnell sehr eng befreundet. Wir waren sehr ehrlich zueinander, und mein Programm, nun ja …«

»Charlotte Klobenstein hatte uns gegenüber erwähnt, dass nette biedere Hausfrauen nicht unbedingt eine lesbische Autorin akzeptieren und …«

»… und keinen homosexuellen Verleger«, ergänzte Rosen.

»Sie wollen sagen, Sie haben zur Tarnung geheiratet?«, fragte Evi.

»Nennen Sie es, wie Sie wollen. Es war gut für uns beide. Auch für gesellschaftliche Auftritte. Es gab uns Luft zum Atmen.«

Sie lebten im dritten Jahrtausend, und doch glaubte ihm Gerhard diesen Teil bedingungslos. Es war nicht weit her mit der Toleranz, und die sozialen Medien machten es dem letzten Abschaum möglich, alles rauszukotzen. Er verstand Rosen. Manchmal war es besser, sich bedeckt zu halten. Mit Jo hatte er darüber oft diskutiert. Jo ritt immer auf dem hohen Ross der Wahrhaftigkeit, war immer der Meinung, man müsse bedingungslos eintreten für seine Überzeugungen. Jo stürmte Bastionen, ohne nachzudenken oder die Folgen einzukalkulieren. Sie hatte sich oftmals mehr als nur eine blutige Nase geholt und bezichtigte besonnenere Zeitgenossen immer des feigen Opportunismus.

Gerhard verstand Rosen wirklich. So wie Jo das Leben anging, konnten das die wenigsten.

»Und dann?«, fragte er.

»Charlotte lernte Margot kennen. Sie waren wie Feuer und Luft. Sie waren eine explosive Verbindung. Ich hatte Charlotte abgeraten. Aber es war, als sprengte sie nun ihre letzten Fesseln. Wir haben uns scheiden lassen, und seither sind die beiden ein Paar.«

»Sie haben abgeraten?«

»Charlotte ist im Grunde ihres Herzens das bürgerliche Mädchen geblieben. Sehr fleißig, sehr emsig, immer korrekt. Margot hingegen ist Erfolg gewohnt, musste sich nie etwas erkämpfen.« Er zögerte. »Nein, das stimmt so auch nicht. Sie arbeitete viel, aber ihre Grundzüge waren anders. Der Nährboden war gut, ihr Selbstvertrauen grenzenlos: Ja, sie arbeite hart, aber wenn sie das täte, ernte sie eine pure Fülle. Verstehen Sie?«

Ja, Gerhard verstand auch das. Es gab solche Menschen. Und das deckte sich spiegelgleich mit allem, was sie über die Dame gehört hatten.

»Es war also keine Beziehung auf Augenhöhe?«, fragte Evi.

»Das dachte ich anfangs, aber etwas an dieser Verbindung war zauberhaft. Nicht fassbar. Ich glaube sogar, am Ende hätte Margot mehr unter einer Trennung gelitten als Charlotte.«

»Natürlich, weil sie erfolgsverwöhnt war. Sie hätte einen Misserfolg nicht vertragen«, sagte Gerhard.

»Nein, weil Charlotte der einzige Hafen war, wo sie die Taue nur ganz lose knüpfen konnte. Ruhig dahindümpeln konnte. Verstehen Sie?«

Sie schwiegen. Nun waren die beiden Frauen im Tode vereint. Aber sie beide hatten diesen Weg nicht gewählt. Jemand hatte ihrer beider Leben ein brutales Ende gesetzt. Und das könnte Rosen gewesen sein. So schön er formulierte. Er war der wahrscheinlichste Mörder.

»Herr Rosen, wir hätten da noch eine andere Frage. Hat eine der Damen eine Brosche erwähnt?«

Gerhard achtete sehr genau auf die Reaktion. Er war geübt

darin. Kleinste Änderungen in der Mimik und Gestik reichten aus. Die wenigsten Menschen hatten ein Pokerface.

»Brosche? Was für eine Brosche?«

»Ein Stück aus dem Haus der Dame, bei der Margot kurz gewohnt hat«, sagte Gerhard leichthin.

»Soll diese Brosche etwas mit dem Mord zu tun haben?«, fragte der Bruder.

»Die Fragen stellen eher wir«, sagte Gerhard.

»Eine Brosche war nie das Thema«, sagte Rosen.

Es trat eine kurze Pause ein.

»Gut, Sie gingen also da runter, Blumen niederlegen. Und dann?«, fragte Evi schließlich.

»Wir waren emotional sehr angegriffen. Sehr dünnhäutig. An diesem Ort zu sein, war belastend. Charlotte machte mir plötzlich Vorwürfe.«

»Was für Vorwürfe?«

»Dass ich schuld sei! Weil ich sie allein gelassen hatte. Mit dem jungen Mann.«

»Der hat den Ort des Geschehens verlassen. So wie Sie!«

»Aber er ist bestimmt zurückgekommen!«

»Das könnten Sie doch auch getan haben. Und der junge Mann hat für den zweiten Mord ein Alibi. Sie nicht!« Auch das hatten sie noch nicht abgeklärt, aber Gerhard wollte und musste Rosen aus der Deckung holen. »Was war nun mit Charlotte?«

»Sie hat begonnen, auf mich einzuschlagen. Sie weinte, war außer sich. Ich wollte sie beruhigen, aber sie gebärdete sich völlig hysterisch. Sie weigerte sich, mit mir zum Auto zu gehen. Also bin ich alleine los.«

»Sie wollen uns glauben machen, sie hätten Streit mit ihr gehabt, hätten sie dann zurückgelassen, und wenig später ist diese Dame tot? Und Sie hatten nichts damit zu tun? Herr Rosen! Sie waren als Jugendlicher ja auch schon recht aktiv, was Prügeln betrifft.«

Rosen zuckte zusammen. Sein Bruder sprang ein. »Mein Bruder hatte mal eine schwierige pubertäre Phase. Er war wütend. Wütend auf die ganze Welt. Es gab Bewährung und Sozialstunden. Mein Bruder nahm an einer Gesprächstherapie teil. Das ist ewig her und hat mit der Situation am Lech gar nichts zu tun!«

Rosen nickte seinem Bruder zu. »Ja, ich war wütend. Und wissen Sie auch, warum? Ich war schwul, und das wollte ich nicht sein. Mein Schulkamerad Erwin Mittermaier hatte etwas spitzgekriegt. Starnberg 1978. Glauben Sie etwa, dass Sie da hätten schwul sein können? Vor allem, wenn Sie aus einem Elternhaus stammen, dem der Status nach außen alles galt? Unser Vater war Verleger, der Opa war Verleger. Ein Traditionshaus. Da sind Söhne und Enkel nicht schwul. Deshalb die Prügelei.« Er klang müde, es war spürbar, dass ihm das bis heute naheging.

Und ja: Seine Geschichten waren alle so klar, so glatt. Alles klang logisch. Er war klug und reich. Gerhard wollte sich nicht einlullen lassen.

Melanie kam herein, verrenkte sich im Türstock und winkte unbeholfen. Gerhard nahm mal an, das sei ein Aufruf, rauszugehen.

»Mel, machst du Aerobic, oder was?«

»Nein, ich wollt ja nicht stören. Aber die Staatsanwaltschaft hat nun doch einen Haftbefehl gegen Rosen erteilt. Sie haben wohl diese Neigung zur Aggression in Betracht … ähm ja und eben auch, dass sie bei Rosen Fluchtgefahr sehen. So einer ist ja leicht mal gleich am Flughafen oder so …«

Gerhard war überrascht, aber das war gut. Eventuell machte das den Rosen-Buben etwas mehr Dampf. Er ging zurück, und der Anwaltsbruder war außer sich. Brüllte etwas von Verfahrensfehlern, man könne nicht jemanden als Zeugen laden und dann verhaften.

»Man kann so viel, Herr Rosen«, sagte Gerhard und war sich bewusst, dass sie wirklich zügig zu einem Ergebnis kommen mussten. Und ganz tief drinnen war er besorgt. Weder Basti noch Rosen machten den Anschein, als würden sie zeitnah gestehen. »Zeitnah«, da war es wieder, das dämliche Wort.

Rosen wurde schließlich abgeführt, der Bruder war davongestürmt, um Gott, die Welt und wahrscheinlich den Innenminister und Seehofer höchstselbst zu nerven.

Evi und Gerhard saßen frustriert am Tisch. Evi starrte die Tischplatte an.

»Wir haben zwei Männer in U-Haft. Beide leugnen. Wir werden ohne Beweise beide gehen lassen müssen. Ich höre die Staatsanwaltschaft schon: ›Na, was machen Sie aus einer Fünfzig-fünfzig-Chance? Nichts! Das war nicht der Publikumsjoker. Wir brauchen klare Ermittlungsergebnisse.‹«

»Ja, so in etwa würde das klingen«, sagte Evi und sah unglücklich aus. »Und wenn wir jetzt mal annehmen, keiner von beiden war es. Was ist dann?«

»Der Super-GAU. Das Ende unser beider Karrieren. Wir haben zwei Optionen, und am Ende ziehen wir komplett zurück? Evi, das geht nicht!«

»Aber wir stecken fest! Wir haben etwas übersehen. Eine Person übersehen.«

»Ja, aber wen? Dietlinde Drescher? Nein, die kommt zu Fuß nie an diese Schleife. Den Gebietsbetreuer. Diesen ach so reizenden Franken? Wen denn, Evi?«

»Was ist mit dem Drechsler? Der hat uns bisher weder das Alibi bestätigt, noch kommt mir der ganz koscher vor.«

Gerhard wiegte zweifelnd den Kopf hin und her.

»Oder der Freund in der Steiermark? Vielleicht hat Basti die Brosche längst dahingeschickt?«, spekulierte Evi.

»Ach komm! Das würde aber auch heißen, dass du als Fan des feinen Basti zugeben müsstest, dass der uns verarscht! Und bis jetzt eben doch nur Halbwahrheiten erzählt? Und der Kumpel, der müsste Mürz… wie hieß das … verlassen haben. Komm.«

Sie gingen ins Büro zurück. »Google den Hölzl mal! Ich ruf den Drechsler an.«

Sie trafen sich zehn Minuten später wieder. Gerhards Stirn war umwölkt. »Er bestätigt das Alibi. Er hat die Bilder der Brosche gesehen, sagt aber auch, dass er nichts damit anfangen konnte. Er hatte Basti geraten, einen Spezialisten aufzusuchen. Basti hat ihm auch erzählt, dass ihm das Original gestohlen wurde.«

»Glaubst du ihm?«

»Eigentlich schon. Und der Mürzdings?«

»Martin Hölzl aus Mürzzuschlag. Wo der Name angeblich vom Minnesänger Oswald von Lichtenstein stammt und besagt, dass der Fluss Mürz hier von einem Nebenfluss einen Zuschlag bekam. Und der Hölzl ist ein Typ nach deinem Gusto. Der gehört einem historischen Skiteam an. Schau!« Evi drehte den Bildschirm etwas.

Und Gerhard las staunend, dass es keineswegs kernige Tiroler Buam gewesen waren, die Österreichs Renommierberge als erste skifahrerisch bezwungen hatten. Es waren der Mürzzuschlager Hotelier Toni Schruf und der Grazer Kaufmann Max Kleinoscheg, die 1890 erste Fahrversuche am Stuhleck unternommen hatten. 1893 fanden in Mürzzuschlag schon erste Rennen statt – sehr emanzipatorisch gab's auch schon einen Damenwettkampf –, die Mädels in wehenden Röcken. Die Nordischen Spiele 1904 waren das größte Wintersportereignis, das Mitteleuropa bis dahin gesehen hatte. Und weil das so war, gab es ausgerechnet im steirischen Mürzzuschlag das größte Wintersportmuseum der Welt. Und mehr noch: Es war in der Lage, bis zu fünfzig Leute komplett mit fahrtüchtiger, historischer Skiausrüstung auszustatten. Es gab ein Demo-Team, das mal mit einer Art Batmanflügel fuhr, mal in der Quersprungtechnik ums Eck hüpfte. Hölzl war dabei, und er war auch Führer bei historischen Skikursen, wo man in Uraltmontur aufs Stuhleck aufsteigen konnte. Also historisch rauf, historisch runter. Hölzl war auf dem Bild zu sehen, in Wollpumphosen, eine Schiebermütze am Kopf.

»Wäre das nichts für dich?«, fragte Evi.

»Doch.« Gerhard lächelte.

Evi verzog den Mund. »Der ist dir ja jetzt schon so sympathisch, dass du so einen Nostalgie-Freak sicher nie für einen Verbrecher halten würdest.«

»Evi, auch Skifahrer auf Hickory-Vollholz oder Fassdauben oder dem Kalvträsk können Mörder sein.«

»Was für ein Träsk?«

»Ein Gerät aus Schweden. Zu der Skiflunder gehörte ein Stock wie ein Paddel, was die Annahme bestärkt, dass man diesen Ski im Moor sommers wie winters benutzt hat. Evi, ich bin immer noch zur Objektivität fähig!«

»Na gut, und jetzt?«

»Rufen wir den Hölzl mal an!«

Evi sagte nichts. Ihr Blick sprach Bände. Was soll das bringen? Wenn er was damit zu tun hat, ist er gewarnt. All solche Schlaumeierkommentare musste Evi erst gar nicht aussprechen.

Gerhard scrollte am PC, da war eine Festnetznummer von Hölzl verzeichnet. Gerhard stellte auf laut. Es läutete. Lange. Dann knackte es.

»Der Martin, griaß di.«

»Der Gerhard. Aus Weilheim. Martin, jetzt pass amol auf ...«

»Wer?«

»Gerhard Weinzirl aus Weilheim. Es geht um deinen Freund, den Basti.«

»Schieß los!«

»Ja, schießen tun wir auch. Ich bin von der Polizei, Kripo.«

»So?«

»Martin, i woas, dass wir nicht unbedingt zu denen gehören, die beliebt san. Aber es waret wirklich wichtig, dass du mit uns redsch. Für den Basti waret des wichtig.«

Evi sah Gerhard überrascht an. Der zog nun einen groben Dialekt aus dem Hut, der alles andere als Allgäuerisch war. Und in Gerhards weiteren Erzählungen fielen Worte wie »fadisieren« und »Stiege«. Gerhard war zum Ösi mutiert.

»Gerhard, pass auf. Der Basti wollt kemma. I wollt eahm des ausreden. Des is a Expedition. Von draußen geht des nur über Wien. Dauert ewig.«

»Aber er kam ned?«

»Naa, i war am Bahnhof. Koa Basti. Ans Handy is er ned ganga, erst am nächsten Dog. Er war total aufdraht. Er hot gesagt, er wär auf der Flucht.«

»Und was hast du gmacht?«

»I hob eam gesagt, er soll se stelln. Dass er doch eh derwuschen wird. Dann war wieder Sendepause.«

»Aber was hat er dir gegenüber denn erwähnt?«

»Dass sei Oma, bei der, wo er wohnt, a recht a blede Besucherin hätt. De, wo er mit am Salat vergift hätt. De daran verstorbn sei und er des ned gewollt hätt. Nia ned ist der Basti a Mörder. Do is war arg schiefglaffn, oder?«

»Martin, pass auf! Hat er was zu einer Brosche gesagt?«

»Ja, er hot mir Buidl gemailt. Und er hot gesagt, dass de Frau do, dass de de Broschn gnumma hätt.«

»Und weiter?« Gerhard schien nun wieder Hochdeutsch zu können.

»I bi Holzkünstler, koa Kunsthistoriker. Aber des Ding is wos Spezielles. Und des merkt a jeder, der wo a bisserl an Blick für so was hot.«

»Eine Künstlerin wie diese Margot also auch?«

»Ja, sicher, aber i hob dem Basti gsagt, dass er überlegen soll, wem er de Broschn sonst no zeigt hot. Muas ja ned diese Margot gweng sein. A anderer kannt sie ja aa gestoin homm, oder?«

»Aber wer soll das gewesen sein? Im Haus waren ja nur diese Margot und die Oma!«

»Ja, scho, aber de Boikn waren beim Begasen. Was, wenn do oaner des Ding entdeckt hot?«

»Aber Martin, diese Brosche war ja bei Abholung wieder im Balken.«

»Ja, aber überlegts amoi: Kann der, der wo de Boikn begast hot, sicher sein, dass der Basti ned woas, dass des Ding do drin is? Kannt ja a Falle aa sein. Er duat es oiso zruck und holt es sich später wieder.«

»Aber die Brosche war beim Basti im Haus!«

»Ja, des is ja der Casus knacksus. Des wollt der Basti ja dann rausfinden, aber es hobts eam ja gjagt, und er konnt ja nimmermehr hoam.«

»Martin, das klingt interessant. Ziemlich gut sogar.«

»Sicher. Wos is mit dem Basti? I derroach eam ned.«

»Er ist im Krankenhaus. Nix Schlimmes. Ist nur zammklappt.«

»Ja, do siehst du es. Der Basti is koa Held ned. Aa koa Mörder. Es miastts den Richtigen finden!«

»Werden wir, Martin, werden wir.«

»Guat, du und wennst amoi in der Steiermark bist, kannt ma a Skitour gehen.«

»Gerne, ich hab gesehen, dass du in dem Nostalgieteam bist.«

»Ja, des is leiwand. Bloß de Schuach sann so bockhart.«

»Glaub ich. Dank dir recht schön!«

Gerhard legte auf und sah in Evis weit aufgerissene Augen.

»War ich grad im Chiemseer Volkstheater, oder was?«

»Wenn, dann die Hochsteirer Bauernbühne. Evi, dieser Martin ist genial! Evilein, wir fahren jetzt noch ein letztes Mal zu Dietlinde Drescher. Wir müssen dem Weg der begasten Balken nachgehen!«

»Nehmen wir Baier mit?«

»Ja, gute Idee. Er kann seine alte Freundin Linde etwas ruhigstellen. Ruf ihn an. Wir holen ihn ab.«

Spannung lag in der Luft. Baier stand in Peiting am Kreisel bei der Tanke und sah besorgt aus.

»Die Herrschaften! Was sind das für Geschichten? Zwei Verdächtige. Beide haben mehr als genug Gründe. Und Sie machen noch ein Fass auf.«

»Ein letztes, Baier. Ein letztes!«

Und wieder einmal fuhren sie bei Dietlinde Drescher vor. Und wollten alles zur Renovierung von Bastis Hausteil wissen. Sie mussten aber feststellen, dass Dietlinde da sehr wenig wusste. Es war klar, dass sie mit jeder Faser ihrer resoluten Persönlichkeit das ganze Projekt abgelehnt hatte und das bis heute tat.

»Linde, weißt du, dass Basti die Balken gegen Holzwurm hat behandeln lassen?«

»Ja, das hat er erzählt. So ein Aufwand. Anstatt neue Balken zu nehmen!«

»Weißt du, wo er damit war?«

»Nein.«

»Schade.«

»Ja, aber da war ein junger Mann da. Also älter als Basti, aber für mich noch jung. Er hat gesagt, er würde Basti die Rechnung in die Wohnung legen wollen.«

»Was für eine Rechnung?«

»Für das Begasen der Balken.«

In Gerhards Magen hüpfte etwas. Und da der wie immer leer war, musste das etwas anderes sein. Eine Leere konnte ja nicht hüpfen.

»Ein junger Mann brachte eine Rechnung?«, wiederholte Evi.

»Ja.«

»Aber warum hat er Ihnen die denn nicht einfach gegeben?«

»Weil er meinte, der Basti hätte gesagt, er könne reinkommen und sich das Ergebnis ansehen. Der junge Mann war ja auch Zimmerer, und ihn hat das sehr interessiert, wie Basti die Balken verbaut hatte.«

»Und das war wann?«

»Freitag, glaub ich. Bevor die Margot verschwunden ist.«

Das passte.

Sie sah von Gerhard zu Evi und zu Baier und wieder zurück. »Hätte ich ihn nicht reinlassen sollen? Aber sein Auto stand ja da, da stand was drauf von Zimmerei. Ich hab mir nichts dabei gedacht, und dann hat der Basti ja auch nichts, was man stehlen könnte. Ist ja die totale Leere in der Wohnung.«

Nun ja, der Basti hatte schon etwas gehabt, was von Interesse war.

»Sie haben nichts falsch gemacht«, sagte Evi beruhigend. »Können Sie sich noch an den Mann erinnern?«

»Ja, er war Mitte, Ende dreißig. Mittelgroß. Nicht dünn.«

»Und er hat sich als wer vorgestellt?«

»Weiß ich nicht mehr. Gar nicht, glaub ich. Er kam mir irgendwie bekannt vor. Aber da stand in jedem Fall Zimmerei drauf.«

»Ein Ort?«

»Keine Ahnung. Warum fragen Sie so? Und der Basti ist im Krankenhaus. Und soll wieder in Untersuchungshaft! Der Basti ist kein Mörder! Baier!«

»Liebe Frau Drescher. Es wird sich alles aufklären«, sagte Evi.

»Bestimmt, Linde. Der Basti hat seine Balken ja dann wohl bei diesem Mann gegen den Holzwurm behandeln lassen?«, fragte Baier.

»Das wird dann wohl so gewesen sein. Wofür sonst hätt der eine Rechnung bringen sollen? Und was für ein Ergebnis anschauen?«

Dieser Logik war nichts hinzuzufügen. Sie verabschiedeten sich eilig und hasteten zum Auto. Gerhard rief Felix an. »Frag den Basti, wo er seine Balken hat begasen lassen.«

»Wen vergasen?«

»Felix, trenn dich mal von den Ärschen und Titten der Pflegekräfte! Rein ins Zimmer, fragen! Balken für den Bau! Verstanden? Oder gib ihm dein Handy, dann red ich mit ihm.«

Man hörte eine Tür klappen, dann leise Stimmen, dann war Basti dran.

»Herr Weinzirl?«

»Basti, Sie haben uns doch gesagt, Sie hätten die Rechnung bezahlt und dann Ihre Balken mitgenommen. Stimmt das?«

»Ja, natürlich.«

»Wo waren die Balken denn?«

»Beim Toni.«

»Welcher Toni?«

»Maier Toni. Kenn ich von früher. Hab da mal kurz gearbeitet. Der Senior, also sein Vater, war ein guter Typ, der Toni weniger. Drum bin ich da weg.«

»Und wo ist das?«

»Wessobrunn. Also genau genommen ein Weiler oben in Forst. Das machen ja nicht alle. Da muss man ja die Räumlichkeiten haben. Warum wollen Sie das wissen?«

»Basti, hatten Sie jemals den Eindruck, der Maier hat die Brosche entdeckt?«

»Nein, ja, also der Martin hatte die Idee. Martin, ein Kumpel, der –«

»Gut, Basti«, unterbrach Gerhard ihn. »Geben Sie mir den Polizisten nochmals. – Felix, du setzt da jemand anderen vor die Tür. Du kommst mit Mel nach Forst. Ihr wartet am Hetten auf uns. Warten! Verstanden?«

»Ja.«

»Gut, und bitte zackig!«

»Gleich so ein Aufgebot?«, fragte Baier.

»Ja, mir reicht's jetzt.«

»Aber Weinzirl, wenn der Maier die Brosche hätte, wieso dann die beiden toten Frauen?«

»Weil ich nicht glaube, dass dieser Maier sie wirklich gestohlen hat. Er hat sie gesucht, aber auch nicht gefunden!«

»Weil Margot von Eugenius sie bereits hatte?«, fragte Baier.

»Ja, genau das glaube ich!«

»Und wie passt die Klobenstein dazu?«, fragte Evi.

»Das erfahren wir am ehesten bei diesem Maier.«

»Na, ich weiß nicht!«

»Hast du eine bessere Idee?«, fragte Gerhard.

Evi schüttelte den Kopf.

ZEHN

Haltet die Bösen immer voneinander getrennt. Die Sicherheit der Welt hängt davon ab.
Theodor Fontane

»Auf nach Forst, schadet sicher nicht«, meinte Baier. »Haben wir die korrekte Adresse?«

»Haben wir«, sagte Evi, die gegoogelt hatte. »Das klingt nach Einöde.«

»Ist es nicht, wir reden von einer einzigartigen Kulturlandschaft, die sich von Wessobrunn hinüber zum Lech und südwärts Richtung des Hohenpeißenbergs zieht. An die typische oberbayerische Dorfstruktur gewöhnt, ist diese weite Landschaft mit den Einzelhöfen sehr ungewöhnlich. Diese Siedlungsstruktur ist fest mit dem Kloster verwoben, das daran interessiert war, die Gegend urbar zu machen. Lehen wurden an Bauern vergeben, die das Moor trockenlegten und den Wald rodeten. Daher auch der Name Forst – bloß der verwirrt den Auswärtigen wahrscheinlich. Denn Forst besteht aus vierundvierzig Weilern, und auch an deren Namen lässt sich die Kloster-Lehens-Historie ablesen: Hagenlehen, Pürschlehen, Hauslehen oder auch Metzengasse. In Guggenberg stand nämlich der Zehntstadl, in dem die Bauern den Zehnt, den Metzen Getreide, abgaben und dann durch die Metzengasse nach Wessobrunn zogen.«

»Aha«, grinste Gerhard, »again what learned.«

»Wie immer, wenn Sie mit mir unterwegs sind«, sagte Baier streng.

Sie fuhren schweigend nach Hohenpeißenberg. Am Hetten stand Felix, Gerhard hieß ihn zu folgen.

Baier hatte die Rolle des Lotsen übernommen. Er ließ Gerhard nach Buchschorn abbiegen.

»Wir kommen von hinten. Ist unauffälliger. Und wenn Sie grad noch was lernen wollen: Da drüben«, er wies nach links,

»liegt das Schwarzlaichmoor, das man ab 2006 renaturiert hat, nicht zuletzt wegen der Zwergbirke.«

»Ha!«, rief Gerhard. »Lag da nicht auch diese Moorleiche?«

»Weinzirl, Sie verblüffen mich. Ja, Rosalinde oder die Frau von Peiting. Sie wurde 1957 beim Torfabbau im Moor zwischen den Gemeinden Peiting und Hohenpeißenberg in einem Holzsarg gefunden. Wie das gerne so ist mit Mumien, gab es ein bisschen Geziehe darum, wer die Moorleiche denn nun die seine nennen darf. Erst wurde sie Peiting zugeschrieben, aber genau genommen ist sie auf Hohenpeißenberger Flur gefunden worden.«

»Das wurmt Sie als Peitinger, oder, Baier?«

»Quatsch, es geht doch um den Fund an sich! Rosalinde dürfte aus dem 14. oder 15. Jahrhundert stammen und ist eine der wenigen dokumentierten und erhaltenen Moorleichen aus Bayern. Eben weil sie von einem Sarg geschützt war, blieb sie so gut erhalten. Sie trug ein langes Wollkleid und kniehohe Lederstiefel. Die Wissenschaftler konnten nachweisen, dass sie wohl wenig körperlich arbeiten musste, dass sie im Wachsen keine Mangelernährung erleiden musste und sogar recht gut genährt war. Zahnweh wird sie wohl gehabt haben und ein markant vorspringendes Kinn. Um die fünfundzwanzig ist sie geworden, woran sie verstarb, ist Spekulation – vielleicht hatte sie gar was Giftiges gesessen?«

»Bitte keinen Salat«, stöhnte Evi.

»Nun, Frau Straßgütl, schon damals war das ein Krimi. Es gibt die Ansicht, sie hätte vorher ein uneheliches Kind geboren und hätte aufgrund dieser Verfehlung nicht in gesegneter Erde bestattet werden dürfen. Im krassen Gegensatz zu den sehr aufwendig gearbeiteten Stiefeln steht ihre einfache und schmucklose Bekleidung. Eine andere Spur deutet darauf hin, dass sie eine Durchreisende gewesen ist, die man immerhin pietätvoll bestattet hatte.«

»Spukt sie auch?«, fragte Gerhard.

»Wer weiß. Jetzt passen Sie mal auf die Schlaglöcher auf!«

»Leicht gesagt, bei Ihrer Routenwahl.«

Baier schien hier heroben jeden Feldweg persönlich zu kennen, allein man hätte eine Crossmaschine, ein Mountainbike oder ein Allradauto gebraucht. Aber wie er gesagt hatte: Sie kamen von hinten. Sie erreichten die Schreinerei vom Wald her, von der dem Innenhof abgewandten Seite. Sie parkten und schlossen die Türen leise. Die Überraschung war in jedem Fall auf ihrer Seite. Gerhard sah sich um.

»Ihr geht andersrum«, sagte er zu Felix und Melanie. »Haltet euch erst mal im Hintergrund.«

Evi, Baier und Gerhard gingen an der Rückfront des Hauptbaus entlang und an einem weiteren Gebäude, das im rechten Winkel dazu gebaut war. Und dann standen sie mitten im Hofraum, der fast wie bei einem Dreiseithof wirkte. Im Hauptbau war die Sägerei, rechts das Wohnhaus mit einem Anbau, links noch ein Stadel. Aus dem kam gerade ein junger Mann, ein Lehrling vielleicht, der richtiggehend erschrak ob der Besucher, die da wie vom Himmel gefallen zu sein schienen.

»Wir suchen den Anton Maier.«

»I bi der Leo.«

»Und wo ist e Toni?«

»Toniii«, plärrte er unvermittelt.

»Wos?«, kam es von irgendwoher.

»Do wui wer zu dir!«, brüllte der junge Mann erneut. Anscheinend war das ein Betrieb, wo man lieber schrie, als einen Schritt zu viel zu machen. Der junge Mann trollte sich. Und der Toni kam aus dem lang gestreckten Hauptgebäude, ein Mann, der in der Tat wohl Ende dreißig war. Er war im üblichen Engelbert-Strauss-Outfit, die Hose spannte am Ranzen. Sein Stoppelbart begann zu ergrauen.

»Ja?«

Auch er hatte einen Ton drauf, der den Hof ausfüllte.

»Kripo Weilheim. Wir würden gerne mit Ihnen reden.«

»Zwecks was?«

»Haben Sie ein Büro? Wir wollen doch nicht den ganzen Hof unterhalten.«

Wortlos drehte er sich um und stapfte davon. Gerhard nahm

mal an, sie sollten folgen. Baiers Blick besagte, dass er draußen warten würde. In der großen Halle gab es seitlich einen Glaskasten, der als Büro fungierte.

»So«, sagte Maier, ohne ihnen Sitzplätze anzubieten.

Es hätte außer dem staubigen Bürostuhl auch keine gegeben.

»Herr Maier, Sie können Balken gegen Holzwurm behandeln?«

»Habts den Wurm bei der Polizei?«

»Nein, aber Sebastian Drescher hatte ihn in seinen Balken.«

In seinem Blick flackerte ganz kurz etwas auf.

»Ja und?«

»Sie haben die Balken begast?«

»Is des a Verbrechen?«

»Nein, aber die Brosche, die Sie darin entdeckt haben, später bei Basti zu Hause zu stehlen. Das tut man doch nicht!«

»Wos hob i?« Sein Gesicht rötete sich.

»Ich wiederhole es gerne, ja, ich führe gerne weiter aus. Sie haben sich unter dem Vorwand, eine Rechnung zu bringen, bei Basti eingeschlichen und eine wertvolle Brosche gesucht. Haben Sie diese auch gefunden? Haben Sie mehr gesucht? Einen Schatz vermutet?«

Sein Gesicht wurde noch röter, er hatte am Schreibtisch einen Zollstock umfasst, seine Fingerknöchel traten hervor.

»Schmarrn!«, rief er.

Gerhard überlegte nur kurz. »Das Problem ist ja nur, dass der Basti … Ach, Sie kennen ihn doch. Ist ein Perfektionist, der Basti. Und so modern. Der hat eine Kamera eingebaut, und da sind Sie drauf.«

Evis Blick war Sekundenbruchteile lang pure Verblüffung, dann hatte sie sich wieder im Griff. Nicht so Maier. Der sprintete blitzschnell los, gab Evi einen Schubs und hieb mit dem Zollstock nach Gerhard. Und rannte. Verblüffend schnell bei seiner Körperfülle. Gerhard rief augenblicklich Melanie an.

»Er flüchtet. Fangt ihn ab!« Er sah Evi an. »Alles klar bei dir?«

»Sicher. Los!«

Sie rannten hinterher und fast in Baier hinein.

»Er hat Felix gesehen, dann ist er ins Wohnhaus rein!«
»Na gut, dann sitzt er ja fest. Was machen wir?«
»Mit ihm reden?«, fragte Evi.
»Ich glaube, seine Persönlichkeitsstruktur ist weniger auf Reden ausgelegt.«
»Was haben Sie denn da, Weinzirl?«, fragte Baier.
»Wo?«
»An der Wange.«
Gerhard griff in Blut. »Das war dann wohl der Meterstab.«
»Der Mann ist gefährlich«, sagte Baier grimmig. »Dem brennen sehr schnell die Sicherungen durch.«
»Wir holen den da jetzt raus!«, sagte Gerhard.
»Ich würde –«
»Baier, wollen Sie jetzt das SEK holen, oder was? Wir sind zu fünft! Los, Felix, du sicherst hier die Außentreppe ab.«
Das Holzhaus besaß einen Eingang auf der Hofebene und einen zweiten, der über eine zweiflügelige Holztreppe quasi im Hochparterre zu erreichen war. Es war ein wunderschönes Haus, feinste Zimmermannsarbeit.
Gerhard verschwand durch die kleine Tür, hinter der ein Waschraum lag. Von dort gelangte er an einer Pelletheizung vorbei in den Gang, wo eine Treppe nach oben führte.
»Maier, kommen Sie runter! Sie sitzen fest. Jeder unüberlegte Schritt schadet Ihnen nur zusätzlich.«
Man hörte Schritte, irgendein Geklapper. Gerhard entsicherte seine Waffe. Half ja jetzt nichts …
»Maier!«
Und dann vernahm er grad noch ein Zischen. Ein Geräusch, das Gerhard nicht einschätzen konnte. Es sirrte, und dann schoss der Pfeil neben ihm in die Wand.
Gerhard rannte augenblicklich nach draußen. Zu spät, denn Maier hatte oben das Fenster geöffnet und auf Felix gezielt.
»Felix! Vorsicht!«, schrie Gerhard.
Felix hatte wahrgenommen, dass ein Fenster aufging, und sich gerade noch weggeduckt. Als wieder ein Pfeil heranschoss. Nicht weit genug, denn Felix war mit einem Arm ans Treppengeländer

getackert. Gerhard schoss in Richtung des Fensters. Evi gab ihm jetzt Deckung. Gerhard hastete zu Felix, der kreidebleich war. Kein Blut zu sehen. Gerhard löste Felix aus seiner Jacke, die festgepinnt blieb. Felix war unversehrt, aber völlig fertig. Sie rannten über den Hof, in eine Deckung hinter einem Karren, auf dem Holzbohlen lagen. Der Karren stand vor dem Hauptgebäude, sie hatten ihre Festung bezogen. Der junge Mann war von irgendwoher aufgetaucht, er stand mit hängender Kinnlade im Hof.

»Weg da!«, brüllte Gerhard.

Ein neuer Pfeil traf den Wagen, es war wie im Wilden Westen, wo die Siedler versuchten, mit ihrer Wagenburg standzuhalten. Der junge Mann war auch hinter den Wagen gestolpert.

»Der Toni is irr«, flüsterte er.

»Richtig, Leo. Der Idiot schießt mit einer Armbrust. Ich glaub es ja nicht!«

Der junge Mann flüsterte mit zittriger Stimme: »Der Toni hat mehrere Armbrüste, auch eine Vogelbaumarmbrust. Er schießt auch wettkampfmäßig. Modern und auf die Plattl. Er war sogar mal auf der deutschen Meisterschaft im Sternschießen.«

Na, da hatten sie ja Glück gehabt, dass er heute schlecht schoss. Ein Armbrustschütze! In Deutschland war im waffenrechtlichen Sinn die Armbrust den Schusswaffen gleichgestellt, aber man konnte sie frei kaufen. Und der Besitz, der Handel und die Herstellung bedurften keiner besonderen Erlaubnis. Und weil das Waffengesetz so schwammig formuliert war, konnte man es so auslegen, dass mit einer Armbrust gar nicht richtig geschossen wurde.

»Ich fass es nicht!«, kam es nun von Evi.

»Eigentlich wundert es mich eher, dass es nicht viel mehr Vorfälle mit der Armbrust gibt. Einfach, leicht zu erwerben und absolut präzise.« Und natürlich konnte man damit einen Menschen töten!

»Eventuell wäre nun doch eine Spezialeinheit besser«, meinte Baier. »Er ist unberechenbar.«

»Die Spezialeinheit knallt ihn mir dann ab. Ich will seine Aussage.« Gerhards Stimme bebte.

»Wie kommt man in das Haus?«, fragte er den jungen Mann, der mit Felix in einen Wettbewerb getreten zu sein schien: Wer kann blasser als blass aussehen?

»Über die Treppe eben und die Kellertür, und am Anbau gibt es noch eine Tür. Die führt durch den ganzen Anbau in den Hausgang.«

»Gut, ihr lenkt ihn ab.«

»Weinzirl, das ist Wahnsinn!«

»Ich hatte schon einen Rucksack in der Fresse, nun hab ich einen Schmiss ohne schlagende Verbindung. Es reicht mir wirklich!«

Und ohne eine Antwort abzuwarten, verschwand er im Hauptgebäude, durcheilte es, witschte durch eine Seitentür hinaus und zum Wohntrakt wieder hinein.

Evi war hinter der Wagenburg herausgekommen und schrie zu Maier hinauf: »Maier, lassen Sie den Unsinn! Das bringt doch nichts!«

Sirr, wieder ein Pfeil. Und Evi schoss in den Fensterrahmen.

Gerhard war wieder im Hausgang, er schlich so leise es ging nach oben. Er hörte Evi draußen rufen. Gutes Mädchen, sie musste in jedem Fall Radau machen. Die Treppe tat ihm den Gefallen, nicht zu ächzen. Gerhard schlich nun über den Flur des Obergeschosses, er hatte sich eingeprägt, welcher Raum es sein musste, wo der entfesselte Maier hinausballerte. Und da stand er. Mit dem Allerwertesten zu Gerhard gewandt. Er spannte wieder.

»Maier. Sofort die Armbrust runter!«

Maier fuhr herum. Der Pfeil durchschnitt die Luft, die Kugel auch, und Maier sackte schreiend zu Boden. Der Pfeil vibrierte leicht im Türstock. Maier krümmte sich am Boden. Gerhard war heilfroh. Er hatte ihm, wie gewollt, in die Wade geschossen. Gott sei Dank nicht höher. Gerhard kickte die Armbrust weg und schrie zum Fenster hinaus: »Alles klar! Hab ihn! Ruft den Krankenwagen!«

Die Handschellen schnappten zu. Evi war wenig später da. Maier wimmerte am Boden. Ein Wurm, kein Macher mehr.

Evi schüttelte in einer Tour den Kopf. »Du spinnst!«

»Hasilein, wir sind doch ein Dreamteam. Du als Lockvogel, ich als Terminator.«

Noch war das Adrenalin voll da, Gerhard wusste, dass er jetzt noch witzeln konnte und musste – zur Seelenhygiene. Er wusste aber auch, dass ihm nachträglich der Arsch auf Grundeis gehen würde.

Baier war ebenfalls heraufgekommen.

Seine Stimme bebte. »Noch so eine Nummer, Weinzirl, und Sie können mich vorzeitig zu Grabe tragen.«

Gerhard lächelte ihn an. Voller Sympathie. Voller Dankbarkeit. Von allen Sätzen, die Baier hätte sagen können, war das der klügste gewesen.

Maier hockte da, er fluchte und wimmerte, und sehr schnell kamen die Sanis. Sie stützten ihn schließlich die Treppe hinunter, er war gefügig wie ein Lamm. Wie ein angeschossenes Lamm. Sie verbrachten ihn in den Wagen. Alle sahen dem Gefährt staunend nach.

Leo war in die Knie gegangen. Er hockte einfach so da. »I glaub, i spinn. Is des echt passiert?«

Gerhard reichte ihm die Hand. Zog ihn hoch. »Ja, leider. Geht's denn?«

»Ja, aber wenn dei eigener Chef, i mein … der ist ein Choleriker, aber echt ein toller Zimmerer. I hab viel gelernt.«

Das glaubte Gerhard gerne. »Bist du der einzige Angestellte?«

»Als Lehrling scho. Aber er hat noch zwei Gesellen. Sind beide heute auf einer Fortbildung.«

»Und sonst? Familie?«

»Seine Frau ist weg. Diesmal, glaub i, endgültig. Mit den Kindern. Sie kommt aus der Miesbacher Gegend. Dahin ist sie zurück.«

»Diesmal, sagst du?«

»Ja, sie ist mehrfach abgehauen. Er hat sie immer zurückgeholt. Bis vor einem halben Jahr. Seither sauft er zu viel. Rastet schnell aus.«

Ja, davon hatten sie eine Kostprobe bekommen.

»Kann i fahrn?«, fragte Leo.

»Klar, hinterlass mal bei der Kollegin«, Gerhard deutete auf Melanie, »eine Telefonnummer, damit wir dich anrufen können, falls es Fragen gibt.«

Er nickte, und schließlich verließen sie alle den Hof. Es begann zu regnen. Leicht nur, aber in einem feinen Schleier, der die Welt gleich zwei Nuancen dunkler machte. Und es würde sowieso bald Nacht werden, dieser Tag war vorbeigerast wie ein ICE. Aber nur halb so schnittig.

»Wo ist der Sanka hingefahren?«, fragte Evi.

»Schongau. Die sollen ihn erst mal versorgen. Wir sind morgen wieder am Zug«, sagte Gerhard.

Es hätte noch viel zu sagen gegeben, sie alle wussten, dass es haarscharf gewesen war. Und sie alle wollten darüber nicht reden. Nicht jetzt und vielleicht auch nie. Sie verabschiedeten sich an der Wache. Baier war grau im Gesicht, Evi blass. Felix hatte wieder etwas Farbe bekommen, nur Melanie sah gesund und rosig aus.

»Danke euch allen«, sagte Gerhard.

Evi drückte ganz kurz seinen Arm. Baier atmete tief durch.

»Gute Nacht.«

Gerhard fuhr nach Hause auf den Hof, der Regen pladderte. Seppi wartete aufs Essen. Und er, Gerhard Weinzirl, hatte keinen Hunger. Das war nicht gut. Er schlief um eins vor dem Fernseher ein, wachte um drei mit Rückenschmerzen auf. Ging zu Bett und erwachte erst wieder um acht. Das Leben hatte ihn wieder, aber das Gefühl blieb flau. Es war arschknapp gewesen.

ELF

Mensch: das einzige Lebewesen, das erröten kann. Es ist aber auch das einzige, was Grund dazu hat.
Mark Twain

Es regnete noch immer. Evi erwartete ihn schon. Sie lächelte, und in ihrem Blick lag etwas Fragendes. Aber er würde nichts sagen, wozu auch? Was hätte Nachtarocken gebracht? Aufarbeiten? Es war, wie es eben gewesen war.

»Felix hat angerufen. Ich hab gesagt, er kann daheim bleiben. Er sagt, ihm geht's nicht gut.«

»Sicher«, sagte Gerhard nur. »Hast du was aus Schongau gehört?«

»Visite ist gegen zehn. Danach können wir kommen.«

»Gut, ich geh solange zum Pressesprecher.«

Evi nickte. »Ja, das solltest du, Facebook ist voll von Kommentaren zum Umgang mit der Armbrust.«

»Was?«

»Leo, sag ich nur. Diese Jungs sind sich nicht bewusst, was sie da in Gang setzen, wenn sie nur ein paar Freunden ihre Erlebnisse posten.«

»Dieser Depp!«

»Ja nun, blöd nur, dass er ein Bild vom Hof dazugestellt hat. Ich habe eine Streife ausgeschickt, die das Haus abschirmt. Und die Kriminaltechnik.«

»Das darf doch nicht wahr sein!«

»Vielleicht hätten wir ihm sagen sollen, also …« Evi brach ab.

Natürlich hätten sie das. Ob er dann geschwiegen hätte, war fraglich. Aber der ganze gestrige Tag hatte sich ihrer bemächtigt. Er hatte von ihnen allen Besitz ergriffen. Er hatte sie nur noch reagieren lassen, sie waren mitgetrudelt in seinen Stromschnellen. Gerhard besprach die Lesart, besprach, was nach außen gehen sollte. Der Pressesprecher sah aus, als hätte er Zahnweh.

Schließlich fuhren sie nach Schongau ins Krankenhaus. Schon wieder der Geruch. Wieder die Raucher in Jogginganzügen und Bademänteln vor der Tür, jene, die ihre Infusionen am Ständer mit sich herumschoben. Ein Mädchen, das höchstens zwölf war, in einem Rollstuhl. Ein Sanitätswagen jaulte heran. Definitiv wären all diese Jobs, die man rund um Krankheiten haben konnte, das Letzte gewesen, was Gerhard gemacht hätte.

Anton Maier wurde auch bewacht, wobei er sowieso nicht weit gekommen wäre. Sie sprachen mit der behandelnden Ärztin, die von einem glatten Durchschuss sprach. Die Kugel musste also bei Maier irgendwo in der Wand oder in einem Möbelstück stecken, man würde sie finden. Es würde sowieso eine Untersuchung geben, inwieweit Gerhards Schuss notwendig gewesen war.

Maier saß mit hochgestelltem Rückenteil im Bett. Er sah zur Wand. Gerhard und Evi kamen langsam näher. Sein Kopf bewegte sich in Zeitlupe in ihre Richtung. Er stierte Gerhard an.

»Du hast auf mi gschossn!«

»In der Tat. Weil Sie bereits mehrfach mit Ihrer Armbrust auf mich und die Kollegen gezielt haben.«

»Mei, du Depp, du! Wenn i hätt treffen mögen, dann dats ihr alle scho mit de Engerl singen. I bi deutscher Meister, I wollt euch nur erschrecken.«

»Darüber werden Gerichte entscheiden. Und bei den beiden Damen am Lech war die Armbrust nicht zur Hand?«

»Damen!«

»Sie geben also zu, dass Sie am Lech gewesen sind.«

»Manch einer ist amoi am Lech.«

»Herr Maier, Sie waren bei Sebastian Drescher zu Hause. Haben seine Bude durchwühlt! So weit waren wir, als Sie begonnen hatten, uns Kostproben Ihrer Schusstechnik zu geben.«

»Ja, und woast wos? Wen hob i da troffn? De Dame. Dame, ha! Des dumme Weiberleit! De hot de Brosche gstoin. I hob se auf frischer Tat ertappt. So war des!«

»Aha, und dann?«

»De hot gsagt, dass se schreit. Und i hob mir denkt: Dir huif i scho.«

»Sie sind dann gegangen?«

»Klar, de hot ja die Brosche ghabt.«

»Und weiter?«

»Nix weiter!«

»Ach so, Sie sind dann einfach heim und haben das auf sich beruhen lassen.«

»Klar.« Er lachte fies.

Gerhard beugte sich ganz dicht über ihn. »Maier, aus der Nummer kommst du nicht mehr raus, und wenn das das Letzte ist, was ich mein Lebtag noch mache«, flüsterte er ganz dicht vor dessen Gesicht.

Dann packte er Evi an der Schulter und schob sie hinaus.

»Weinzirl, was machst du denn da?«

»Schick jemanden hin, der von Maier eine DNA-Probe nimmt. Besorg einen Pflichtverteidiger. Ich geh solange aufs Klo zum Kotzen!«

Evi sah Gerhard kopfschüttelnd nach, der wirklich aufs Klo ging. Der in den Spiegel sah. Der ewige junge Lausbub bekam graue Haare, was auf Blond nicht so auffiel. Die Geheimratsecken eckten weiter. Aber eigentlich sah man ihm weder sein Alter noch seine Wut an.

Er schöpfte sich Wasser ins Gesicht, wusch seine Hände und sagte leise zu seinem Spiegelbild: »Das ziehen wir jetzt durch.«

Evi stand noch immer dort, wo er sie verlassen hatte.

»Komm!«, sagte Gerhard nur.

Sie fuhren schweigend nach Forst hinauf, sie kamen über die Hauptstraße von Hohenpeißenberg aus. Eine Streife stand in der Zufahrtsstraße. Gerhard kurbelte das Fenster hinunter, die Kollegen auch.

»Und, waren schon Touristen da?«

»Ja, aber nur einmal. Das Wetter arbeitet für uns«, sagte der eine Kollege.

Gerhard nickte. »Danke.«

Im Hof standen Pfützen. Ein kleiner Fiat war im Hofraum geparkt. Das große Tor war offen.

»Hallo?«, rief Gerhard.

Heraus kam Leo. Er sah erschrocken aus.

»Leo, echtes Ruhmesblatt! Alles auf Facebook rauszukotzen. Bist du eigentlich ganz bacha?«

Manchmal half nur das Allgäuerische.

»Aber ich –«

»Egal«, schnitt Evi ihm das Wort ab. »Was machst du hier?«

»Na ja, ich dacht, mein Gesellenstück mach ich noch fertig, oder?«

Er ging nach drinnen, Gerhard und Evi folgten. Da stand ein Küchenbüfett. Wunderschön gearbeitet.

»Wie schön!«, sagte Evi.

»Danke.« Der Junge wurde rot.

Ja, sie waren begabt, diese Bastis und Leos. Das war ein schöner Beruf, schöner als ihrer, eigentlich, dachte Gerhard.

»Okay, Leo, wenn der Toni was versteckt, wo würde er das tun? Das ist jetzt extrem wichtig. Also bitte denk nach!«

»Mei, also, er hot koan Safe oder so.«

»Ja, gut, das Haus und die Anlage sind riesig, wir suchen hier tagelang!«

Leo überlegte. »Der Toni, der Toni, Mensch …«

»Leo!«

»Wie groß wär des, was er versteckt?«

»Ein Rucksack.«

»Rucksack?«

»Leo, bist du schwerhörig?«

»Naa, der Toni hot kürzlich mol an Rucksack ghabt. Eher so a Weiberdings.« Seine Augen waren weit aufgerissen. »Er is zur Säg, und nachher war der Rucksack nimmer mehr do. Kommts!«

Sie gingen in die Sägerei und begannen zu suchen. Unter und hinter Maschinen. In Bretterstapeln – keine Spur von einem Rucksack. Dann fiel Gerhards Blick auf den Sägemehlbunker. Er sah Leo an.

»Glaubst du? Glauben Sie? Also …«

»Schaufeln, Leo. Aber vorsichtig.«

Sie schaufelten, das Sägemehl war einfach überall. Gerhard musste niesen. Und dann stieß Leo einen überraschten Ruf aus. Seine Schaufel war auf etwas gestoßen. Gerhard stieß Leo zur Seite, buddelte mit den bloßen Händen in diesem feuchten, bröseligen Grab. Ein Rucksack!

Gerhard zog ihn heraus, schüttelte ihn etwas ab. Klopfte seine Hose ab.

»Danke, Leo. Der folgende Teil wäre dann eine Veranstaltung nur für uns.«

Es dauerte ein paar Sekunden, bis Leo begriff und sich trollte.

»Okay.«

Gerhard nahm den Rucksack und kippte ihn vorsichtig vor Evis staunenden Augen auf eine Hobelbank.

Ein Tablet. Sie würden es auswerten, aber eigentlich wussten sie ja schon alles. Die Börse war pink mit türkisfarbenem Rand. Darin befand sich die Identität von Margot von Eugenius. Auf dem Passfoto sah sie anders aus, der Haarschnitt war anders, sie trug auf dem Foto eine Brille. Aber ihn hätte man per Passbild auch nicht erkannt, dachte Gerhard. Er nahm das Handy vorsichtig in die Hand. Es war ausgeschaltet, aber angesichts seines Strasssteinchen-Covers war er sich ziemlich sicher, dass es ebenfalls Margot gehört hatte. Da war eine zweite Börse in Senfgelb, sie hatte Charlotte von Klobenstein gehört, ein zweites Handy. Puderdosen, Lippenstifte, Tablettenblister. Ein kleiner Jadeelefant. Ein Glücksbringer vielleicht? Einer, der total versagt hatte …

Und da war ein kleines Kästchen. Es war in eine kleine Plastiktüte verpackt, die mit einem Gummiband verschlossen war. Evi nahm es vorsichtig hoch. Zog den Gummi und die Tüte ab. Dann öffnete sie das Kästchen. Auf grünem Samt lag die Brosche. Irgendetwas an dem Schmuckstück berührte Gerhard schlagartig. Es war, als hätte jemand mit dem Öffnen Zauberstaub über das Sägemehl gekippt. Das Licht schien heller zu sein, und sosehr Gerhard sich dagegen wehrte: Ihm wurde für Sekunden ganz warm.

Evi starrte auf die Brosche. Sie war kalkweiß geworden. »Damit ist irgendwas!«, flüsterte sie.

»Quatsch«, sagte Gerhard rüde. Er nahm Evi das Kästchen aus der Hand und schloss es. »Wir packen hier zusammen.«

Er ging hinaus in den Hof, wo Leo mit aufgerissenem Mund stand.

»Leo, hol mal eine Tüte, und diesmal hältst du die Fresse! Aber so was von!«

Leo stolperte hinaus. Kam mit einer Plastiktüte wieder. Evi stopfte alle diese Stücke in den Plastiksack, das Kästchen steckte Gerhard in die Innentasche seiner Jacke. Zog den Reißverschluss zu.

»Leo, kannst du hier alles absperren?«

Er nickte.

»Gut, und wir haben uns verstanden? Nix Facebook und so. Schweigen!«

»Ja.«

Evi lächelte ihn an und stieg zu Gerhard ins Auto.

»So, und jetzt haben wir den Maier am Arsch«, sagte Gerhard, und Felsbrocken polterten von seiner Seele.

Evi sagte nichts. Bis sie unten am Zellsee waren.

»Wohin fährst du?«

»Wir bringen die Brosche in jedem Fall zuerst zu Mulcher. Er wollte das Original sehen. Er soll das Original sehen!«

Mulcher öffnete die Tür. Schien wenig überrascht zu sein. Er bat sie ins Halbdunkel, bei schlechtem Wetter war es hier noch düsterer.

»Sie haben das Stück?«

Gerhard nickte. Mulcher streifte schwarze Handschuhe über und klappte das Kästchen auf.

Sein Blick war für den Bruchteil einer Sekunde so, als hätte er ein Gespenst gesehen, den Blick in eine andere Welt getan. Er nahm eine Lupe. Drehte und wendete die Brosche. War unendlich vorsichtig. Dann hob er die Augen und fixierte Gerhard.

»Das muss ich näher prüfen. Mit Sicherheit kann ich nur sagen, dass das Kästchen weit jünger ist als das Stück.«

»Aber jetzt, wo Sie es live sehen, gewissermaßen, würden Sie jetzt immer noch sagen, es gehörte Coloman?«, insistierte Gerhard.

»Es gehört sich selbst«, sagte Mulcher sehr leise.

»Haben Sie einen Safe hier?«, fragte Gerhard.

»Sie wollen die Brosche hierlassen?«

»Ja, oder glauben Sie, es lastet ein Fluch auf ihr?« Gerhard wollte, dass es wie ein Witz klang, aber das missglückte.

»Nein, kein Fluch. Ich bin nur, nur …«

Mulcher schien schlagartig bewusst zu werden, dass er, am Ende einer langen Laufbahn, etwas in seinem Zuhause beherbergte, das zauberhaft war. Dass dieses Stück ihn sehr bald wieder verlassen würde. Er war für eine Weile der Hüter der Reliquie. Und Gerhard war sich für Sekunden absolut sicher, dass die Brosche Coloman gehört hatte. Dann verflog das Gefühl mit einem Luftzug, der von den schlecht schließenden Fenstern kam. Evi lächelte, Mulcher gab ihnen beiden die Hand. Ihrer aller Blicke versenkten sich. Und dann gingen sie auseinander.

Toni Maier hatte inzwischen einen Pflichtverteidiger. Er wirkte nicht reuig, sein Tenor blieb gleich: Das wäre alles nicht passiert, wenn die anderen sich nicht so widersetzt hätten. Sie hatten das Verhör mehrfach abbrechen müssen, einmal hatte Maier auch seinen Verteidiger am Kragen gepackt. Am Ende hatten sie ein klares Bild vor sich, ein dunkles Bild, eines, das nur ein sehr grausamer Maler hätte malen wollen. Einer, der respektlos war, der das Leben verachtete.

Maier hatte in der Tat beim Begasen der Balken die Brosche entdeckt. Sein Verhältnis zu Basti war ein merkwürdiges: Basti hatte seine Zimmererlehre bei Anton Maier senior begonnen, er hatte dort nach seiner regulären Arbeitszeit ein paar alte Möbelstücke zum Aufarbeiten deponiert, und Maier junior hatte eine wirklich wertvolle Barbarafigur verschwinden lassen. Die angeblich nie da gewesen war. Basti hatte schließlich den Lehrbetrieb gewechselt, als der Senior überraschend starb, aber irgendwie hatten sich ihre Wege immer mal gekreuzt. Was Evi fassungslos zurückließ.

»Wenn mich einer so behandelt, dann streich ich den doch aus meinem Leben!«

Und Gerhard wusste, dass das am Land so einfach nicht war. Und er wusste, dass Männer da anders waren: Das Endgültige, das Kategorische, was Frauen so vor sich hertrugen, das fehlte den meisten seiner Geschlechtsgenossen. Man vergaß, verdrängte, es verlor einfach an Bedeutung. Sicher war es Basti so ergangen.

Als Maier dann die Balken zum Begasen bekam, hatte er mit sich gerungen, die Brosche einfach einzustecken. Aber er war sich nicht sicher, ob Basti ihm nicht eine Falle gestellt hatte. Und hatte sie zurückgetan. Und wie sie spekuliert hatten, war er überzeugt gewesen, dass da mehr wäre. Also war er unter dem Rechnungsvorwand aufgetaucht und in Bastis Wohnung eingedrungen. Dort war er tatsächlich über Margot gestolpert, die die Brosche gefunden hatte und deren Interesse auch sofort geweckt gewesen war. Als Maier sie auf die Brosche in ihrer Hand ansprach, hatte sie natürlich gesagt, ihn gehe ihr Schmuckstück gar nichts an. Sie konnte ja nicht wissen, dass Maier das Stück längst kannte und wusste, dass es ihr in jedem Fall nicht gehörte. Margot hatte vor Maier keine Angst, hatte wohl damit gedroht, Dietlinde herbeizuschreien und gleich die Polizei zu rufen, worauf Maier erst einmal den Rückzug angetreten hatte. Aber die Niederlage hatte ihn gewurmt, und er war wild entschlossen gewesen, sie in einen Sieg umzumünzen. Wer die Brosche hatte, wusste er ja nun.

Er beobachtete am Wochenende das Haus, drückte sich da herum, aber es ergab sich keine Gelegenheit, nochmals einzudringen. Montag in der Frühe nahm Margot den Bus. Was er natürlich nicht wusste, war, dass sie am Samstag in der Frühe dem Postboten ein Paket mitgegeben hatte, das sie an Charlotte Klobenstein adressiert hatte. Da hatte Evi mit ihrer Annahme ganz richtiggelegen.

Maier folgte Margot, musste feststellen, dass sie sich mit einem

Mann traf. Er fuhr hinterher, sah, dass auch Basti zu dieser seltsamen Gruppe da am Lech gehörte. Das stachelte seine Neugier noch mehr an. Es ging bestimmt um einen Schatz, nun war er sich ganz sicher. Er drückte sich unschlüssig herum, bis die beiden Männer überraschend verschwanden. Maier sah seine Stunde gekommen. Margot von Eugenius musste da schon sehr angeschlagen gewesen sein, und weder Gerhard noch Evi wollten sich das Folgende wirklich ganz detailliert ausmalen.

Maier hatte Margot sicher bedroht, sie bedrängt, ihm zu sagen, wo der Schatz nun sei. Margot hatte sicher anfangs gar nicht verstanden, was der irre Kerl da von ihr wollte. Bestimmt beteuert, dass sie von einem Schatz nichts wisse. Das hatte einen Choleriker wie Maier wohl noch mehr in Rage versetzt, und Margot hatte sicher den Ernst der Lage nicht begriffen. Erst als er ihr den Rucksack entrissen hatte, dürfte es ihr klar geworden sein.

Und irgendwann hatte sie wohl Todesangst verspürt und immer nur gehofft, er lasse von ihr ab. Sie hatte ihm in ihrer Verzweiflung gesagt, dass sie die Brosche weggeschickt hätte. Und – wie sie spekulierten – immer wieder und wieder beteuert, dass es keinen Schatz gebe. Sie musste dann wohl auch den Namen von Charlotte genannt haben – in der Annahme, dass er doch von ihr lassen würde. Er aber war so aufgeheizt und erregt wie ein Bluthund. So kurz vor dem Ziel sollte wieder alles umsonst gewesen sein? Da hatte er zugeschlagen.

Wieder einmal hatten sie die Befragung unterbrochen. Evi war erschöpft.

»Kann man so ausrasten?«

»Ja, solche Typen gibt es«, sagte Gerhard. »Leider.«

Ja, solche Typen gab es zuhauf. Und je weiter man in die Dörfer vordrang, desto mehr gab es sie. Diese Produkte einer bigotten Erziehung, einer räumlichen und mentalen Enge, die immer nur zwischen Hof, Kaltblutzucht und Trachtenverein stattgefunden hatte. Typen, denen schon mal die Hand gegen die Frau und die Kinder ausrutschte. Wo die Frauen wegliefen und doch immer wieder retour kamen. Wo die Kinder diese Art des Streitschlichtens eingeübt hatten und die nächste Generation Prügler in den Schuhen stand, in die sie langsam hineinwuchs.

Das waren Typen, deren Tierhaltung respektlos war, wo die Amtstierärzte nur noch mit der Polizei auf die Höfe gingen. Typen, denen man das nicht auf den ersten Blick ansah, wenn sie dastanden in Lederhosen und Janker. Bei denen es aber stets ganz knapp unter der Oberfläche brodelte. Der Auslöser konnte nichtig sein, und sie kochten über. Jene, die zuschlugen und um sich schlugen. Pure Raserei, die schnell abflaute. Aber manchmal war es dann zu spät.

Maier gab an, dass er daraufhin versucht hatte, Charlotte Klobenstein ausfindig zu machen. Er fand heraus, dass sie in Starnberg im Hotel war. Fuhr dorthin.

»Aber der muss doch irgendeinen Plan in der Tasche gehabt haben?«, fragte Evi, als sie am Ende das Ganze nochmals Revue passieren ließen.

»Das glaube ich nicht. Maier ist einer, der sich treiben lässt. Von der eigenen Aggression. Er handelt nicht überlegt. Da schwappt etwas in ihm hoch, und er agiert. Maier braucht keinen Plan, im Notfall schlägt er zu. Oder schießt. Maier kam bisher auch immer damit durch«, sagte Gerhard leise, wohl wissend, dass er sehr fahrlässig mit so einem absolut unberechenbaren Psychopathen umgegangen war.

Maier jedenfalls fuhr nach Starnberg. Kam gerade vor dem Hotel an, als jener Mann, den er bereits am Lech gesehen hatte, schon wieder auftauchte. Und als eine Frau zu ihm einstieg, die ja nur Charlotte sein konnte. Und Maier folgte ihnen, überrascht, dass es schon wieder an den Lech ging. Was noch mehr seine Idee vom Schatz an der Litzauer Schleife nährte. Noch überraschter war er, dass auch Charlotte am Ende allein am Fluss stand. Und als er ihr gegenüberstand, war sie natürlich nicht in der Lage zu verstehen, was der fleischige Mann von ihr wollte. Sie hatte sicher versucht zu flüchten. Und Maier, wieder bar jeder Kontrolle, hatte zugedrückt. Rasend vor Wut. Kein Schatz, nur wieder eine Geldbörse und ein Handy. Und ein

Hotelzimmerschlüssel. Mit dem war er zurück nach Starnberg gefahren, und dort hatte er das Schmuckstück gefunden – aber nur dieses eine Stück.

Eine Hotelangestellte konnte ihn identifizieren, er war über den Gang gehastet. Sie hatten ihn – auch weil sie DNA-Spuren bei Margot von Eugenius und bei Charlotte Klobenstein gefunden hatten.

»Aber, Gerhard, es hätte doch leicht sein können, dass Charlotte diese Brosche nicht in Starnberg dabeigehabt hätte?«

»Ja, aber das hätte an dem Verbrechen ja nichts geändert. Maier wäre in jedem Fall ausgetickt. Seine Aggressionsschwelle ist dünn wie ein Blatt Papier.«

»Und ich verstehe auch nicht, wie er von einer Brosche in einem Balken auf einen Schatz an der Litzauer Schleife schließen konnte.«

»Evi, du darfst nicht so denken, wie wir denken würden. Wir wissen, warum Margot, Basti und Rosen am Fluss waren! Für ihn war das ein absolut sinnloser, entlegener Platz. Für einen Toni Maier gibt es keinen Grund, dorthin zu gehen. Es sei denn, man wandelt auf geheimnisvollen Spuren, man versteckt dort zum Beispiel etwas. Und für ihn war die Kombination aus diesen Menschen ein Fingerzeig darauf, dass sie zusammen etwas im Schilde führen. Und dann fährt Rosen wieder dorthin. In Maiers Gehirn schalten die Synapsen anders. Wenn sie überhaupt schalten.«

»Es ist unfair. Und diese Verkettung von Umständen basiert auf so vielen Zufällen«, sagte Evi gequält. »Wenn er Margot nicht gerade in Bastis Wohnung gefunden hätte, ach …«

»Zufall? Schicksal? Vorsehung? Doch der Fluch des geschundenen Flusses?«

»Ach, Weinzirl!«

»Evi, am Anfang war das Wasser. Erinnerst du dich an die Geschichte des Geisterdorfs? Wasser und das Fehlen desselben? Wasser ist eine gleichmäßige Energie und eine flüchtige Energie. Wasser ist jene Energie, die sich der Mensch seit Urzeiten untertan gemacht hat. Auch am Lech. Ab 2035 laufen die Konzessionen für die E.ON an den Stauwerken aus, der Freistaat Bayern hat zu entscheiden.«

»Echt?«

»Ja, und weißt du, was mir da einfällt? Ein Zitat, von wem, weiß ich gerade nicht: ›Früher hatten die Menschen Angst vor der Zukunft. Heute muss die Zukunft Angst vor den Menschen haben.‹«

Evi sah ihn an, als sähe sie ihn heute zum ersten Mal.

Epilog

Toni Maier würde lebenslänglich bekommen – zumindest hoffte Gerhard das. Rosen und Basti waren aus der U-Haft entlassen. Baier hatte Dietlinde im Krankenhaus in Kaufbeuren besucht, sie hatte einen kleinen Schwächeanfall erlitten. Aber erst, als alles vorbei gewesen war. Und nun war sie wieder zu Hause.

Gerhard saß schließlich mit Jo, Kassandra und Evi bei Toni im Dionysos an ihrem Stammplatz gleich hinter der Kasse.

»Und was passiert nun mit der Brosche?«, fragte Evi gerade.

»Je nachdem, wem sie nun gehört. Oder zugesprochen wird. Und wenn ein rechtmäßiger Besitzer sie der Öffentlichkeit zugänglich machen will, dann werden sich die Museen drum schlagen«, lächelte Gerhard. »Bayerische Staatssammlung in München? Oder Füssen? Oder Kempten?«

»Wenn, dann wohl Füssen, oder? Die haben sie verdient.«

»Evi, keiner wird beweisen können, dass dieser erbarmungswürdige Coloman sie mitgebracht hat«, meinte Jo.

»Und keiner wird jemals erfahren, was die Bestimmung des Auerbergs war. Wir wissen nicht, was der schöne Israeli mit dem sinnlosen Waschbrettbauch wirklich wusste. Wir waren so nahe dran und werden doch dumm sterben. So was Ähnliches hatten wir schon. So ist das Leben«, lachte Gerhard.

»Aber …«, sagte Evi kläglich.

»Aber, aber! Evi, man muss auch loslassen können«, veräppelte Gerhard sie.

»Sagt einer, der aktives Loslassen mit Faulheit und Aussitzen verwechselt«, meinte Jo.

»Mädels, was wollt ihr? Der Doppelmörder ist gefasst. Dietlinde Drescher hat ihren Enkel wieder. Sie will nach Marktoberdorf ziehen, und Basti wird weiter an seinem Traum vom eigenen Studio arbeiten. Er kommt mit viel Glück mit einem blauen Auge davon, wobei die Frage sein wird, wie das Gericht die Salatattacke wertet. Und ob da nicht unterlassene Hilfeleistung vorliegt? Der Prozess wird kommen, aber er hat schon mal Kontakt zu den Nachkommen des Forggenseehauses aufgenommen.«

»Woher weißt du das?«, fragte Evi verblüfft.

»Weil ich mit Basti gesprochen habe. Genauer gesagt, war ich dort. Das Bild des Gutshofes hängt jetzt statt Stockholm über seiner Couch. Und da sieht es sogar klasse aus. Ein Kreis schließt sich.« Gerhard lächelte.

»Echt, der Schinken?«

»Basti hat mir erzählt, dass das der Gutshof der Oma war. Vor der Flucht. Das zweite Mädchen ist ihr Zwilling. Auf der Flucht gestorben. Wohl an Erschöpfung und einer Lungenentzündung. Vielleicht hatte es Dietlinde Drescher deshalb auch im Gästezimmer hängen. Weil sie den Anblick nicht auf Dauer ertrug.«

Es gab solche Erinnerungsstücke. Die man nicht in einem Befreiungsschlag wegwerfen konnte und die doch so schmerzlich waren.

Die drei Frauen sahen ihn an. Er genoss es, dass er sie zum Schweigen gebracht hatte. Denn wenn eine Frau wenige Minuten nicht sprach, sollte man eigentlich Wiederbelebungsmaßnahmen einleiten. Er hatte seine Mädels ausgeknockt.

Seine Mädels? Es war ein wenig merkwürdig. Er hatte mit allen dreien geschlafen. Kassandra hatte er geliebt, das aber zu spät begriffen. Jo liebte er immer – auf eine ganz spezielle Weise. Und Evi war eine unersetzlich großartige Kollegin. Und weil die drei immer noch nichts sagten, fügte er hinzu: »Wir werden mal zusammen eine Skitour in der Steiermark machen, der Basti, der Nostalgiefahrer und ich.«

»Aber du, du, du hast …« Evi starrte ihn immer noch an.

»Evi, ich habe lediglich jede unnötige Emotion in einer Ermittlung vermieden. Das heißt ja nicht, dass Basti und ich jetzt, wo alles vorbei ist, nicht echte Buddys sind.«

Jo schnaubte.

»Mädels, und ich weiß noch mehr! Es gibt auch eine Enkelin in der Generation derer, die im Seegrund ihre Häuser verloren haben. Die ist in etwa so alt wie Basti. Und sie soll sehr hübsch sein. Basti findet, dass die Brosche ihr gehört, ihrer Familie zusteht. Ich weiß ja nicht, wie die Causa Brosche weitergeht, aber vielleicht kommen die beiden Enkel zusammen, das wäre eine schöne Wendung, oder? Das wäre eine Zukunft, die in der Vergangenheit ankert.«

Die drei Frauen starrten ihn an.

»Mädels, ihr traut mir einfach zu wenig zu!« Gerhard leerte sein Weißbier und winkte Toni, ein neues zu bringen.

Und als keine der drei Damen etwas sagte, fuhr er fort. »Ja, und Mäxchen Rosen ist auch raus, und er macht nun im Gedenken an Margot und Charlotte eine Buchserie, die ihm noch mehr Geld einbringen wird. In memoriam Margötle. Total regional!«

»Du bist eben doch ein Leichenfledderer«, rief Evi.

»Nur verbal.« Gerhard grinste. »Was ein Schmarrn ist, bleibt ein Schmarrn. Aber eine junge Liebe würde auch mich freuen.«

Jo schnaubte erneut. Kassandra tippte sich lächelnd ans Hirn. »Dir schenk ich zum Fuffzger einen ganzen Satz dieser Bücher. Damit du Abbitte leistest!«

»Mädels, nun lasst mich doch – und diese Brosche einfach ein Familienerbstück sein. Was würde es uns denn nutzen, wenn wir ganz sicher wüssten, dass Herr Coloman die Brosche verloren hat?«

»Es wäre eine absolute Sensation«, meinte Jo.

»Ja, und noch mehr Touristen kämen nach Schwangau. Als würde es nicht jetzt schon reichen! Die Wiese vor der Kirche wäre ein Großparkplatz. Man würde unendlich viele Repliken der Brosche kaufen können, die neben den Kini-Bierkrügen lägen. Es gäbe eine Ladenzeile an der Straße Richtung Hogau. Wie am Königssee am Anleger entlang. Und du, Jo, könnest da nicht mehr am Coloman-Ritt teilnehmen. Den gäbe es dann nicht mehr, weil alles zugebaut wäre. Das wäre doch furchtbar. Wollt ihr das?«

»Du bist ein Schwarzmaler.«

»Nein, im Gegenteil. Ich bin nur Realist. Und so bleibt diese Welt offen und voller Phantasie. Nur so kann sich jeder seine Geschichte zusammenreimen.«

»Ist das nicht immer so im Leben? Jeder dichtet und textet an seiner ganz persönlichen Wahrheit«, sagte Kassandra, die eine Weile nur zugehört hatte, sehr leise. »Und rettet nicht das allein unser aller kleines, erbärmliches Leben?«, fragte sie und sah Gerhard forschend an.

Danksagung

Danke, danke, danke an Gunter Bernich, der seit Jahren die Geschichte der Forggenseehäuser erforscht und am Leben erhält. Ohne sein Wissen und seine Unterlagen wäre das Buch nicht möglich geworden! Danke an den Diplom-Forstwirt Stephan Jüstl, den Gebietsbetreuer im Lechtal, der mir sehr eindrücklich diesen einzigartigen und eigentümlichen Naturraum nahegebracht hat. Danke an Sigi Neumaier, Bürgermeister von Schwabsoien, für das Entführen in den wirklich ganz speziellen Sachsenrieder Forst und danke an die engagierten Menschen rund um die Hammerschmiede. Danke an Peter Nuscheler und Georg Bayr, die beide, jeder auf seine Art, aus Holz Wunderbares machen. Danke an Mechthild für einen »Gastauftritt« und ganz besonderen Dank an Ellen Wigner, die mich überhaupt erst auf diese kriminelle Idee rund um Malbücher gebracht hat.

Und danke dafür, dass wir hier zwischen Forggensee und Schongau leben, hier am Lech, und immer wieder die Magie einer Landschaft erleben können, die an der Seele rührt.

Nicola Förg
GOTTESFURCHT
Broschur, 224 Seiten
ISBN 978-3-89705-404-2

»Ein besonderer Lesespaß.« Nordbayerischer Kurier

»Lebensechte Figuren, Humor, Lebensweisheiten, Lokalkolorit und ein komplexer Kriminalfall.« Passauer Neue Presse

www.emons-verlag.de

Nicola Förg
HUNDSLEBEN
Broschur, 224 Seiten
ISBN 978-3-89705-615-2

»Nicola Förg entfesselt wieder die kriminelle Energie im bayerischen Idyll, spürt wortgewandt bösen Buben nach und schaut nebenbei tief in ländliche Seelen. Ein Heimatkrimi der besten Sorte.«
Münchner Merkur

»Ein Krimi voller Spannung, aber auch hintergründigem oberbayerischen Humor.« Bayern im Buch

Nicola Förg
MARKTTREIBEN
Broschur, 208 Seiten
ISBN 978-3-89705-786-9

»Nicola Förg hat die Befindlichkeiten der Menschen im Oberland und ihrer Romanfiguren einmal mehr geschickt mit der Handlung in ›Markttreiben‹ verwoben.« Kreisbote

www.emons-verlag.de

Nicola Förg
DONNERWETTER
Klappenbroschur, 192 Seiten
ISBN 978-3-95451-140-2

»Unterhaltsam, flüssig geschrieben und mit gelungenen Schlenkern in der Handlung. Auf Förg ist Verlass, nicht von ungefähr gehört die Oberbayerin zu den erfolgreichsten deutschen Krimiautorinnen.«
Stadtblatt Osnabrück

»Bestsellerautorin Nicola Förg erzählt wie gewohnt souverän, mit Esprit und herzhaftem Humor einen gut konstruierten Kriminalfall. Mit viel Gespür für die oberbayerische und Allgäuer Mentalität und detaillierten Ortskenntnissen fesselt Förg den Leser und nimmt ihn mit auf den mystischen Auerberg. Ein urbayerischer Heimatkrimi der besten Sorte.« Kreisbote Oberallgäu

»Nicola Förg verwebt geschickt Spannung mit geschichtlichen Daten und Entwicklungen. Vor allem die Allgäuer Fans von Nicola Förgs treuen Lesern dürften bei ›Donnerwetter‹ auf ihre Kosten kommen.«
Allgäuer Zeitung

www.emons-verlag.de

Nicola Förg
FRAU MÜMMELMEIER VON ATZENHUBER ERZÄHLT
Mit zahlreichen Abbildungen
Überarbeitete und erweiterte Neuausgabe
Klappenbroschur, 192 Seiten
ISBN 978-3-95451-044-3

»Die originelle und unterhaltsame Lektüre ist für Katzenliebhaber ein Muss und wird von zauberhaften Fotos untermalt.« Das schöne Allgäu

»Dass Frau Mümmelmeier schonungslos ehrlich und unverschämt frech ist, aber auch stolz und auch ein bisschen überheblich – wie es den schönen Samtpfoten öfters zugeschrieben wird –, macht das Buch zu einem netten und witzigen Geschenk für vielbeschäftigte Katzenliebhaber.« Pfotenhieb